MICHEL BIRBÆK

Was mich fertigmacht, ist nicht das LEBEN, sondern die Tage dazwischen

Roman

Rütten & Loening
Berlin

ISBN 3-352-00531-1

1. Auflage 1997

Einbandgestaltung Bert Hülpüsch

Druck und Binden Wiener Verlag, Himberg

Printed in Austria

0. Ende

Es ist aus. Aus und vorbei. Schicht, fini, Ende, over. Es wird eine Neue geben, na klar, es gibt immer eine Neue. Aber wen interessiert das *jetzt*?

Der Bus rauscht vorwärts, bringt uns zu dem Punkt zurück, wo wir vor zehn Tagen als unbekannte Rock 'n' Roll-Band aufbrachen, um etwas dran zu ändern. Morgens in den Fußgängerzonen, abends in den Clubs. Neun Auftritte in zehn Tagen. Es brachte ein paar Nachfolgeengagements, ein paar Mark, ein wenig Werbung und jede Menge Spaß – aber wen interessiert das *jetzt*! – Die Tour ist zu Ende.

Die weißen Mittellinien ziehen vorbei wie ein einziger Strich, und auf den letzten zweihundert Kilometern ist kein Wort gefallen. Durch das offene Fenster brüllt der Fahrtwind rein und übertönt fast das Tapedeck, das bis zur Verzerrung aufgerissen ist. Melissa Etherigde verspricht mir: *Baby, you can sleep, while I drive*. Schön wär's, denn ich bin müde. Vierzehn Tage Tour, vierzehn Tage Kur.

Über den Autobahnbrücken türmen sich grüne Ghostbusters-Monster. Sie schlagen nach mir, versuchen den Bus vom Kurs abzubringen. Ich folge stur der Kokslinie auf dem Asphalt und träume von einem Bett. Für mich alleine.

Das Tapedeck springt um. Luka Bloom verstärkt die Depression: *I will be there, when you need me ...*

Schimanski greift an mir vorbei und killt das leere Versprechen.

– Bier ist alle.

Stille.

– Bier ist alle.

– Leg dich wieder hin.

– Bier ist alle!

– Es sind nur noch zweihundert Kilometer. Das schaffst du.

– Sind wir Männer oder Mäuse?

– Fiep, Fiep, macht Max neben mir.

– Wie ihr wollt ...

Schimanski verschwindet wieder nach hinten.

Ich höre, wie er seinen Gitarrenkoffer öffnet und das Brett grob durchstimmt.

– S-S-Sind wir s-schon da? kommt es schlaftrunken aus der Ecke, wo sich Brunner ausgestreckt hat.

– Ja, wir sind schon wieder da, sagt Schimanski. – Schon wieder an dem Punkt, wo nur ein Protestsong hilft.

Brunner stöhnt.

– Und d-dafür w-weckst du m-mich?

– Halt's Maul und sing! erwidert Schimanski.

Logik war noch nie seine Stärke.

Passend zur Lage, schlägt er einen Mollakkord an und fängt an zu singen.

– Wir fuhren durch Bremerhaven und hatten kein Bier an Bord ...

Er wartet vergeblich.

– Ich will ja nichts sagen ..., beginnt er.

– Dann laß es doch, werfe ich ein.

– ... und schon gar nicht betonen, fährt er ungerührt fort, – daß alle in diesem Bus um die Dreißig sind und laut Statistik extrem gefährdet, bald *schlagartig* zu verblöden. Wenn wir nicht höllisch aufpassen, werden wir eines Morgens aufwachen und so sein wie die *anderen*! Lebewesen, deren größter Wunsch ein geregeltes Einkommen, ein fahrbarer Untersatz und die Gründung einer Familie ist.

– Also mit der richtigen Frau ..., beginne ich, aber er bügelt mich nieder.

– Wenn wir auch nur einen einzigen gottverdammten Zentimeter Boden preisgeben, werden sie uns *fer-*

tigmachen! Zuerst geben sie uns einen festen Job, um uns von der Straße fernzuhalten, und um abends nicht alleine vor der Glotze zu hängen, lädt man eines Tages die Nachbarin ein und *wups*! Bevor man sich versieht, ertappt man sich dabei, Milchzähne herumzureichen!

Er wartet eine Sekunde, dann spielt er seine Trumpfkarte aus. – Außerdem darf ich euch daran erinnern, daß ihr einen Eid geleistet habt.

– Ich *w-wußte*, daß e-er davon a-anfangen w-würde, stöhnt Brunner.

– Meine Herren, darf ich bitten?

Er schlägt wieder an.

– Ein bißchen Bier muß sein ..., grölt er falsch und daddelt schräg durch die Tonleiter.

– Okay, schon gut, du kriegst dein Bier, seufze ich, um einer weiteren Trashattacke zu entgehen.

– YIPPIEE! schreit er und baut zur Feier des Tages ein paar Durakkorde ein. – Da vorne kommt 'ne Tanke.

Wenig später fährt ein vollgepackter Bus besseren Zeiten entgegen. Vier Mann, zwanzig Becks, Gesangsanlage, Baßanlage, Gitarrenanlage, Schlagzeug, Iggy Pop voll aufgedreht.

– Was will man mehr? brüllt Schimanski durch den Krach.

– NOCH EIN BIER! brüllen wir unisono.

1. Und los

Ich hätte es nötig, mich mal wieder auszuschlafen, und wäre auch noch dabei, wenn Vivis Anlage nicht so verdammt baßlastig wäre. Mein Bett vibriert im Takt der tieferen Frequenzen, und das wiederum geht nicht spurlos an meiner Blase vorüber, also kämpfe ich mich aus dem Bett und mache mich auf den Weg zur Toilette. Jeder Knochen tut mir weh.

Als ich Morgenritual Teil eins erledigt habe, gehe ich in die Küche, um Wasser für Teil zwei aufzusetzen. Auch wenn wir bei Gott verschissen haben und in Sünde leben, die Erfindung des Kaffees müßte eigentlich für ein milderes Urteil sorgen.

Ich will mir gerade die erste Tasse einschütten, als Vivis Tür aufgestoßen wird und ein Heavy-Metal-Konzert aus dem Zimmer knallt. Ein fremder Typ marschiert wortlos durch die Küche und schaut ausgiebig weg. Durch den Krach höre ich, wie er die Wohnungstür zuknallt. Oh, ohh ...

Um sicherzugehen, daß er Vivi lebend zurückgelassen hat, werfe ich einen Blick in ihr Zimmer, und wie immer ist der Anblick alles andere als jugendfrei. Sie liegt in einem Schlachtfeld aus verstreuten Klamotten, CDs und Zeitschriften auf ihrem Futon ausgestreckt, und zwischen ihren gespreizten Beinen beugt sich eine weiße Substanz träge den Gesetzen der Schwerkraft. Ich gehe zu ihrer Monsteranlage und drücke die Stoptaste. Die Ruhe ist wie ein Bad im Meer.

Vivi hebt den Kopf und blinzelt zu mir hoch.

– Mogn, krächzt sie und dreht den Kopf einmal links, einmal rechts, dann schielt sie mich wieder an.

– Weg?

Ich nicke. Ja, ich war zwei Wochen weg, aber das meint sie sicher nicht. Als ich wegfuhr, versprach sie mir hoch und heilig, daß sie sich um meine Lieblingspflanze kümmern würde. Hat sie auch – erst verdurstet, dann ersoffen, keine Einschüsse. So ist sie. Akzeptieren oder Verstand verlieren.

– Kaffee? fragt sie.

Als ich wieder ins Zimmer komme, hält sie sich gerade die Hand dicht vors Gesicht. Sie hat in dem weißen Zeug herumgewühlt und schnuppert jetzt an ihren Fingern, während sie eine nachdenkliche Miene aufsetzt.

Ich halte ihr die Tasse hin, und mit einer Was-soll's-Geste wischt sie sich die Finger am Laken ab und schnappt sich die Tasse. Ihren Pupillen nach zu urteilen, wird es das erste legale Aufputschmittel seit Tagen sein.

Sie blinzelt gegen das Tageslicht an, und während sie aus der Tasse schlürft, kann sie es nicht lassen, ihre Brüste weiter als nötig herauszustrecken. Es hat keinen Sinn, sie darauf hinzuweisen, daß ihr geprüfter Mitbewohner vor ihr steht, denn auch der ist ein Kerl, und damit erfüllt er schon alle Voraussetzungen für das Spiel, das sie spielt. Seit einem Jahr wohnen wir jetzt zusammen, und in der Zeit haben wir nur eine einzige Regel nicht gebrochen: Kein WG-interner Sex! Himmel! Ein Strahl der Vorsehung muß mich da gestreift haben, denn Vivi ist zwar eine gottverdammte Schönheit, aber gleichzeitig auch das rücksichtsloseste Miststück, das mir je über den Weg gelaufen ist. Der größte Fehler, den man bei ihr machen kann, ist, auf ihr Äußeres reinzufallen, und die Hälfte der Typen dieser Stadt stehen Schlange, um genau den Fehler zu machen. Dahinter steht die andere Hälfte, um ihn zu wiederholen.

Das Telefon klingelt. Beim zweitenmal hat sie den Hörer.

– Tacheeeeeles, Teeeelefooon!

Max ist dran. Er schafft es wieder nicht, mehr als

fünf Silben von sich zu geben. Hört sich aber an wie ein Frühstücksdate im Underground.

Ein paar Minuten später schwinge ich mich auf mein nahkampferprobtes Rad. Es ist Wochenende, und als ich mich unter den Sonntagsfahrern einfädele, bin ich auf das Schlimmste vorbereitet. WROOAARRRR! Zwei Hirnlose jagen ihre Lieblinge aus dem Stand von null auf hundert. Ein Zwischenspurt bringt mich rechtzeitig vom Zebrastreifen. Sie ziehen hupend und lachend an mir vorbei.

– WICHSER!

Sofort leuchten die Bremslichter auf, und als ich an ihnen vorbeirausche, öffnet der Beifahrer die Tür. Kaaanapp! Ich gebe ihm den Effenberg, muß aber die Hand sofort wieder runterreißen, um beidhändige Bremskraft zu entwickeln, weil eine Zombiemama im Jogginganzug ihr geliebtes Balg blind auf den Fahrradweg hinausschiebt.

Zehn Zentimeter vor dem Kinderwagen komme ich mit jaulenden Bremsen zum Stehen. Zombiemama glotzt mich böseblöd an. Ich glotze zurück, und für ein paar Sekunden bricht das große Schweigen aus. Da wir uns gegenseitig den Weg versperren, befinden wir uns in einer klassischen Konfliktsituation – einer muß nachgeben. Aus solchen Situationen sind schon Weltkriege entstanden, und uns bietet sich hier die Chance, den Kriegstreibern zu zeigen, wie mündige Bürger Konflikte lösen: Auf einer Basis der Nächstenliebe, mit Achtung vor der Persönlichkeit des anderen und einem vernünftigen Maß an humandemokratischem Denken, Diskussion statt Eskalation, das Thema erörtern, die Fakten herausstellen, und dann das Problem, aufgrund einer logischen und für alle Parteien nachvollziehbaren Rechtsprechung, zu einer befriedigenden Lösung bringen. Den Gründern des Grundgesetzes ein Lächeln entlocken, würdiger Vertreter der Demokratie sein, Vorbildfunktionen erfüllen ...

– KANNS NICH FAHRN! kreischt Zombiemama und schiebt den Kinderwagen gegen mein Vorderrad.

Manno.

– EY! kreischt sie weiter.

Ich halte mir demonstrativ die Ohren zu und verschiebe meine Vision auf ein anderes Jahrhundert.

– Geben Sie mir 'n Zehner.

– W'RUM?

– Bremsbeläge.

– WAH?

Ein junger, adretter Bengel fühlt sich berufen. Er bleibt neben uns stehen und richtet Papas Autoschlüssel auf mich.

– Dafür sind die Bremsen doch da, oder?

Ich lache ihn freundlich an.

– Es gibt auch Notärzte, und trotzdem muß man sie nicht aufsuchen, oder?

Er macht sich schleunigst aus dem Staub.

– Zehner, sonst Lippe! sage ich im Zombiedialekt, um kein Mißverständnis aufkommen zu lassen.

Zombiemama grummelte böse und schaut sich dann nach jemand um, den sie um Beistand bitten kann, aber schließlich leben wir in einer Großstadt.

Als sie die Konsequenz dessen begreift, wühlt sie einen fettigen Schein aus ihrer Jogginghose und hält ihn mir hin.

– SEHEN UNS! droht sie.

– Bringen Sie Geld mit, rate ich ihr und mache den Weg frei.

Das Kind fängt an zu weinen. Zombie tritt gegen den Kinderwagen. – SCHNAUZE!

Das Kind heult noch lauter.

– Soll ich Sie auch mal treten?

– MEIN KIND! ruft der Berg.

Ich steige wieder in die Pedale, bevor ich mich in Sachen einmische, wo es nur Verlierer gibt.

Max ist schon da. Ich setze mich zu ihm und winke der Bedienung, die im Vorbeigehen fröhlich zurückwinkt. Es könnte ein Tag wie all die anderen sein, und er scheint es tatsächlich auch zu werden, denn nach zwanzig Minuten habe ich immer noch kein Frühstück, und Max hat auch noch nicht geredet. Ich kannte ihn schon Monate von Kneipen und Partys, als ich ihn zum erstenmal etwas sagen hörte. War echt ein Schock.

Gerade neigt er den Kopf leicht in Richtung Nachbartisch. Ich schiele hinüber und sehe Karin S. mit ein paar von ihren Schmarotzern in einen Monolog vertieft. Da wir außer Hörweite sitzen, erfahre ich nicht, ob er ausnahmsweise mal Sinn ergibt, würde mich aber wundern, denn Karin S. labert und labert und labert und labert und labert und labert und labert, bis sie sich selbst unterbrechen muß, um mal zu Wort zu kommen. Es ist mir ein Rätsel, wie sie es schafft, gleichzeitig Gerüchte aufzuschnappen, aber es gelingt ihr immer wieder, Dinge zu wissen, von denen sie keine Ahnung hat.

Gerade wirft sie einen Blick zu unserem Tisch rüber, zieht eine Grimasse und wendet sich wieder ab. Nein, wir sind nicht die dicksten Freunde, und wie das Leben so spielt, ist sie Kulturredakteurin beim wichtigsten Veranstaltungsblatt der Stadt. In ihrer Freizeit spielt sie Orgel und hat daher ein fundamentales Gespür für zeitgenössische Musik entwickelt, dementsprechend kritisiert sie. Sie hat schon mehr Bands auf dem Gewissen als sämtliche Plattenfirmen dieser Stadt, dennoch gibt es drei gute Gründe, warum sie für den Job als Kulturredakteurin geradezu prädestiniert ist:

1) Ihr Vater ist Hauptaktionär.
2) Ihr Vater ist Hauptaktionär.
3) Ihr Vater ist Hauptaktionär.

Und drei, die dagegen sprechen:

1) Sie kann nicht schreiben.
2) Sie kann nicht schreiben.
3) Sie kann nicht schreiben.

Das ganze Viertel rätselt, was das S. hinter ihrem Vornamen bedeutet, und einmal fragte ich Max nach seiner Meinung. Nach einer halben Stunde plus zehn Camel Ohne, beugte er sich zu mir rüber und sagte:

– Schande!

So viel dazu.

Die Bedienung marschiert zum fünftenmal an uns vorbei. Ich starte eine Offensive.

– Frühstück?

Sie hält erst gar nicht an. Wahrscheinlich denkt sie, es war 'ne Anmache.

Die Sprachlosigkeit senkt sich über den Tisch, und als die Bedienung nach einer Stunde, aus einer spontanen Laune heraus, an unserem Tisch stehenbleibt, um eine Bestellung aufzunehmen, kann ich sie nur noch anknurren. Eine Woche mit Max, und man wird zum Neandertaler.

Die Bedienung schließt plötzlich aus dem Ganzen, daß wir Hunger haben, und dreißig Minuten später bringt sie uns folgerichtig ein Frühstück. Käse gibt's nicht, die Eier hat sie vergessen, den Milchkaffee auch.

– Sag mal, hat dir heute jemand schon gesagt, daß er dich liebt?

Die Bedienung schaut mich verblüfft an, dann schüttelt sie den Kopf.

Ich schweige vielsagend, und widme mich meinen Marmeladen-Brötchen.

Irgendwann brechen wir auf. Warum? Keine Ahnung. Wohin? Fragt Max. Okay, okay, ich frage Max!

– Laßunsandensefarn, knurrt er.

– Tolle Idee!

Wir landen an einem See und richten uns unter einem Baum einen Beobachtungsposten ein. Die relaxte Atmosphäre ist ansteckend. Treiben lassen.

Ich schaue den Pärchen mit Anhang zu, wie sie Lover, Mutter, Kind spielen, während neben ihnen der verdiente Familienvater versucht, sich möglichst unauffällig einen präzisen Eindruck von den Brüsten der Zwanzigjährigen zu verschaffen, die ihrerseits wiederum auf die alleinerziehenden Mütter blicken, die damit beschäftigt sind, einerseits das Kind bei Laune zu halten und andererseits einen netten Kerl kennenzulernen, um Lover, Mutter, Kind spielen zu können. Irgend jemand hat mal gesagt, das Leben wäre ein ewiger Kreislauf. Nicht schlecht. Oder war's nur ein Besoffener, der auf dem Nachhauseweg *»Bei mir dreht sich alles«* murmelte?

– Klappe! knurrt Max.

Nachmittags haben wir Tourabrechnung in der WG. Ich freue mich, Schimanski und Brunner wiederzusehen. Nachdem wir zwei Wochen von morgens bis abends aufeinandergehockt haben, ertappe ich mich den ganzen Tag dabei, mich alle paar Minuten umzuschauen, um zu sehen, was sie gerade anstellen. Reflexe eines Babysitters.

Kaum sind alle da, kommt Vivi wie eine Speedhure aus ihrem Zimmer herausgeschossen. Oh! Sie konnte ja nicht ahnen, daß ich Besuch habe, nicht wahr? Da zieht sie sich ja vielleicht doch besser etwas mehr an, oder? Diese Unterwäsche verdeckt ja nicht allzu viel, wie?

Die Jungs halten sich echt gut. Sie schauen zwar genau hin, aber sie sabbern nicht. Ich bin stolz auf sie. Vivi geht enttäuscht ab. Es gibt Augenblicke, wo ich das Gefühl habe, daß sie sich entwickelt. Dieser gehört nicht dazu.

Ich eröffne die Konferenz.

– Na gut, erst die Geldprobleme, danach rechnen wir die Tour ab.

– Wo ist der Unterschied? fragt Max.

– G-G-Genau! kichert Brunner.

Ich gebe ihm eine halbe Minute.

– Geht's wieder? Können wir?

– Die Plakate sind alle, sagt Schimanski.

– D-Die T-Tapes a-a-auch.

– Telefonrechnung zwovierzig, sagt Max.

– Die Pressefotos sind Scheiße. Wir brauchen neue, sagt Schimanski.

– D-Die A-Aufkleber haben e-einen F-F-Fehldruck.

– Proberaumschlüssel abgebrochen, brummt Max.

– Die Druckerpatrone macht's nicht mehr lange.

– K-Kein B-Bier mehr da.

Das scheint's gewesen zu sein. Ich krame meine Belege vor.

– Okay, dann laßt uns die Tour abrechnen.

Den Bus hat uns ein freundlicher Gönner von *Yello Cab* gratis zu Verfügung gestellt, und da wir in den zwei Wochen nur zwei Mal für Unterkunft gezahlt haben, hege ich die leise Hoffnung, daß wir im Plus landen werden. Ein Plus so zart wie eine Frühlingsbrise, aber immerhin.

Je mehr Quittungen auf den Tisch flattern, desto zarter wird die Brise, bis sie schließlich im Sturm der Belege untergeht. Benzin, Verpflegung, Bier, Benzin, Unterkunft, Bier, Benzin, Bier, Bier, Unterkunft, Bier, Ersatzreifen, Bier, Benzin.

– Abzüglich der Miete für die Anlage und zwei Tickets für intelligentes Parken ...

Ich werfe Brunner einen schiefen Blick zu.

– U-Und der M-Mikrofonständer, den S-Schimanski kaputtgetreten h-hat ...

– Und der Glastisch von der Süßen aus Bremen, wie hieß sie denn noch gleich? lenkt Schimanski ab.

– Und das Ticket für überhöhte Geschwindigkeit in einer verkehrsberuhigten Zone ...

Ich werfe Brunner noch einen Blick zu.

– U-Und ...

Jedem fällt noch was ein. Ich rechne noch mal zusammen. Die Spannung steigt, die Hoffnung sinkt.

– Hm ..., also, abzüglich der Proberaummiete sind wir bei ... wartet mal ... sechzehnhundert Miesen!

– W-W-Was? Wir s-spielen zwei W-Wochen und s-sind trotzdem p-p-p-p-

– Pleite, hilft Schimanski nach.

– A-Arschloch!

– Gut, daß es keine Europatournee war, knurrt Max.

Keiner lacht. Nicht mal Brunner.

– Zwei Gagen stehen noch aus. Falls sie eintreffen, sind wir ... ich würde sagen, pleite, aber nicht mehr hoffnungslos.

Wir verweilen ein paar Minuten still in Armut, dann starte ich durch.

– Shit, es muß sich was ändern. Wir können nicht in aller Ewigkeit durch die Gegend gondeln, ohne mal 'ne Mark zu machen.

– Oder fünf ..., sagt Schimanski.

– O-Oder f-fünfhundert ...

Max schweigt.

– Fünftausend, erhöht Schimanski für ihn.

Wenn die beiden erst mal in Schwung geraten, kann man den Tag ruhig zu dem gestrigen legen.

– Beruhigt euch, versuche ich sie zu bremsen.

– F-Fünft-t-tausend M-Mark ..., flüstert Brunner andächtig.

– Mit fünftausend DeEmmer könnten wir uns 'ne eigene Anlage kaufen, nervt Schimanski weiter.

– U-Und e-einen eigenen B-B-Bus.

– Und ein paar Becks-Aktien vor der nächsten Tour, knurrt Max.

– G-Genau! kichert Brunner.

– Wovon redet ihr, zum Teufel? Ich höre immer was von fünftausend. Warum nicht gleich *zehntausend*!

– Auch nicht schlecht, lacht Schimanski, – dann könnten wir die Hälfte unserer Deckel bezahlen.

– Ein V-Viertel!

– Toll! Ihr nehmt das Ganze ja echt ernst! Ich finde es aber merkwürdig, daß ihr so versessen drauf seid zu verhungern ...

Sie kichern.

– ... und verdursten.

Sie verstummen schlagartig.

– Was wir jetzt brauchen, sind keine Spinnereien, sondern eine Idee, und zwar keine gute, sondern eine *ge-ni-ale*!

– Hey, entspann dich, sagt Schimanski achselzuckend, – wir arbeiten ja dran.

– Das tun wir seit Jahren, und was ist dabei rumgekommen?

– Na, was wohl? sagt er und breitet die Arme aus. – Wir sind 'ne Klasseband geworden!

– Mit kein Geld nicht für'n Hungertuch!

– M-Mann, g-ganz l-l-locker. Lass u-uns m-mal drüber n-n-nachdenken.

– Genau! Wir haben keine Probleme, nur Aufgaben zu lösen, ruft Schimanski. – Dreißig Minuten brainstorming, und das Problem ist gelöst!

Eine halbe Stunde später habe ich die Aufgabe noch immer nicht gelöst, und das *ist* ein Problem! Ich überlege gerade, welchen Asijob ich noch mal ertragen könnte, als Schimanski auf seine Uhr tippt.

– Die Zeit ist rum.

Zehn zu eins, daß er gleich etwas vorschlagen wird, was Geld kostet.

– Wir machen 'ne CD, sagt er. – Dann kriegen wir mehr Presse, bessere Gagen und es ...

– Kostet Geld, würge ich ihn ab und nicke Brunner zu, der schon ungeduldig wartet, seinen Bullshit loszuwerden.

– M-M-Merchingd-d-d-

– Hört mal, unterbreche ich ihn, – es wäre echt klasse, wenn ihr ein paar Vorschläge machen könntet, die nicht investitionsabhängig sind.

– A-A-A-

Ich schaue demonstrativ auf die Uhr.

– A-Arschloch! W-Wir n-nehmen e-einfach einen K-Kredit a-auf!

Ich schließe die Augen. *Du bist in einem Wald, du atmest tief ein, die Vögel zwitschern, die Luft ist rein, Brunner ist weit weg, die Stille beruhigt dich ...*

– A-Alle G-Geschäftsleute haben S-S-Schulden.

Bei so viel Insiderwissen gibt meine Meditation den Geist auf. Ich tauche wieder aus dem Wald auf.

– Geschäftsleute, erinnere ich ihn, – die Schulden haben, brauchen sie, weil sie Einnahmen haben, die sie nicht versteuern wollen, okay? Jetzt haben wir aber soeben festgestellt, daß wir keine Einnahmen haben, also sei so gut und erkläre uns, wie du das Darlehen zurückzahlen willst. Vielleicht möchtest du die Summe in eintausend Monatsraten, zu je fünf Mark abstottern ...

Er schaut mich böse an.

– A-A-A-

– Hey Mann, ich bin auf deiner Seite ..., mischt Schimanski sich ein.

Natürlich meint er damit nicht mich.

– ... aber das mit der Bank ist, glaube ich, keine gute Idee. Diese Typen haben damals die Nazis unterstützt und sind immer noch im Geschäft. Mit solchen Typen sollte man sich nur im Notfall anlegen.

– A-Aber d-das Bier ist a-alle.

– WAS? SCHEISSE! DAS *IST* EIN NOTFALL! brüllt Schimanski.

– Ich weiß, was wir machen, sagt Max still.

Unsere Köpfe fahren herum.

– Wir spielen im E-Werk. Wenn's ausverkauft ist, sind wir saniert und zumindest in Köln bekannt.

Nach ein paar Sekunden schließe ich meinen Mund wieder. Er muß den Verstand verloren haben!

– *E-Werk? Ausverkauft?* Na klar!

Ich klopfe ihm auf die Schulter und beginne aufzuzählen.

– Was wir dafür brauchen, sind ein paar Riesen für die Miete, zweitausend Zuschauer, neue Plakate, neue Fotos, neu ...

– Groß denken oder klein bleiben! klugscheißert er.

– Ja, aber ...

– E-Werk füllen, Problem gelöst!

Ich versuche aus seiner Mimik schlau zu werden.

– Na bitte! unterbricht Schimanski meine Bemühungen.

– *Na bitte?* fahre ich ihn an. – Was zum Teufel meinst du damit?

Er gibt mir keine Antwort. Dafür fällt Brunner mir in den Rücken.

– O-Okay, w-wie ist der P-Plan? stottert er blöde.

– Arschloch!

Er grinst befriedigt.

– E-Werk füllen, wiederholt Max stumpf.

Ich warte ab, welchen Blödsinn Schimanski vertreten wird, aber Wunder über Wunder, er scheint sein Gehirn wieder eingeschaltet zu haben.

– Die Idee gefällt mir, sagt er, – aber wir haben keine Kohle, um die Halle anzumieten.

Wow! Welche Erkenntnis!

– Man müßte den Booker dazu überreden, einen Risikodeal einzugehen, murmelt Max leise.

– HALT! rufe ich und hebe die Arme. – *Überreden* kommt *überhaupt* nicht in Frage!

Max schaut mich undurchdringlich an und schweigt. Ich warte. Schimanski wartet. Brunner wartet. Das Leben zieht an uns vorüber. Tolle Szene.

– Okay, okay, gehen wir einfach mal davon aus, daß du überreden im Sinne von *reden* meinst ... In dem Fall willst du dem E-Werk-Booker also einen Deal auf Kasse vorschlagen, ja?

Max senkt seinen Kopf einen Millimeter.

– Darf ich dich in diesem Zusammenhang fragen, was du ihm sagst, wenn er wissen will, wo da für ihn ein Deal sein soll?

– Das wird er nicht, sagt Max still.

– Aha, so so, na, da bin ich ja mal gespannt ...

– Weil du das machst.

– *Ich?*

– Du spielst doch mit dem Typen Fußball, wirft Schimanski ein.

– *Gegen ihn*, berichtige ich unseren Mann für Logik, – du kennst doch den Unterschied, oder?

– Wär trotzdem einen Versuch wert, beharrt er.

– G-G-Genau!

Ich schaue sie der Reihe nach an.

– Mal was ganz anders ... Was haltet ihr davon, wenn wir uns in »*Shit, es ist ansteckend!*« umbenennen?

Keiner lacht.

– Ich meine, in der Kneipe von diesem Typen liegt ein Deckel, den sein Geschäftsführer aus dem einzigen

Grund noch nicht eingefordert hat, weil er ihn nicht *glauben* kann!

– A-Aber-

– Und nur mal angenommen, er sagt ja, was dann? unterbreche ich Brunner. – Dann müssen wir das E-Werk füllen, und da passen mehr als zweitausend Leute rein. Das ist ungefähr zehnmal soviel Publikum, wie wir sonst haben.

Brunner formt ein tonloses Wort mit den Lippen.

– Wow! Du hast gar nicht gestottert! lästere ich zurück.

Ich schaue mich um, sehe nichts als blanke Flächen, über die Projektionen von ausverkauften Hallen und gedeckten Schecks huschen ... Ich weiß, wann ich geschlagen bin.

– Verdammt! ... Aber ich will nichts hören, wenn's schiefgeht.

– Geht es nicht, versichert Max mir.

Ich werfe ihm einen Blick zu.

– Also, wir brauchen Plakate, Pressefotos und etwas Geld, um den Druck anzuzahlen. Vorausgesetzt, wir finden noch einen Laden, der uns Kredit gibt.

– Wieviel? fragt Schimanski.

Ich rechne hoch.

– Fünfhundert müßten es tun.

– Okay, du machst den Gig klar, und ich kümmere mich um die Scheine.

Ich mache nicht den Fehler, ihn zu fragen, was er vorhat.

2. Die Tänzerin

Es ist kurz vor Mitternacht. Ich betrete die Party von Hanne und Hanno und bin fünf Minuten später bemalt, gefilmt und abgeleckt worden. Nicht einmal die Aufnahmerituale des Vatikans sind so verbissen wie die der alternativen Künstlerszene.

Schließlich werde ich in den erlauchten Kreis aufgenommen. Ein luftig bekleidetes Mädchen in einem Häschenkostüm nimmt mich an die Hand und führt mich zu den Gastgebern, die auf einem Podest thronen und salmvolle Begrüßungen aussprechen. Hat was. Hätte aber noch mehr, wenn es nicht ernst gemeint wäre.

Irgendein Witzbold hat den beiden mal den Spitznamen HaHa verpaßt, seitdem nennt sie jeder so, obwohl sie so witzig sind wie ein Kurzschluß im Massagestab. Sie haben kein Interesse an irgend etwas oder irgend jemandem, es sei denn, der, die oder es bringt HaHa einen Schritt weiter auf ihrem langen Weg zur Unsterblichkeit. Klatschspaltomanie vom feinsten.

Was sie allerdings haben, ist Geld, Aktien, Grundstücke, ein großes Haus, und all das nutzen sie gezielt, indem sie jeden Monat eine Party für Künstler und andere Verlierer geben, denn die sind ja immer für ein Skandälchen gut und damit gut für die Presse und damit gut für HaHa und damit gut für sich selbst. Der ewige Kreislauf und so.

Vor knapp einem Jahr veranstalteten sie eine Feuer-Performance, und dabei fingen ein paar Bäume Feuer. Statt zu löschen, hackte der Künstler das Gartenmobiliar zusammen und warf es in die Flammen. Die Feuerwehr kam gerade rechtzeitig, um die Flammen dran zu hindern auf das Haus überzugreifen. Wer jetzt denkt, HaHa hätten den Irren danach einsperren lassen, der hat's noch nicht begriffen – *sie waren glücklich!* Auf der einen Seite die Blutblattfotografen, auf der anderen die Flammen. Hurra, endlich nicht mehr unterbelichtet ...

Ich denke, daß es den meisten Gästen bewußt ist, wofür sie sich hergeben, dennoch gehen alle hin und versuchen sich möglichst teuer zu verkaufen. Ich auch.

Gerade komme ich an einem Schlafzimmer vorbei und sehe, wie ein Typ aus dem Fenster hängt und kotzt. Die einzige Art, sich vor solchen Typen zu schützen, ist die, schlimmer zu sein, also halte ich an der ersten Bar und lasse mir einen doppelten »GIBS« einschenken. Das ist irgendwas mit Gin und Bananen. Ich kippe ihn runter, lasse mir einen weiteren geben und gehe damit in die Küche, um den kulinarischen Teil des Abends einzuläuten.

Unterwegs stolpere ich über einen Typen, der halbnackt und stocksteif mit weit aufgerissenem Mund auf den Boden liegt, während zwei krakeelenden Mädchen ihm von einem Tisch aus Oliven in den Mund kullern. Ich checke seinen Puls – er lebt. Ich drängele mich weiter, während ich nach einem bekannten Gesicht Ausschau halte, doch das einzige, das ich entdecke, winkt mir von der verspiegelten Decke zu. Ich proste dem Herrn im Himmel zu, leere meine Glas auf sein ganz Persönliches und nehme dann Kurs auf die Salattheke, um dem Abend die nötige Unterlage zu verschaffen. BAFF! Ein bekanntes Gesicht ... Schweres Herzflimmern.

Sie sieht mich, winkt mir zu und tippt gleichzeitig dem Typen, der neben ihr steht, auf die Schulter. Er dreht sich um und wirft mir einen kurzen Blick zu, um mir dann verschwörerisch zuzublinzeln. Ach, du Schande! Die *»Und-trotzdem-könnten-wir-Freunde-sein-Tour!«*

Instinktiv bahne ich mir einen Weg in die entgegengesetzte Richtung, bis ich schließlich an einer Theke stehenbleibe, um zu verschnaufen. Die Barfrau schaut mich kurz an, dreht sich um und beginnt etwas zusammenzupanschen. Zehn Sekunden später schiebt sie mir wortlos ein Glas rüber, und ich erkenne das Ausmaß ihrer Qualifikation. Es ist ein KIKO. Der volle Name lautet *»Kippundkotz«*, und normalerweise wird es erst ausgeschenkt, wenn den Gastgebern gar nichts mehr einfällt, wie sie die letzten Gäste vertreiben können. Mein Gesichtsausdruck scheint den Bruch der Etikette zu rechtfertigen.

– Noch einen.

Der zweite schlägt voll ein. Ich spüre, wie das Zeug sich sofort mit den Bananen zusammenrottet, um mein Gleichgewicht zu sabotieren, aber das ist eh schon dahin. *Warum hat mir niemand gesagt, daß sie wieder in der Stadt ist?*

Als der erste Schock sich gelegt hat, verziehe ich mich in den Garten, um mich zu sammeln. Alle Gartenbänke sind mit Pärchen belegt, die sich gebärden, als wären sie in den Flitterwochen. Ein paar Halbnackte meditieren um ein Feuer herum und atmen den Rauch in tiefen Zügen ein, während um sie herum Hände und Zungen um die Plätze kämpfen. *Sie ist also wieder da. Und einen neuen Typen hat sie sich auch mitgebracht. Aber verdammt noch mal, was will sie ...*

– EY!

Ich zoome zurück ins Jetzt und starre in zwei schwarze Augen, die zu einem finster aussehenden Typen gehören. Er sitzt mit einem Mädchen auf einer Bank und hat ihr seine Hand ins T-Shirt geschoben. Aus einer abgeschnittenen Jeansjacke schauen zwei tätowierte Oberarme hervor und verraten mir, daß alle Fotzen sind, außer Mutti. Oh, ohh ...

Mittlerweile hat seine Hand eine Knetpause eingelegt, weil er seine ganze Energie dafür braucht, mich böse anzuschauen.

– Wat gucksten so, du Wichser?

Ich zeige ihm meine leeren Handflächen und verziehe mich. Ist die Welt so, weil es solche Typen gibt, oder gibt es solche Typen, weil die Welt so ist?

Meine Suche nach einem sicheren Standort, führt

mich zu einer Theke, von der man den ganzen Garten überblicken kann. Ich checke die Fluchtwege und lasse mir einen Teller füllen. *Will sie wieder in ihr altes Leben abtauchen? Und wenn ja, gehöre ich noch dazu?*

Dieses Mal läßt mich mein Instinkt nicht im Stich, und ich hebe den Kopf rechtzeitig, um zu sehen, wie sie mit ihrem weltmännischen Begleiter den Garten betritt und ihren Blick über das Areal schweifen läßt. Sie hat mich noch nicht entdeckt, bewegt sich aber langsam in meine Richtung. Es kann nur eine Frage von Sekunden sein, bis sie mich hier stehen sieht, und dann ... Ja, was zum Teufel passiert dann? *Entspann dich! Vielleicht will sie ja nur ein bißchen plaudern, dich fragen, wie es dir so geht. Wäre das wirklich so schlimm?* JA! Nicht sie, nicht hier, nicht so.

Neben mir ist ein Gebüsch, dessen Äste fast bis zum Boden runterhängen. Ich hebe einen Ast an und hocke mich drunter. Besetzt. Zwei Stimmen wünschen mich zur Hölle, aber der Preis ist okay, also bleibe ich stur und harre der Dinge.

Hinter mir legt sich die Aufregung wieder, und so kann ich mich in Ruhe auf die beiden paar Schuhe konzentrieren, die an meinem Versteck vorbeigehen. Sie hat immer noch die Angewohnheit, auf den Außenseiten der Füße zu gehen ...

Mein Herz schlägt nach ihr, aber die Schuhe gehen, ohne zu zögern, vorbei, und ich fange wieder an zu atmen. Wieso gehe ich nicht einfach zu ihr hin und begrüße sie als das, was sie ist: eine Ex. Und Hopp. *NEIN!* Ich brauche Zeit. Und Alkohol. Und Zeit. Und Alkohol.

Das Gebüsch zittert, und ich erkenne an den Geräuschen, daß die beiden Buschmenschen endgültig beschlossen haben, mich zu ignorieren, und kurze Zeit später nähere ich mich in Lichtgeschwindigkeit dem Zustand völliger Unzurechnungsfähigkeit. Es riecht nach Erde und Sex, und dazu die Geräusche ... Noch eine einzige Minute in diesem Gebüsch und ich kann für nichts garantieren. SENSATION! UNBEKANNTER ROCKSÄNGER WIE WILD ONANIEREND IM GEBÜSCH ANGE-

TROFFEN! GERTRUD W. (68): »ER HATTE SCHAUM VOR DEM MUND UND MACHTE ES MIT *BEIDEN HÄNDEN*!«

Um meine Personalakte auf Diät zu lassen, rolle ich mich im letzten Moment aus dem Gebüsch heraus und richte mich vorsichtig auf. Links, rechts, links – alles klar, die Luft ist rein. Pardon, eine alte Redensart.

Max sitzt auf einer Gartenbank und lächelt mich kopfschüttelnd an. Bringt mich echt weiter. Was ich jetzt brauche, ist der Beistand einer speziellen Mixtur aus Alkohol und Früchten, sowie ein Platz mit einem Fluchtweg. Beides gibt es hier nicht, also winke ich Max zum Abschied und schwanke zum Haus zurück, um eine Gelbfruchtplantage abzuernten.

Als ich endlich ein volles Glas und einen gefüllten Teller vor mir habe, kommt Heike auf mich zugeschossen. Erst im letzten Moment bremst sie ab. Der Inhalt ihres Glases ist träger und vermischt sich mit dem Zeug auf meinem Teller.

– Tacheles! ruft sie. – Schön, daß du da bist.

Ich nicke und lasse die Rituale widerstandslos über mich ergehen. Links, rechts, links, Bussi, Bussi, Bussi.

Heike ist eine amtliche Partypädagogin und die Mutter jeder Party. Sobald sie eine Menschenversammlung betritt, fühlt sie sich für das Wohl jedes Anwesenden verantwortlich. So ist es nicht weiter verwunderlich, daß die meisten Partygänger sich von ihr anstatt von den Gastgebern verabschieden.

– Ist es nicht eine tolle Party? jubelt sie und strahlt nach allen Seiten. Dabei berühren ihre Hände mich immer wieder, und ihr Lachen will mir vermitteln, daß wir alle eine große Familie sind. Sie macht den Eindruck, als wäre sie glücklich, ich habe sie aber noch nie ohne ein Glas in der Hand gesehen.

Sie jubelt weiter. Ich nicke und schüttele abwechselnd den Kopf, und weil sie am schnellstens wieder abhaut, wenn sie nicht gebraucht wird, schenke ich ihr ein begeistertes Lächeln. Sie zischt ab, um anderswo Menschenleben zu retten.

Max winkt mir zu und verdreht die Augen nach links, also schiele ich in den Westen. Die Tänzerin ist wieder im Anmarsch und macht mir laute Zeichen stehenzubleiben.

Der Fluchtweg führt mich durch ein Schlafzimmer, wo ich schon wieder einer Vereinigung störend gegenüberstehe. Zwei nackte Leiber erstarren auf dem Bett. Vielleicht wird ihnen ja gerade klar, was sie da eigentlich treiben. Ich meine, in diesem Haus eine Nummer zu schieben und dann noch im Schlafzimmer ... Die müssen ja total bescheuert sein.

Ich überlege kurz, ob ich ihnen die Kamera zeigen soll, aber die Zeit drängt.

– Nette Party, was? rufe ich ihnen im Vorbeilaufen zu.

Während ich das Fenster öffne, riskiere ich einen Zweitblick. Sie liegen noch immer in derselben Position und starren zu mir rüber. Ich winke ihnen zu und springe im selben Moment ab, als die Tänzerin das Schlafzimmer betritt.

Zwei Meter Freiflug und wieder mal am Boden. Beim Abrollen krache ich in ein paar Gartenstühle, und der Salat klatscht mir aufs Hemd. Sieht aus wie etwas, in das ich neulich getreten bin.

Max materialisiert sich neben mir, schnappt sich meinen Arm und marschiert los. Wohin? Keine Ahnung. Warum? Ich habe letztes Mal gefragt.

Er drückt mich auf eine Gartenbank, gibt mir ein Warte-hier-Zeichen und läßt mich dann alleine. In meinem Kopf toben die Erinnerungen, weiter unten die Bananen.

Plötzlich überfällt mich eine tonnenschwere Müdigkeit. Ich lasse mich gegen die Rückenlehne sacken und fühle mich wie ein Alt-Achtundsechziger in den Neunzigern – mir wird alles egal.

Der Garten gerät in Schwung. Jemand hat Benzin ins Feuer gekippt, und die Nackten springen kreuz und quer drüber und brüllen dabei. Die Unsportlichen am lautesten. Ein paar Vollidioten schreien den Himmel an, daß, wenn er Gott beinhalten sollte, sie es echt irre toll fänden, wenn er sich mal zeigen würde. Also wenn ich Gott wäre, dann hätte ich seit ein paar Jahrtausenden ein Date auf einem fernen Planeten.

Vielleicht hat er das tatsächlich, denn vor mir taucht plötzlich der tätowierte Knetkünstler von vorhin auf. Als er mich sieht, verzieht sich sein Gesicht zu einem glücklichen Lächeln. *Ich bereite ihm Freude!*

Ich bin eindeutig schon zu besoffen, um wegrennen zu können, und bluffen ist auch nicht drin, denn dazu braucht es einen Gegner mit Verstand, also schließe ich die Augen und versuche es mit dem guten alten Trick. *Erde an Enterprise: Beam me up, Scotty!*

Ich öffne die Augen. Das Arschloch steht immer noch vor mir. Ich setze Scotty auf die Liste und richte mich schwankend auf, um dem Ende wie ein Mann zu begegnen. Meine Beine zittern, und ich sehe, daß ihm so langsam ein Licht aufgeht. Es müßte zwar eine Lichterkette sein, damit er noch Chancen auf einen Hauptschulabschluß hat, aber es reicht locker aus, um ihm klarzumachen, daß ich die beste Beute bin, die es gibt – leichte.

Er dreht sich kurz zu dem braunhaarigen Vakuum um, das auch in diesen schweren Zeiten wie ein Kaugummi an seiner Seite klebt, und murmelt etwas wie *Noploplem!*, dann kommt er lässig auf mich zugerollt.

Ich versuche, tief zu atmen, keinen Schmerz zu empfinden, mich auszubalancieren ... Nichts geht. Na gut! Dann werde ich das tun, was jemand schon vor langer Zeit hätte tun sollen – *ich werde um Hilfe rufen!*

Ich hole gerade tief Luft, als ich zu meinem Erstaunen sehe, daß Einstein ein paar Meter vor mir stehenbleibt und die Fäuste sinken läßt. Er glotzt zwar weiterhin böseblöd aus der Wäsche, macht aber keinerlei Anstalten, näher zu kommen. Das braucht er auch nicht, denn er ist schon so nah, daß ich ihn riechen kann. Himmel! Die Genfer Konventionen haben mal wieder versagt.

Plötzlich gibt er ein Knurren von sich, rotzt einmal

kräftig in meine Richtung, dreht sich dann um, und haut dem braunhaarigen Hohlraum ansatzlos eins in die Fresse.

Zusammen beobachten wir, wie sein Punchingball die Hände vors Gesicht schlägt und hintenüber kippt. Dann wirft er mir einen Blick zu, ob ich ja auch mitgekriegt habe, wie böse er sein kann. Ich nicke ihm anerkennend zu, und er macht das, was er für einen coolen Abgang hält.

Das braune Hohl rappelt sich benommen wieder auf und wirft mir einen Blick zu, als wäre *ich* ihr Problem, dann hechelt sie hinter ihrem Meister her. Frauenhauskandidatin. Wenn sie Glück hat. Apropos Glück, wieso zum Teufel hat er *sie* geschlagen?

Während ich mich noch wundere, höre ich hinter mir ein seltsames Geräusch.

– Zisssch ...

Kann Einsteins Spucke sein oder eine echt paranoide Finte à la Rockford, also bleibe ich einfach stehen und warte. Ist es Rockford, wird mir gleich jemand auf die linke Schulter tippen. Ist es die Monsterrotze, bin ich geliefert.

– Zisssch!

Ich *hasse* so was!

Schwankend drehe ich mich um und sehe Max lässig auf einer Bank sitzen. Neben ihm sitzen hundert Kilo fieses Fleisch und starren stumpf vor sich hin. Zwei Arme, zwei Beine. Könnte ein Mensch sein.

Max winkt mir freundlich zu und macht eine Wisch-und-weg-Bewegung vor dem Gesicht des Fleischberges. Ich schaue genauer hin. Kenn ich nicht, will ich auch nicht kennen.

Ein paar unsichere Schritte bringen mich in die Todeszone. Aus der Nähe wird der Anblick auch nicht besser. Fast frage ich, wer das ist, kann aber gerade noch korrigieren.

– Was ist das?

Max zuckt die Achseln und grinst schief. Er scheint irgendwie auf ein Lob zu warten.

– Du kennst ihn nicht?
Er schüttelt den Kopf.
– Und wieso sitzt er da?
Max zuckt die Achseln.
– Das heißt, er hätte mir gar nicht geholfen, falls ...
Max schüttelt den Kopf.
– Eine Bluffer-Nummer?
Er nickt.

Ich starre ihn böse an. Er seufzt resignierend, dann steht er auf und geht wortlos weg. Wohin? Scheiß drauf! Ich meine, *echt klasse*, seinen einzigen und besten Freund als Einsatz in einem Blufferspiel zu bringen!

Es fängt an zu regnen, und das Feuer verwandelt sich in eine Rauchbombe. Vielleicht ist Gott ja doch vorbeigekommen und hat beschlossen, daß es mal wieder an der Zeit ist, aber dieses Mal ohne Arche.

Mit einem Schlag ist der Garten wie ausgestorben, und ich beschließe, mich lieber in die Reichweite der Tänzerin und ihres weltmännischen Begleiters zu begeben, als das Risiko einzugehen, Wasser zu schlucken.

Im Haus gerate ich vom Regen in die Traufe, denn zwischen mir und der Bar sitzt Karin S. und hält ihren ewigen Monolog.

Als ich mich an ihr vorbeiquetsche, summe ich, so laut ich kann, komme aber nicht umhin festzustellen, daß sie wieder bei ihrem Lieblingsthema ist: Karin S.

Sie sieht mich, und ihre piepsige Stimme schwillt an, um mir klarzumachen, daß sie a) am längeren Hebel sitzt und b) diesen Hebel auch betätigen wird, wenn ich mal so unvorsichtig sein sollte, ihr vor die Mündung zu stolpern.

– He, da ist ja unser unbekannter Rockmusiker. Kommt Mädels, lassen wir den Hut rumgehen! keift sie schrill.

Ich rümpfe im Vorbeigehen die Nase. Zu mehr Understatement fühle ich mich momentan nicht in der Lage.

– Aber lästern wir nicht, gackert sie unbeeindruckt

weiter, – viele unbekannte Musiker haben es geschafft, und er ist mit Abstand der unbekannteste!

Ich wirbele herum, mache einen wackligen Schritt und bleibe vor ihr stehen. Sie reißt die Arme hoch und preßt sich tief in die Polster. Jemand drückt die Pausentaste.

– Der war gut, sage ich in das Standbild hinein.

Sie duckt sich noch mehr.

– Der war wirklich gut ...

Sie lockert die Deckung ein bißchen, linst mich zwischen den Fäusten mißtrauisch an. Ich lache sie freundlich an. Ihre Deckung sackt etwas ab. Manche lernen es nie.

– Miauuu ...

Sie kneift die Augen zusammen. Ich schmatze ein paar Mal mit den Lippen, lege den Kopf schief und warte.

Plötzlich reißt sie die Augen auf und wird kreidebleich. Ihre Arme sinken kraftlos in die Polster.

– *Du?* flüstert sie erstickt.

Ich schmatze noch mal genüßlich, dann lasse ich sie mit ihren Erinnerungen alleine und kämpfe mich zur Theke durch, wo mich Max kopfschüttelnd erwartet. Die Barfrau wirft mir einen abschätzenden Blick zu und beginnt sofort wieder, etwas zusammenzupanschen.

– Hm? macht Max.

– Was?

Er macht eine Kopfbewegung zu Karin S.

– Keine Ahnung, lüge ich und nehme einen langen Schluck vom Ende.

Gegen drei artet die Party aus. Ein Teil der Stereoanlage hat sich verabschiedet, und irgendeine kreative Kreatur beschließt, Livemusik zu machen, also trommeln alle auf irgend etwas herum, und die elektrischen Gitarren lassen das Haus in seinen Fundamenten erzittern. Die Bullen lassen nicht lange auf sich warten, aber sie wissen natürlich auch, wer der Schirmherr ist, daher geben sie ihre Ansage friedlich an der Tür ab und verschwinden wieder.

Kaum sind sie weg, pegelt sich die Geräuschkulisse wieder auf Flughafenniveau ein, und ich verziehe mich an das andere Ende der Bar, um mein verbliebenes Gehör zu retten.

Heike kommt vorbei und verrät mir, daß die Tänzerin gegangen ist, und da von Einstein ebenfalls nichts zu sehen ist, konzentriere ich mich auf die Show, die vor mir abläuft. Flirts, Eifersüchteleien und jede Menge hyperinnovatives Schulhofgehabe. Ein Crashkurs in Verhaltensforschung.

Am Fenster gegenüber steht eine Frau, die mir seit Monaten immer wieder über den Weg läuft. Sie ist eine von diesen Frauen, die man aus irgendwelchen bescheuerten Gründen nie anspricht, um sich dann anschließend zu wundern, daß man ausgerechnet *die* nie kennengelernt hat. Ich winke ihr zu. Sie hebt eine Augenbraue und lächelt. Hm ...Vielleicht ist es der richtige Zeitpunkt für einen ganz schmalen Talk, aber irgendwie bin ich schon zu hinne, um etwas Belangloses sagen zu können, also verschiebe ich es auf später.

Plötzlich nimmt der Geräuschpegel ab, und ich tippe, daß die Bullen ihren zweiten Alibiwarnschuß abgeben kommen. Die Türklingel schellt noch mal, und da es heute noch keinen Skandal gegeben hat, steige ich auf einen Stuhl, um nichts zu verpassen.

Die Haustür schwingt auf, und Vivi betritt den Raum. Ein Stöhnen geht durch die Menge. Sie trägt nichts als eine hautenge schwarze Seidenhose und ein völlig durchnäßtes weißes T-Shirt, auf dem steht: *Du kannst nicht der Erste, aber der nächste sein!*

Die Hengste im Stall halten ehrfürchtig die Luft an, und die Stuten blähen kämpferisch die Nüstern. Sogar von meinem Platz aus kann ich ihre steifen Brustwarzen unter dem T-Shirt erkennen. O Mittelpunktsucht ...

Jemand läßt sein Glas fallen, und das Geräusch klingt in der Stille wie ein Kanonenschlag im Sarg. Vivi nimmt das als Signal und schwebt mit anmutigen Schritten in die Mitte des Raumes, dreht sich einmal wie ein Model auf dem Laufsteg, breitet ihre Arme zu einer allseitigen Umarmung aus und bringt ihre übliche Begrüßungsnummer:

– Hi, ich bin Vivi. Mit zwei Vaus, wie fischen und ... Sie macht eine kleine Kunstpause, – ... vögeln!

Atemlose Stille. Sie stemmt die Hände in die Hüften, legt den Kopf schräg und zündet die Bombe.

– Kann mir *irgend jemand* ein volles Glas *irgend etwas* besorgen?

Die Hölle bricht los! Alle Singles sind in rasender Bewegung, und die Liierten stöhnen machtlos. Der ganze Raum ist eine einzige Kettenreaktion, und mitten im Hormonschlachtfeld steht Vivi und hat mal wieder das, was sie für Erfolg hält. Sie entdeckt mich und winkt mir fröhlich zu. Ich verdrehe die Augen und mache, daß ich abtauche.

Die Frau von der Fensterbank ist nicht mehr auf ihrem Platz. Irgendwann werde ich mich fragen, warum ich sie nie kennengelernt habe, aber bis dahin richte ich mir einen Beobachtungsposten an der Front ein und arbeite mich mit Hilfe meiner Lieblingsbarfrau durch die verschiedenen Kombinationen. Gesichter und Geschichten ziehen an mir vorbei und hinterlassen eine breite Spur aus Oberflächlichkeit und Lügen. Zwischendurch kommt immer wieder jemand vorbei und redet. Ich nicke von Zeit zu Zeit, lasse mein Glas nachfüllen und meinen Blick durch das Chaos wandern, während ich versuche, mich zu erinnern, wann ich das letzte Mal geweint habe.

3. Dealen

Jemand hat meinen Kopf mit Blei gefüllt. Die Sonne knallt rein, und die Einrichtung tanzt vor meinen Augen. Weiße Wände, ein Tisch, zwei Stühle, ein Bett, ein Fenster. Trautes Heim, Glück allein.

Ein Blick auf die Uhr sagt mir, daß ich noch einen drauf werfen muß, denn der große Zeiger steht zwar deutlich auf zehn, aber der kleine ist nirgends zu entdecken. Ein paarmal zoomen, und das Rätsel ist gelöst. Der Kleine hat sich hinter dem Großen versteckt. Na, der hat's begriffen!

Nach einem weiteren Blick in den Kalender weiß ich, daß mein Frühstück ausfällt, denn in zehn Minuten bin ich mit dem Booker vom E-Werk verabredet, und wer bin ich denn, daß ich *ihn*, den *Messias*, warten lasse?

Aber zuerst muß ich kotzen. Ich mach das besser hier, als nachher in der Bahn, also schwanke ich ins Badezimmer, knie mich vor die Schüssel und warte. Nichts passiert. Ich warte. Nichts passiert. Ich warte. Nichts passiert. In solchen Fällen hilft nur eins: an Kotze denken. UUULLLPPP! Die Kunst dabei ist, das Ganze nicht persönlich zu nehmen. Aha! Kartoffelsalat. Der war lecker. Aber was ist das da ... Fisch?

Nachdem ich die Speisekarte analysiert und die Spuren mit Zahnpaste, Aftershave und Creme verwischt habe, werfe ich mich in Jeans und T-Shirt und wanke die Treppen runter, um es hinter mich zu bringen.

Es stellt sich heraus, daß der Booker auch neben dem Fußballplatz ein netter Mensch ist, und unser Gespräch macht einen schönen Alleingang. Die Stunden fliegen nur so dahin, und irgendwann haben wir uns über Heiner Pudelko, der leider gestorben ist, über Rio Reiser, der leider gestorben ist, über einen Produzenten aus Bonn, der leider nicht gestorben ist, über Ulla Meinecke, in die ich mich vor Jahren bei einem Interview verknallte, über ihn, über die Welt und über die Frauen unterhalten. Wir haben sogar dem FC zehn Minuten volle Aufmerksamkeit gewidmet. Sollten die Spieler auch mal versuchen.

Es wird Zeit, aufs Thema zu kommen, solange ich es ertrage, ausgelacht zu werden.

– Ich wollte dich was fragen ...

Er nickt mir aufmunternd zu. Ich merke mir das Lächeln. Wird fürs erste das letzte sein.

– Die Jungs wollen unbedingt bei dir spielen.

– Warum eigentlich nicht?

Beim Pokern und Geschäftemachen, sollte man sein Gesicht unter Kontrolle haben, aber ich konnte ja nicht ahnen, daß er so link sein würde!

– Wann denn? fragt er unschuldig und lacht sich ins Fäustchen, daß er mich so sauber erledigt hat.

– Schnell, bald, nächsten Monat! stolpere ich los.

– Mit wem?

– Alleine.

Jetzt stutzt er.

– Hör mal, also nicht, daß ich der Meinung bin, ihr könntet den Laden nicht alleine vollmachen ...

– Gut!

Daran hat er zu kauen. Der Ausgleich liegt in der Luft.

– Ich hab gelesen, daß ihr diesen Monat schon im MTC spielt. Ist es denn so schlau, einen Monat später sofort wieder in der Stadt zu spielen?

Da die Antwort darauf logischerweise nur nein sein kann, antworte ich getreu dem Schimanskischen Prinzip:

– Klar!

Er versenkt sich für einen Augenblick, seufzt dann ergeben, streckt sich und fährt mit dem Zeigefinger über seinen Wandkalender. Tooooor! Der Ball ist ganz klar hinter der Linie.

Sein Finger verharrt zwischen Selig und den Ärzten.

– Okay, das Datum: der achtundzwanzigste. Der Deal: vierzig/sechzig. Ich übernehme die Werbung.

Erschüttert von meiner eigenen Dreistheit, hebe ich einen zitternden Finger.

– Ahh, das ist ein feines Angebot, aber weißt du, ich denke, wir machen besser die Werbung selber. Und was den Deal betrifft, da wäre siebzig/dreißig besser.

Er kann eindeutig nicht glauben, was ich hier abziehe. Ich kanns selber kaum glauben. Bevor er was sagen kann, lege ich noch einen drauf.

– Na gut, sechzig/vierzig. Mehr kann ich dir wirklich nicht entgegenkommen. Hab schließlich 'ne Band zu versorgen.

Er starrt mich an. Ich lächele freundlich zurück. Zeit vergeht. Irgendwann beginnen meine Kinnmuskeln zu schmerzen.

– Schlag ein, lächele ich und halte ihm die Hand hin. *Du willst es! Du kannst es! Du tust es!* beschwöre ich ihn innerlich.

Und dann tut er es tatsächlich!

– Wahnsinn! rutscht mir heraus.

Er nickt und schaut verdattert auf seine Hand, die ich pumpe, als wäre sie der Jungbrunnen.

– Ihr schuldet mir was! knurrt er.

Plötzlich liegt das zwei zu zwei in der Luft. Ich warte auf den Anschiß wegen dem Deckel, aber er sagt nichts. Ich floskele das Ergebnis über die Zeit und schwebe aus dem Büro. Ein Gig im E-Werk ...! Ich könnte glatt ein paar Bäume ausreißen, aber das erledigt die Industrie schon, also gehe ich brav nach Hause, um meine pochenden Schläfen zu kühlen.

Im Briefkasten liegt eine Karte von meiner besten Freundin Britta. Sie ist seit vier Wochen in Südeuropa unterwegs und berichtet mir bisher in quälendster Weise von dem superguten Essen, dem superguten Wetter und was sie mit mir alles anstellen wird, wenn sie wieder da ist. Auch die heutige Karte macht da keine Ausnahme: *Essen gut, Wetter gut, Saft steigt ...*

Ursprünglich hatten wir geplant, zusammen wegzufahren, aber unsere Gratwanderung zwischen Freundschaft, Affaire und etwas mehr, war auch so schon in Unordnung. Und da höre ich eine Stimme: *Mit seinen Freunden bumst man halt nicht!* Tja, wir schon.

Während das Wasser für Morgenritual Teil zwei köchelt, bespreche ich die Maschinen der Jungs. Zu schade, daß ich ihre Gesichter nicht sehen kann, wenn sie die Nachricht abhören.

Nicht einmal die restliche Post kann meiner Laune was anhaben. Strompreiserhöhung, Telefonrechnung und eine Anfrage meiner Haftpflichtversicherung, wie zum Teufel ein *solcher* Schaden entstehen konnte. Fragen ...

Auf der Habenseite gibt's einen Brief von meiner Mutter. Sie fragt, warum ich sie so lange nicht mehr besucht habe, und für den Fall, daß Geldmangel eine Rolle spielen sollte, hat sie einen Hunderter für Benzingeld beigelegt. Hey, gibt es was Besseres als mütterliche Fürsorge? Ahh, welch ein Tag ... Ein Auftritt im E-Werk, eine Karte von Britta, ein Brief von Mor und frischer Kaffee auf dem Tisch. Scheint eine Glückssträhne zu werden.

Vivi startet einen Versuch, meine Aufmerksamkeit zu erringen. Sie knallt den Telefonhörer so hart auf die Gabel, daß ich ihrer Meinung nach schon längst berstend vor Neugierde auf der Matte stehen müßte. Ich bleibe sitzen und lausche.

Ein paar ereignislose Sekunden verstreichen, dann tritt Plan B. in Kraft.

– Scheißtyp, Wichser, Idiot! mault sie.

Funktioniert auch nicht. Ich kann richtig hören, wie sie überlegt, ob sie vielleicht nicht laut genug war.

– SCHEISSTYP! WICHSER! IDIOT!

Ich gehe seufzend los, um meiner Pflicht als Mitbewohner nachzukommen.

Sie wartet schon ungeduldig am Küchentisch.

– Was'n los?

– Machst du mir 'n Kaffee? fragt sie mit ihrer Kleinmädchenstimme und nagt an ihren permanent runtergekauten Fingernägeln.

– Sag's einfach, ermuntere ich sie, während ich ihr meine Tasse rüberschiebe.

– Du hast doch einen ...

Sie zögert.

– Na, wer nicht? witzele ich.

– ... Aidstest gemacht.

– Jahh ..., räuspere ich mich. – Warum? Willst du etwa einen machen?

Sie nickt. *Vorsicht, dünnes Eis!*

– Wie kommt's?

– Marco.

Aha.

– Wer ist Marco?

Sie verdreht die Augen, gibt mir die ganze Palette.

– Er ist sooo süß, wispert sie.

– Und weiter?

Sie zögert, dreht an der Spannungsschraube, und im richtigen Augenblick, ungefähr eine Nanosekunde, bevor ich aufstehe und sie sitzenlasse, platzt sie mit der Message heraus.

– Er ist *bi-sex-u-ell*!

Sie spricht es aus wie *a-so-zi-al*. Ich bleibe stumm und warte auf die Pointe.

– Verstehst du denn nicht, *er ist bi*! wiederholt sie und macht eine dramatische Geste zum Himmel hin.

– Na und? Ist doch heutzutage jeder.

– Aber seine Freunde sind schwul und gehen in diese Parks und machen es mit jedem, der vorbeikommt! jammert sie weiter.

Ich denke an das Verhältnis Fremde zu Kondomen, das ich bisher in Vivis Zimmer gesehen habe. *Seeehr dünnes Eis!*

Ich beschließe, sie zu beruhigen.

– Daß seine Freunde schwul sind, ist doch das beste, was dir passieren konnte.

– Häh?

– Na, schau mal. Als die ganze Aidskiste medienmäßig losging, da waren die Schwulen die letzte Rettung. Sie wurden für alles verantwortlich gemacht, um die Massenhysterie unter Kontrolle zu bekommen. Jeder prominente Schwule, der auch nur einen Schnupfen hatte, wurde mit Foto, Lebenslauf und Abschiedsbrief in den Blutblättern abgedruckt. Das alles geschah, um den Leuten einzureden, daß keine Gefahr besteht, solange man Hetero war, ist und bleibt.

Vivi legt die Stirn in Falten. *Schnell eine Kamera!*

– Verstehe ich nicht, murmelt sie.

– Aber gleich. Die Schwulen haben damals einen Vorsprung bekommen. Sie haben sich tausend Aktionen einfallen lassen, um ihre Leute über AIDS aufzuklären, und als die meisten Heteros sich noch in ihrer Unverwundbarkeit sonnten, da lagen in Schwulenclubs schon lange Kondome und Aufklärungsbroschüren herum.

Das gibt ihr wieder zu denken.

– Das heißt, ich brauche mir keine Sorgen zu machen, daß Marco Aids hat?

Zeit für die Wahrheit.

– Lebst du auf dem Mond, oder was? Diese Scheiße kann jeder bekommen, der sich nicht schützt.

Sie überlegt.

– Das würde ja bedeuten, daß man immer mit Kondomen ...

– Genau.

– Immer? jammert sie und schaut mich an, als könnte ich etwas daran ändern.

– Oder du vertraust jemandem, der einen Test gemacht hat und dir sagt, daß er seitdem nicht ohne Gummi rumgemacht hat. Oder du praktizierst safer Sex. Oder du nimmst das Risiko in Kauf, infiziert zu werden.

– Oder? fragt sie hoffnungsvoll.

Ich zucke die Schultern.

– Scheiße! sagt sie voller Inbrunst.

– Na, zumindest mit der Aussage wirst du nie alleine dastehen, lache ich.

– Machst du es denn immer mit? fragt sie.

Weil ich weiß, wie wichtig heutzutage Vorbilder sind, sage ich ja. Weil ich weiß, wie unglaubwürdig eine unbefleckte Weste ist, füge ich hinzu, daß es da schon mal eine Ausnahme gab. Bei der Gelegenheit beschließe ich auch gleich, ihr zu verschweigen, wie hoch der prozentuale Anteil von homosexuellen Männern bei den HIV-Infizierten ist, sie redet eh von etwas völlig anderem. Was ihr angst macht, ist etwas, das mit »B« anfängt und mit »Ziehung« aufhört.

Das Telefon klingelt, und Vivi sabbert. Das Pawlowsche Gesetz mal anders. Von einem Moment auf den anderen ist sie wieder Sklave ihrer Leidenschaften und verabredet sich mit irgendeiner Männerstimme für heute abend.

Als sie den Hörer auflegt, hat sie unser Gespräch schon vergessen und verschwindet in ihrem Zimmer, um sich zu überlegen, wie viele Klamotten sie *nicht* anziehen muß, um aus einem normalen Menschen ein sabberndes Wrack zu machen. Sie hat soeben ihre Evolutionspflichten für ein ganzes Jahr hinter sich gebracht, und trotzdem hätte Doktor Tacheles ihr gerne noch mitgeteilt, daß sie, seiner Meinung nach, vielleicht nur Angst hat, daß Marco mal einen seiner schwulen Freunde mitbringen könnte, denn was sollte sie dann bitte schön mit dem machen – *reden etwa*?

Das Telefon klingelt wieder. Ich höre, wie sie in ihrem Zimmer aus den Startblöcken geht.

– Ich geh ran!

Ich schnappe mir den Hörer.

– Hallo.

Stille.

– HAAALLOOO!

Kann nur einer dieser schwachsinnigen Verehrer von Vivi sein. Ich will gerade zu einer Tirade ansetzen, da erwischt es mich.

– Tacheles ...

BAFF! Versenkt! Die Stimme der Tänzerin.

– Können wir uns sehen?

Jetzt bin ich dran zu schweigen.

– Tacheles ...

Der Hörer vibriert in meinem Ohr.

– Bist du noch dran?

Krieg keinen Ton raus.

– Magst du nicht rüberkommen?

Ich räuspere mich ein paarmal.

– Wo rüber?

– Ich bin in meiner alten Wohnung.

– Wann?

– Wie wäre es mit gleich?

– Okay, sage ich und schaffe es im zweiten Versuch, den Hörer auf die Gabel zu legen. Ich muß ein gottverdammter Maso sein. Ich bin dabei, einen riesigen, ach, was sage ich ... einen GIGANTISCHEN Fehler zu machen! Ich weiß es, und *ich freue mich drauf*!

Vorsichtshalber springe ich schnell unter die Dusche. In meinem Kopf spielt sich einiges ab. In meinem Lendenbereich auch.

4. Auf zum Tanz

Zehn Minuten später klingele ich an ihrer Tür. Sie öffnet, und bevor ich einen Ton sagen kann, nagelt sie mir ihre kleinen Zähne in die Unterlippe und schiebt mir ihre Zunge in den Mund. Hektische Hände sind an meinem Reißverschluß zugange. Sie zieht mich in die Wohnung, tritt die Haustür ins Schloß und läßt meine Unterlippe los, um eine Frontalattacke auf meine Hose zu starten. Einundzwanzig, zweiundzwanzig ... ich stecke in ihrem Mund.

- Hast du mich vermißt?

- Halt die Klappe, nuschelt sie und zieht mich zu Boden.

Wir robben durch die Küche, in unserem Kielwasser eine Gischt aus Klamotten, und mich überfällt wieder dieses alte Gefühl. Ich schwebe, lasse die Erde unter mir zurück und flattere keuchend durch die Stratosphäre. Sauerstoffmangel und Schwerelosigkeit. Wir stöhnen und knurren um die Wette. Ihre Möse tropft, mein Schwanz pocht. Es ist nicht die Zeit der Zärtlichkeit. Die Art, wie sie meinen Schwanz streichelt, ist mir so vertraut wie die hektischen Bewegungen, mit denen sie ihren Unterleib an meinem Bein reibt. Ihre Geräusche, ihr Geruch, ihr Anblick ... Ich glaube mich in einer Zeitmaschine zu befinden.

Wir raufen uns durch die Wohnung, bis wir schließlich an einem großen Spiegel vorbeikommen. Als ich unser Spiegelbild sehe, schlägt es bei mir ein. Herzstillstand, freier Fall, Augen zu und durch. Die Zeitmaschine schleudert mich durch Szenen eines Sommers. Hitze, Nähe und Schwerelosigkeit. Blitze durchrasen mich, erinnern mich an Augenblicke so tief wie die Weltmeere und an Versprechen so leer wie die Augen eines Scharfschützen.

Leises Lachen holt mich zurück.

– Wie egoistisch von dir, kichert sie und spielt mit den Resten meiner sogenannten Männlichkeit.

Ich liege still da und lasse den Film auslaufen. Sie streichelt meine Schenkel, meinen Schwanz, beißt sachte an meinen Brustwarzen herum.

Irgendwann werden die Nachbeben zu Vorbeben. Sie steht auf und greift nach meiner Hand.

– Trag mich.

– Wohin?

– Ins Bett, sagt sie und zeigt auf die Tür, durch die ich in einem früheren Leben oft gegangen bin.

In ihrem Zimmer knie ich mich hin und lasse sie behutsam auf das Bett gleiten. Sie legt sich auf den Rücken und spreizt ihre Schenkel.

– Da, sagt sie und zeigt auf eine Riesenschachtel Kondome, die neben ihrem Bett liegt.

Ich kämpfe mit der Familienpackung. Die Schachtel bricht auseinander. Bunte Ballons hüpfen über den Teppich. Ich nehme die Farbe der Hoffnung.

– Kommschonkommschonkommschon ...

– Jajaja, murmele ich und kämpfe mit dem Auserwählten.

Endlich. Ich lasse mich auf sie fallen. Sie knallt mir ihre Hacken in den Rücken und stöhnt, hält meinen Kopf fest, beißt mich in die Lippen, leckt sie, küßt sie, saugt an meiner Zunge, während wir uns so wild aneinander pressen, daß mir die Luft wegbleibt.

– Mach schon! flüstert sie rauh.

Ich stütze mich auf und ficke sie, so hart ich kann. Ihre Gesichtszüge verzerren sich. Grün in Rosa. Der Anblick jagt Stromschläge durch meinen Körper. Ich höre ihre Schreie und gehe ab. Farbenattacke, Sturm, Chaos, Stille.

Wieder eine weiche Landung und Augenblicke der Ewigkeit.

Mein Schwanz schrumpft, und ich greife hinunter, um das Gummi zu erwischen. Als ich aus ihr herausflutsche, verzieht sie das Gesicht zu einer Grimasse. Es sieht so komisch aus, daß ich lachen muß. Findet sie nicht komisch.

– Ähem ... Ich wußte gar nicht, daß du die Wohnung behalten hast.

Sie rollt sich auf die Seite und greift nach den Zigaretten.

– Hier wohnte eine Freundin von mir, aber sie zieht wieder zu ihrem Freund.

– Bedeutet das, daß du hier bleibst? frage ich und bete, daß es sich nicht wie ein Winseln anhört.

Sie steckt mir eine Kippe in den Mund und zuckt mit den Schultern.

– Quien sabe?

Darüber lohnt es sich, einen Moment nachzudenken.

– Du warst in Mexiko?

– Unter anderem, sagt sie abweisend.

– Und wo noch?

– Nirgendwo.

Jaja, keine Fragen nach ihrer Vergangenheit, keine Ansagen zu ihrer Zukunft. Sie läßt sich nicht in die Karten schauen, genießt ihre Unberechenbarkeit, läßt mich im Ungewissen zappeln und nennt das Ganze Freiheit. Mann, diese Scheißtour kenne ich sonst nur von Männern, und ich frage mich gerade zum tausendsten Mal, ob ich nicht den gleichen Fehler mache wie all diese bekloppten Sozialarbeiterinnen, die hinter irgendwelchen Gestörten herstürzen, um an ihnen ihr Helfersyndrom auszuleben. Wir leben monatelang wie Mann und Frau zusammen, dann verschwindet sie, ohne ein Wort zu sagen. Nach einem Jahr taucht sie wieder auf, geht mit mir ins Bett und läßt mich dann auflaufen, wenn ich wissen will, wo sie war ...

– Du denkst schon wieder nach, sagt sie und pocht mir auf die Stirn.

Versuch's auch mal, liegt mir auf der Zunge, aber

ich sag's nicht. Was sie betrifft, pflege ich eine Dauerdefensive.

– Soll nicht wieder vorkommen.

Der Sarkasmus perlt an ihr ab.

– Gut, sagt sie beruhigt. – Erzähl mir was Schönes.

Was Schönes ... Daß ich mich damals nicht umgebracht habe, hat sie ja schon mitbekommen. Und daß der FC dieses Jahr schon ein paar Spiele gewonnen hat, wird wohl nichts sein, was sie groß umhaut.

– Meine Mitbewohnerin hat mir vorhin eröffnet, daß sie einen Aidstest machen will.

Sie schmeckt vorsichtig drauf herum.

– Was ist daran schön? fragt sie schließlich und liefert mir die perfekte Vorlage für die Pointe.

– Wenn der negativ ausfällt, wird die halbe Stadt erleichtert aufatmen.

Kein Lacher.

– Und wie ist es mit dir? fragt sie eine Spur zu schnell.

– Was soll sein?

– Schläfst du auch mit ihr?

– Nein, sage ich wahrheitsgemäß.

– Ich habe gestern mit Frank geschlafen, flüstert sie und kuschelt sich noch enger an mich.

Ich schaue sie an. Was wird das jetzt? Die große Bitte-kämpf-um-mich-Show?

Ich schließe die Augen und horche auf irgendwelche Eifersuchtssignale in mir, aber ich spüre nichts. Muß noch betäubt sein.

– Soso, Frank heißt er also.

Sie nickt.

– Was Ernstes?

Sie zögert kurz.

– Ich glaube schon, sagt sie dann und mustert mich. Bohrt in der Narbe, um die Dicke der Kruste zu prüfen.

– Kommst du damit klar?

– Wenn ich jetzt ja sage, werde ich dann offiziell als Affaire anerkannt?

Sie verpaßt mir einen Blick.

– Ich meine das ernst. Kommst du klar damit?

– Kein Problem, sage ich in dem lässigsten Tonfall, den ich drauf habe. Klingt ganz glaubwürdig.

– Bist'n echter Held, was?

Weil mir nichts Besseres einfällt, küsse ich ihren Mund. Sie küßt mich auf die Wange. Ich küsse ihr linkes Auge. Sie küßt meine Nase. Ich küsse ihr rechtes Auge. Sie küßt meine Brustwarze. Ich küsse ihr Haar. Sie rutscht tiefer und kommt gegen meinen Schwanz. Ich ziehe die Luft hörbar ein. Er ist empfindlich wie ein offener Zahn.

– Na, geht's? fragt sie hämisch.

Darauf wetten würde ich nicht, aber so lange wir nach Gummi riechen, steht sowieso gar nichts an.

– Laß uns baden, schlage ich vor.

– Wasserspiele? fragt sie in einem Tonfall, in dem andere Leute Sechs Richtige sagen würden.

Später liegen wir vor dem Spiegel und rauchen. Das war's. Nichts geht mehr. Rien ne va plus. Zeit für die Psyche. Ich schaue sie im Spiegel an.

– Warum hast du mir nichts von deinen Abreiseplänen erzählt?

Sie zieht die Schultern hoch und schweigt, aber in dem Spiel hat mich Max gestählt.

– Warum hast du mir nichts von deinen Abreiseplänen erzählt?

Sie seufzt.

– Was hätte ich sagen sollen, was nicht schon tausendmal gesagt wurde?

Dazu fällt mir auch nichts ein. Ich versuche es anders.

– Wie geht's jetzt weiter?

Sie lächelt.

– Sag du es mir, sagt sie mit einem Vamptonfall und greift nach meinen Schwanz.

Langsam werde ich sauer.

– Ich frage *dich*, weil es *deine* Entscheidung ist. Was ich will, weißt du.

Sie dreht meinen Kopf zu sich.

– Du fängst schon wieder an zu nerven!

– So bin ich nun mal, die gute alte Nervensäge.

Pause.

– Bist du meinetwegen zurückgekommen?

Sie verdreht die Augen und starrt an die Decke.

– Laß mir ein bißchen Zeit, ja? murmelt sie.

Ich will sie gerade daran erinnern, daß sie ein ganzes Jahr Zeit gehabt hat, aber mir fällt rechtzeitig eine sinnvolle Frage ein.

– Wofür?

– Um anzukommen, sagt sie und rollt sich von mir weg.

Ich streichele ihren Rücken und warte, ob noch was kommt, aber anzukommen scheint eine längere Geschichte werden zu können, also liegen wir da und schweigen.

Es donnert. Der Himmel verdüstert sich und beschert mir ein Déjà-vu. In einem Gewitter schliefen wir das erste Mal miteinander, in einem Gewitter schliefen wir zum letzten Mal miteinander. Die Zeit dazwischen, nichts als Sturm, Hitze, Gewitter, Sex, Hitze, Sex, Gewitter, Sex, Sex, Sex. Zwischendurch hatten wir schöne Gespräche, und das war das Fatale, denn sie vermittelte mir das Gefühl, daß wir auf dem richtigen Weg waren. Bis zuletzt dachte ich, ich wäre bei ihr in Sicherheit. Das Leben ist eine Reihe von Irrtümern.

Ich werde nie vergessen, wie ich alle fünf Minuten bei ihr anrief, die Notaufnahmen abklapperte und vor ihrer Haustür Wache schob, bis ich die Tür schließlich knackte, um zu sehen, ob meine Tänzerin in der Wanne ausgerutscht war. War sie nicht. Also machte ich die Runde am nächsten Tag noch mal. Und am Tag danach. Als ich kurz davor stand, völlig durchzudrehen, hatte jemand die Güte, mir mitzuteilen, daß sie nach Südamerika ausgewandert war ... *Was mache ich hier eigentlich?*

Ich stehe auf und fange an, meine Klamotten zusammenzusuchen.

– Ich bin weg.

Sie nickt und sieht dabei unendlich traurig aus. Shit! Irgendwann muß ich lernen, mir nicht ständig ihren Kopf zu zerbrechen, aber noch ist es nicht so weit, also wiederhole ich den letzten Satz, den ich zu ihr sagte, bevor sie damals verschwand.

- Ich will dich. Willst du mich, mußt du was dafür tun, okay?

Sie nickt wieder.

- Okay?

- Okay, flüstert sie.

- Komm mal her.

Sie kommt mal her. Wir umarmen uns. Ein letzter Blick, ein letzter Kuß. Ein allerletzter Blick, ein allerletzter Kuß. Mein Schwanz regt sich leise, prüft das Ausmaß der Verlockungen, aber der Rausch ist vorbei.

- Ich will dir nichts Böses, also spiel nicht mit mir, sage ich und komme mir dabei irgendwie bescheuert vor. Wieso mache ich mir Sorgen um *sie*? *Ich* bin doch derjenige, dem es beschissen ging, und wahrscheinlich werde ich auch wieder derjenige sein. The same procedure? Nein! Diesmal läufts anders!

- Wenn du nächstes Mal weg willst ...

Ich drehe ihr Gesicht zu mir.

- ... dann sag vorher Bescheid.

An der Tür holt mich ihre Stimme ein.

- Tacheles ...

Ich drehe mich nicht um, warte was kommt.

- Du kannst dich auf mich verlassen.

- Das wäre schön, murmele ich zu der Tür und ziehe sie hinter mir ins Schloß.

5. Leben

Heimspiel. Das Publikum singt den Kehrreim mit einer solchen Inbrunst, daß wir ganz leise werden, um den Leuten Platz zu geben, ihre eigene Party zu feiern. Mir läuft es kalt den Rücken runter. Ich bin in Sicherheit. Nichts, wovor ich Angst haben müßte, so lange ich hier oben bin.

Irgendwann gebe ich den Jungs das Zeichen, daß ich auf der nächsten Eins wieder reingehe, und beginne, meine Wahrheit zu rappen. Die Band explodiert hinter mir. Ich schließe die Augen, breite die Arme aus und lasse mich von dem Orkan wegreißen.

Nach der Show hängen wir backstage. Der Raum ist voller Leute, die durcheinander schreien. Fremde drängeln herein, um ihre ultrasubjektive Meinung zum besten zu geben oder um ein Bier aus dem Catering zu schnorren. Fotos, Autogramme, Telefonnummern. Tips, Tricks und leere Versprechen. Der Boden ist kniehoch mit Worthülsen der Unverbindlichkeit bedeckt.

Eine Fremde kommt auf mich zu, drückt mir ihre Adresse und einen Zwanziger in die Hand. Ich lächele ihr zu, sie lächelt zurück, verteilt ein paar Komplimente und verschwindet wieder. Und das geht so: Irgendwann hatte Max die Idee, jeden Gig mitzuschneiden und gleich nach dem Konzert Vorbestellungen für den Live-Mitschnitt zu verticken. Aufwand: vor dem Gig: ein entsprechendes Plakat an der Eingangstür, nach dem Gig: Anzahlungen einsacken, bei der nächsten Probe: nebenbei die Tapes laufen lassen, auf dem Heimweg: an einem Briefkasten vorbei, und *wups*!

Noch zehn solcher Tricks, und ich kann wieder Miete zahlen.

Der Raum wird immer voller. Ich versuche Tritt zu halten, indem ich ein Bier nach dem anderen kippe, aber mein Adrenalinspiegel läßt keine Wirkung zu. Wird noch was dauern, bis ich runterkomme. Mit der richtigen Frau hält die Wirkung nach einem guten Gig bis zu zwei Tagen an, mit der falschen verpufft sie beim Orgasmus.

Als gäbe es einen Gott, quetscht sich im selben Moment die Tänzerin durch die Menge und kommt auf mich zu. Hinter ihr kämpft ein Kamerateam mit den Räumlichkeiten.

– Du wirst immer besser, flüstert sie und küßt mich.

Sie kennt sich mit Typen aus, die gerade von der Bühne runter sind.

– Ich habe ein paar Bekannte mitgebracht, fährt sie fort, und zeigt auf das Kamerateam.

Der Kameramann nimmt das als Zeichen, zielt auf mich, und das Lämpchen leuchtet auf – eine Band sieht rot!

– *Männer!* brüllt Schimanski und schnappt sich seine sechssaitige Waffe.

Brunner schmeißt seine Bierflasche an die Wand und läßt sich mit lautem Geheule zu Boden fallen. Ich springe auf einen Tisch und beginne zu steppen.

Die Herumstehenden lachen, aber als Brunner sich mit gefletschten Zähnen auf ihre Waden stürzt, schlägt es in Gebrüll um. Panik bricht los! Die Leute drängen fluchend und um sich tretend Richtung Tür. Brunner bleibt ihnen dicht auf den Fersen, und den Schreien nach zu urteilen, geht er voll in seiner Rolle auf. Mitten in dem Chaos steht Max auf und beginnt *Blue Moon* zu singen.

Ich beobachte das Getümmel von meinem Tisch aus, steppe meine vier Figuren und behalte dabei vor allem Brunner im Auge.

Als der Raum fast leer ist und wir gerade zum paranoiden Shoot-out ansetzen wollen, erlischt das rote Lämpchen.

– Klasse! sagt der Kameramann und nimmt das Gerät runter.

So ist das im Medienzeitalter. Keiner hat Zeit für die Pointe, und das finden sie auch noch klasse.

Ich springe vom Tisch runter und setze mich auf eine umgekippte Bierkiste. Max drückt mir eine Flasche in die Hand, und zusammen mit Schimanski stoßen wir auf das gelungene Interview an. Nur Brunner rafft mal wieder nicht, daß die Show vorbei ist, er sitzt an der Tür und knurrt böse.

– Aus! brüllt Schimanski und kickt einen liegengebliebenen Schuh in seine Richtung.

Brunner richtet sich auf und grinst.

– D-Denen h-haben wir's a-aber g-g-g-g-g– ...

Die Tänzerin setzt sich auf meinem Schoß und reibt sich an mir. Ich weiß, welche Reaktion sie erwartet, und lange braucht sie nicht zu warten.

– ... g-g-g-g– ...

– Komm schon, Mann! ermuntert Schimanski ihn.

– Komm schon, Mann ..., wiederholt die Tänzerin flüsternd.

Mir läuft's heiß den Rücken runter.

– ... g-g-g-g– ...

Ich stehe auf, schnappe meinen Mikrofonständer und winke den Jungs zu.

– Klasse Gig. Denen haben wir's gezeigt!

– A-A-A ...

Wir haben volle Fahrt, der Propeller dreht sich irre schnell. Es ist heiß, und ich merke, daß die Rakete naht. Ich versuche auszuweichen, Zeit zu gewinnen, aber das Ding ist mit einem dieser sensiblen Wärmesuchköpfe ausgestattet, und mir wird klar, daß es nur eine Frage von Sekunden ist, bis sie einschlägt und wir in tausend Stücke gerissen werden.

Über mir schwebt das Gesicht der Tänzerin. Sie hat die Gefahr auch erkannt, aber es scheint ihr egal zu sein, denn sie drückt auf's Gaspedal. Gemeinsam rasen wir mit Lichtgeschwindigkeit der Explosion entgegen. Das letzte, was ich höre, ist ein atemloses *»Jetzt«*, dann schlägt die Bombe ein.

Ich bin ein Haufen Atome, in dem jemand herumstochert. Nichts ist an seinem Platz. Doppelter Herzschlag in meiner Brust. Farbflash, Luftmangel, Blutrausch. Ihr Hals, ihr Haar und überhaupt alles riecht nach Sex. Das wahnsinnigste Parfüm der Welt.

Sie streckt sich und tastet neben dem Bett herum, um an die verdammten Zigaretten heranzukommen, und mit einem leisen Schmatzen wird die Verbindung unterbrochen. Wir seufzen im Chor und müssen diesmal beide lachen. Ja, wir sind auf einem guten Weg.

Ich küsse sie. Sie küßt mich. Ich küsse sie. Sie schmeißt die Zigaretten weg und saugt sich an mich fest. Mein Schwanz regt sich, und sie greift neben das Bett, wühlt nach einem neuen Gummi. Kurzer Boxenstop und ab in die nächste Runde. Boden wettmachen.

Fünf Minuten später liegen wir keuchend nebeneinander. Das *»Jetzt«* hängt immer noch unter der Zimmerdecke und dreht träge seine Runden. Das Schweigen ist wie klares Wasser. Wir schwimmen ein Stück zusammen.

Das Telefon klingelt. Wir schwimmen. Das Telefon klingelt, klingelt, klingelt. Wir schwimmen, schwimmen, schwimmen. Das Telefon klingelt, klingelt, klingelt. Wir schwimmen, schwimmen, schwimmen. Das Telefon klingelt, klingelt, klingelt ...

- Vielleicht solltest du rangehen.

- Hm ..., knurre ich und greife nach dem Hörer.

Es ist irgendein Verzweifelter, der auf Vivis Stimme gehofft hat. Ich bin nicht die Telefonseelsorge, aber ich schreibe den Namen auf und unterbreche dann die Verbindung, bevor die unvermeidlichen Fragen nach Vivis Alibi kommen. Wäre ihr Herz ein bißchen weicher, würde die Selbstmordrate dieser Stadt, um zwanzig Prozent sinken.

Bei der Gelegenheit: Wie stehen meine Chancen auf eine funktionierende Beziehung mit der Tänzerin?

Ich kuschele mich schnell wieder an sie, presse meinen Verstand an ihren Hintern und schlafe ein.

Irgendwo klingelt ein Telefon. Jemand rüttelt mich. Ich hebe ein Augenlid und sehe Vivi in Großaufnahme.

– NEIN!

Sie rüttelt weiter.

– Zisch ab!

– Bitte ..., sagt sie leise.

Ich werfe einen Blick auf ihr Gesicht. Scheiße!

– Ja! schnauze ich in den Hörer.

– Haalloo, wer spricht denn da? fragt ein Tenor.

– Hör zu, Namenlos. Du hast genau zehn Sekunden Zeit, um deinen Spruch loszuwerden, länger kann ich mich nicht wach halten. Also?

– Bin ich falsch verbunden? kommt es vorsichtig aus der Leitung.

Ich knalle den Hörer auf den Apparat.

– Wer war's? fragt Vivi.

– Nimm mit, stöhne ich und halte ihr den Apparat entgegen.

Sie geht wortlos aus dem Zimmer. Alle meine Nervenenden melden negative Vibrationen. Ich begrabe meinen Kopf unter dem Kopfkissen und strecke mich. Wartet mal ... Irgendwas stimmt hier nicht ...

Ich breite vorsichtig die Arme aus, bis ich links an die Wand und rechts an die Bettkante stoße. Es ist wie im zweiten Weltkrieg – viel zu wenig Widerstand.

Nach einer genaueren Inspizierung des Bettes stelle ich fest, daß ich mich in einer klassischen Situation befinde. Ich sollte mich mittlerweile daran gewöhnt haben. Keine Fragen, keine Klagen. Warum spiele ich mit?

6. Fragen ...

Ich muß wieder eingeschlafen sein, denn die Sonne röstet meine Füße. Während ich schlief, hat sie hart gearbeitet, und mich beschleicht ein Gefühl, der letzte im Bunde zu sein, also kämpfe ich mich in die Senkrechte und nehme die Herausforderung an.

Meine Morgenrituale wickle ich ungestört ab, dann schaue ich zu Vivi rein. Auf ihrem Futon liegt eine der schönsten Rückseiten, die mir seit langem untergekommen ist. Braune Haut auf weißen Laken, endlos lange Beine, lange schwarze Lockenpracht, Tattoo auf dem linken Schulterblatt.

Leise gehe ich los, um meine Kamera zu holen. Wenn das Bild auch nur halbwegs orginalgetreu wird, werde ich es »*Reden ...*« nennen.

Als ich das dritte Mal abdrücke, klingelt das Telefon in der Küche, die Schönheit dreht sich ein bißchen und SCHOCK! *Sie ist ein Kerl!*

Ich schaue noch mal genauer hin und gehe erschüttert zum Telefon.

– Ja?

– Morgen, Süßer, hast du gut geschlafen?

Vivis Stimme, süß und verführerisch.

– Was soll ich tun?

– Kannst du mal nachschauen, in welchem Zustand mein Bett ist?

– Belegt.

– Fein! Schreibst du ihm bitte einen Zettel, daß ich um sechs Uhr wieder da bin und daß ich mich freuen würde, wenn er auf mich wartet?

– Du-Sechs-Warten, hab ich.

Pause. Sie will noch was. Ich warte. Sie aber auch. Diese Runde gewinne ich.

– Könntest du ihn ... bitten, auf mich zu warten?

– *Bitten?*

– Bitten.

Ich will sie schon fragen, seit wann sie ihre Typen um etwas bitten muß, aber ich begnüge mich damit zu nicken.

– Und? kommt es dem Hörer.

– Was?

– Ja?

– Häh?

– Tust du das für mich?

– Ja ja.

– Mein bester Freund, jauchzt sie.

– Dein *einziger* Freund, erinnere ich sie.

– Soll mir was sagen, wie?

– Denk nicht drüber nach, es könnte dein ganzes Leben verändern.

– Arschloch! sagt sie und legt auf.

Wow! Eine Frau, die vor mir aufsteht, eine Frau, die keine ist, und eine strichlistenführende Nymphomanin, die einen Typen um etwas *bittet* ...

Ein Blick auf die Uhr sagt mir, daß ich wiedermal kein Frühstück bekomme, denn im Proberaum warten die Jungs seit zwanzig Minuten, also packe ich meinen Kram zusammen und gehe Vivis Eroberer rütteln.

Er öffnet ein Auge.

– Aufnahmebereit?

Er schluckt.

– Na ja ...

– Vivi kommt um sechs wieder. Sie bittet dich, auf sie zu warten. Da ist Kaffee in der Kanne. Ciao.

Im Proberaum bin ich heute nicht zu gebrauchen. Neues Lied, neues Glück? Nicht so lange der Text nicht paßt. Irgend etwas läuft nicht rund, und ich bekomme ums Verrecken nicht heraus, was. Die Jungs warten auf einen Geistesblitz, aber je länger ich mich abquäle, desto mieser komme ich drauf, bis ich mich schließlich vor den Proberaum setze, um sie nicht völlig abzutörnen.

Ich zünde mir eine Zigarette an, lehne mich zurück, und denke an den letzten Sommer. Die Tänzerin knallte in mein Leben, und ich ging fliegen. Dann verschwand sie, und ich fand heraus, wo unten war. Und jetzt ist sie wieder da, nicht wahr? Und ich sitze mal wieder hier und bin derjenige ...

Abends komme ich nach Hause. Der Text ist fertig, aber ich habe nicht das Gefühl, als hätte ich mir damit den Grammy für Lyrics verdient, dennoch bin ich mit den Jungs im Underground verabredet, um unseren fünfundzwanzigsten Song zu begießen.

Auf dem Anrufbeantworter blinkt die Fünf. Ich spule das Band zurück und höre, wie es fünfmal in Folge piepst. Jemand hat fünfmal angerufen und jedesmal nach der Ansage wieder aufgelegt, ohne eine Nachricht zu hinterlassen. Juhuuu ... Sie wollte meine Stimme hören und hat nichts drauf gesprochen, weil sie es zu unpersönlich fand, sich auf einer Maschine zu entschuldigen.

Aufgemuntert springe ich unter die Dusche. Als ich meinen Schwanz wasche, steigt mir ihr Geruch in die Nase, und die Erinnerung schenkt mir einen Ständer. Ich wichse ein paarmal. Fühlt sich an, als hätte er die Nacht in einem Piranhabecken verbracht, hindert ihn allerdings nicht daran, im Weg herumzustehen.

Mit den lädierten Resten meiner Stimmbänder trällere ich ein Liedchen, und ich drehe das kalte Wasser auf. Das hilft.

Wieder in meinem Zimmer, setze ich mich auf das Bett, um mir die Schuhe anzuziehen. Unter meinem Hintern raschelt es leise. Ein Brief! Den muß ich heute früh übersehen haben. Eine schöne Nacht, ein neuer Text und die Jungs, die im Underground auf mich warten, um einen Deckel zu machen, den einer alleine nicht tragen könnte. Und jetzt noch das! Scheint eine Glückssträhne zu werden ...

Tach,

ich habe gerade keine Lust zu reden, dennoch gibt es ein paar Dinge, die Du wissen solltest. Ich habe mich von Frank getrennt. Er ist gut für mich, aber dennoch fehlt mir etwas bei ihm. Wie bei Dir.

Du weißt, daß ich Dich begehre, aber ich habe keine Lust, mir von Dir Vorschriften machen zu lassen, wie ich zu leben habe. Ich will Spaß, und den habe ich nicht, wenn ich mich ständig rechtfertigen muß. Du sagst, daß Du mich gern hast, wieso kannst Du mich dann nicht akzeptieren, wie ich bin? Du willst klare Ansagen, und hier ist eine: ICH. BIN. ICH! Und wenn Du mich willst, mußt Du damit klarkommen. Genau das kannst Du aber nicht, also lassen wir es besser wieder sein.

Es war schön, Dich wiederzusehen. Ich brauchte ein paar unkomplizierte Stunden, um aufzutanken. Die hatte ich. Dank Dir.

Ich melde mich.
Ernestine

Die Flasche Wodka steht noch immer unberührt im Kühlschrank. Als sie viertelleer ist, lasse ich mich aufs Bett fallen, um in aller Ruhe zu überlegen, was zu tun ist.

Frage eins: Will ich sie?

Antwort: Ja.

Frage zwei: Will sie mich?

Antwort: Jain.

Frage drei: Was zum Teufel bedeutet Jain?

Dr. Tacheles antwortet: Zeit lassen. Keinen Druck ausüben.

Randbemerkung: Scheiße!

Frage vier: Was würde meine Mutter jetzt sagen?

Antwort: Warum hast du so lange nicht mehr geschrieben?

Frage fünf: Was würde mein Dad jetzt sagen?

Antwort: Du willst nicht warten? Okay, Junge, dann laß dir was Besseres einfallen. Wozu habe ich dich denn immer mit zum Angeln genommen?

Frage sechs: Wozu, zum Teufel, hat mein Dad mich immer mit zum Angeln genommen?

7. Auf der anderen Leitung

Zwei Tage später sitze ich mit Max im Underground und frühstücke. Die Köpfe hängen tief. Gestern endete wie vorgestern. Ich begegne meinem Spiegelbild in einer Fensterscheibe und muß an einen alten Kumpel von mir denken, der, egal nach welcher Sauftour, morgens immer einen wunderschönen Teint hatte. Das hatte den Nachteil, daß es im Catering nie Gurken und Joghurt gab, aber seine Eitelkeit hatte auch was Gutes – er pustete jedes Zeug vom Spiegel, um bessere Sicht zu haben.

– Hm! brummt Max.

Er hält mir die Tageszeitung hin und zeigt auf eine Spalte unten links. FRAU ZERSTÜCKELT IHREN LIEBHABER UND ISST IHN ANSCHLIESSEND AUF!

– Und? frage ich ihn, wohlwissend, daß jetzt eine dämliche Bemerkung kommt.

– Gurke, sagt er.

– Gurke?

Er nickt und sieht mich erwartungsvoll an, aber ich bin viel zu perplex, um zu lachen. Grundgütiger! Hänge ich schon so offensichtlich durch, daß Max sich genötigt sieht, mit mir zu *reden*?

Karin S. betritt die Szenerie und lenkt mich ab. Sie wartet am Eingang, bis sie die gesamte Aufmerksamkeit hat, dann kommt sie zu unserem Tisch gestiefelt.

– Die Vögel pfeifen es von den Dächern! Die ach so idealistischen Herren lassen sich jetzt von der Industrie subventionieren!

Ihre Nägel-über-Glas-Stimme treibt mir Splitter in die Gehörgänge, und Max macht ein Gesicht, als würde ihm ein Skinhead gerade seine Lebenseinstellung erklären.

Ich versenke mich demonstrativ in die Sportseite. Der FC hat schon wieder verloren.

- Was ist aus den Heiligen geworden, die sich nie verkaufen wollten? nervt sie weiter.

Der ganze Innenhof schaut zu uns herüber, und man kann ein leichtes Summen hören. Fliegen um einen Scheißhaufen.

Max hebt den Kopf.

- Soll ich sie umlegen? fragt er gerade laut genug, daß sie es hören kann.

- Warte noch.

Ich lasse die Zeitung sinken. Keine Ahnung, wovon sie redet, aber was es auch immer sein mag, erst mal draufhauen wird das Beste sein.

- Karin, Schätzchen, es ist ein großer Unterschied, ob man *nicht käuflich* oder *unverkäuflich* ist. Das verstehst du nicht, aber ich wollte es dir immer mal sagen.

Sie schnappt nach Luft. Max dreht sich zu ihr um. In der Linken ein Brötchen, in der Rechten ein Messer.

- Ich schmier mir nur 'ne Stulle ..., flüstert er heiser und hat diesen spezialfiesen Blick drauf.

Es spricht für ihren Überlebensinstinkt, daß sie die Antennen einfährt und sich zu ihrer Arschkriechercombo verzieht, die ein paar Tische weiter ihren Auftritt verfolgt.

Kaum hat sie sich hingesetzt, schon stecken sie flüsternd die Köpfe zusammen und lachen laut und falsch. Max rammt das Messer in den Tisch und steht auf. Alles verstummt. Er streckt sich einmal und setzt sich dann langsam wieder hin. Totenstille. Max wirft mir einen Blick zu und *Scheiße*! - ich bekomme 'ne Gänsehaut!

Mit diesem irren Flackern in den Augen zwinkert er mir kurz zu, dann schmiert er sich seelenruhig sein Brötchen weiter, und der Innenhof findet langsam seinen Sound wieder.

– Hm? macht Max und nickt zum Scheißhaufen rüber.

– Keine Ahnung.

Als ich ein paar Stunden später nach Hause komme, löst sich das Rätsel. Auf dem Anrufbeantworter ist eine Stimme, die mir zu dem tollen Konzert gratuliert und anfragt, ob man sich nicht in den nächsten Tagen mal unverbindlich zusammensetzen sollte, um zu sehen, ob man nicht einen gemeinsamen Weg findet, wie man der Band zu dem Erfolg verhelfen kann, der ihr gewiß zusteht, und so weiter und so unendlich fort.

Der Name des Anrufers ist mir unbekannt. Das hat den Vorteil, daß mir noch nichts Schlechtes über ihn zu Ohren gekommen ist, und da das Showbiz morgen auch nicht besser sein wird, schnappe ich mir das Telefon.

Großes Hallo. Er würde ja gerne mit mir reden, aber ich müßte ein Sekündchen in der Leitung bleiben, da er gerade L.A. auf der anderen hat. Mit diesem obligatorischem Gruß unter Musikfreunden, schickt er mich in die Warteschleife.

Als ich vor fünfzehn Jahren anfing, mich im Musikgeschäft umzuschauen, war ich ein vertrauenseliges Kerlchen und hatte von nichts eine Ahnung, daher fragte ich jeden, der mir über den Weg lief, wer denn nun der Beste in diesem Geschäft sei. Ich brauchte nicht lange, um herauszufinden, daß *»ICH!«* keine Firma ist.

L.A. ist durch. Der Typ schaltet sich wieder ein. Wir schaffen es, ein Date für nächste Woche auszumachen, dann hat er London auf der anderen Leitung. Tss ...

Auf der Maschine ist auch eine Nachricht von Britta. Sie ist wieder da und lädt mich heute abend auf einen Wiedersehenstrunk ins Connection ein. Bis dahin erteilt sie mir strengstes Onanierverbot. Oh, ohh ...

Zwanzig Uhr. Eine Tür knallt, dann noch eine. Vivi kommt in mein Zimmer gestürmt.

– War er hier? jammert sie.

– Wer?

– Argghhh! schreit sie, reißt mir das Telefon aus der Hand und verschwindet in ihrem Zimmer.

Im selben Moment klingelt es an der Tür. Bevor ich da bin, stürmt Vivi mit dem Telefon in der Hand an mir vorbei und reißt sie auf. Ein kurzes Surren ist zu hören.

Als Britta sichtbar wird, gibt Vivi wieder so ein seltsames Geräusch von sich und stürmt in ihr Zimmer zurück. Britta schaut ihr hinterher.

– Was ist denn mit der los?

– Das frage ich mich seit Jahren.

Ich ernte ein Lächeln. Aus Vivis Zimmer ist wieder ein klagender Laut zu hören.

– Und was war das?

– Sie ist mit dem Telefon zur Tür gelaufen und hat gerade festgestellt, daß das Kabel dafür nicht lang genug ist. Jetzt ist sie von der Außenwelt abgeschnitten. Alleingelassen, hilflos und ohne eine echte Überlebenschance.

Britta preßt sich an mich.

– Alleingelassen? flüstert sie. – Vielleicht im Sinne von *einsam*?

Ich erinnere sie schnell daran, daß wir uns vor ihrer Abreise darauf geeinigt haben, nur noch im Notfall zusammen ins Bett zu gehen. Das mag normalerweise schon eine umschiffbare Formulierung sein, aber heute gibt es definitiv nichts zum Umschiffen: Britta hat vier Wochen nicht gevögelt, Britta *ist* ein Notfall!

Um sie abzuschrecken, fasse ich unsere Streitpunkte noch mal kurz und bündig zusammen. Sie hört sich den Vortrag in aller Ruhe an, nickt hier und da, läßt ihre Hände aber gleichzeitig über meinen Hintern gleiten.

– Oje ..., seufzt sie.

– Laß uns abhauen, lenke ich ab. – Vivi wird gleich ankommen und herumschreien, daß ich das Telefon reparieren soll.

– Ja, und? Die paar Minuten ...

– Sie hat Liebeskummer.

– *Vivi?*

Ich nicke.

– Ihr Auserwählter ist bisexuell, und sie überlegt sich gerade, ob sie Kondome benutzen sollte. Außerdem hatte sie gestern einen Transvestiten im Bett. Willst du mal mit ihr darüber reden?

– Laß uns abhauen!

Ich lege einen Arm um ihre Taille und führe sie erst die Treppe runter, dann die Straße rauf. Wie immer benehmen wir uns wie die Blöden. Sie war zwar nur einen Monat weg, aber ich merke, wie sehr ich ihre Power vermißt habe. Sie ist eine von den Frauen, in die man sich entweder sofort verknallt oder vor der man so Schiß kriegt, daß man sich auf der Stelle aus dem Staub macht.

Wir kichern und lachen über alles und ganz speziell über nichts, und als wir an einer Ampel warten, soll die heitere Fragerunde losgehen. Ich bin schneller.

– Dieser Abend ist ein Abend unter Freunden, die sich so gut kennen, daß sie nicht mehr über alles zu reden brauchen. Das bedeutet im Klartext: Keine Fragen zum Gefühlsleben!

Sie schaut mich schief an.

– So schlimm?

– Es ist grün, sage ich und ziehe sie weiter.

– Ich war ein halbes Jahrhundert weg, und jetzt willst du nicht mal mit mir *reden*? regt sie sich auf.

– In deinen Briefen stand nichts von *reden*!

Im Connection bestellen wir Longdrinks. Es gibt senkrechte und waagerechte. Die einen stellen dich hochkant, die anderen legen dich flach. Wir bestellen waagerechte. Britta läßt eine Hand unter den Tisch gleiten, und nach dem dritten Cocktail sind wir kurz davor, ganz darunter zu verschwinden.

Der Typ hinter der Theke beobachtet uns schon eine ganze Weile. Ignorieren oder mitmachen, das ist hier die Frage.

Bevor es aber soweit kommt, machen wir uns wieder auf die Socken und landen in Rekordzeit in Brittas Bett. Es läßt sich ganz gut an, aber als wir nackt sind, fällt meine Lust auf den Nullpunkt. Sie streichelt, küßt und neckt, aber was sie sich auch immer einfallen läßt, es bringt uns nicht weiter. Nun ist sie keine Frau, die sich durch solche Kleinigkeiten aus dem Konzept bringen läßt. Nach einer kleinen Aufwärmphase setzt sie sich auf meinen Oberschenkel und bewegt sich erst sachte, dann immer heftiger.

Von dem Anblick und ihren Geräuschen kriege ich doch so etwas wie einen Ständer, aber es ist eine rein körperliche Reaktion. Sie anzuschauen und zu berühren ist schön. Nicht mehr, nicht weniger.

Als es ihr kommt, läßt sie sich auf mich fallen.

– Was ... ist los? fragt sie atemlos.

– Nichts, lüge ich und drücke ihr einen Kuß auf die Nase.

– Ach, *komm schon*! So kenne ich dich gar nicht!

Sie nimmt meinen Schwanz, der sich in Rekordzeit wieder abgeregt hat, in die Hand und hält ihn, als wäre er ein Mikrofon.

– Mayday! Mayday! blödelt sie und macht so lange Faxen, bis ich einen Lachanfall bekomme und sie anständig durchkitzele.

Als wir uns beruhigt haben, küßt sie mich und sagt, ich soll ihr einfach alles erzählen, weil: wir-wären-doch-Freunde-und-sie-würde-schon-auf-mich-aufpassen-und-daher-könnte-mir-jetzt-gar-nichts-mehr-passieren-denn-sie-wäre-ja-wieder-da-und-generell-sollte-ich-mir-überhaupt-keine-Sorgen-mehr-machen ...

Während sie redet, wird ihre Stimme immer leiser, und bevor ich was sagen kann, ist sie eingeschlafen.

Ich bleibe noch ein paar Minuten neben ihr liegen, höre ihrem Geröchele zu und überlege, wie ich es ihr am besten beibringe, daß die Tänzerin wieder in der Stadt ist. Mir fällt nichts ein.

Irgendwann dreht sie sich um und preßt sich an meinen Bauch. Das Gefühl ihrer weichen Rückseite an meiner Vorderseite macht das Unmögliche möglich: mein Schwanz entwickelt sich. Toll, ein Musiker ohne Timing ...

Eine Bewußtlose zu vögeln ist keins der Dinge, die auf meiner Liste stehen, wecken will ich sie aber auch nicht, also ziehe ich mich an und schreibe im Dunkeln einen Zettel. Ich befürchte, sie wird ihn nicht entziffern können, aber die Absicht zählt, oder?

8. Tod und Moral

Eine Woche später habe ich von der Tänzerin immer noch nichts gehört. War zwar nicht anders zu erwarten, aber die Hoffnung ist der Wein der Träumer.

Britta nennt mich nur noch *Euer Impotenz*. Ich würde ihr gerne alles erzählen, aber irgendwas sagt mir, daß sie sich die Leier mit der Tänzerin nicht noch mal anhören möchte.

Sogar Vivi ist es aufgefallen, daß ich durchhänge, und sie hat versucht, mich auf die einzige Art aufzumuntern, mit der sie näher vertraut ist. Sie bot mir sogar an, daß ich sie dabei anders nennen könnte. Ich erinnerte sie daran, daß sie verliebt ist. Sie fragte, was das damit zu tun hätte ... Statt dessen bat ich sie, mir einen Kaffee zu machen. Ein Fehler, den ich nicht wiederholen werde.

Ähnlich wie Vivis Kaffee hinterläßt es einen seltsamen Nachgeschmack, daß Karin S. in der Stadt herumrennt und lauthals verkündet, daß die Idealisten von gestern die Arschkriecher von morgen sein werden. Sie scheint sich da ja auszukennen.

Es gibt aber auch Anlaß zur Freude. Der Musikverlag hat uns ein ziemlich gutes Angebot unterbreitet, und die Jungs stehen Kopf. Wir stecken fast täglich im Proberaum und werkeln an den Titeln herum. Ja, es gibt gute Gründe, warum es mir momentan gutgehen sollte:

1) Die Frau, die ich liebe, ist wieder in der Stadt.

2) Die Frau, die ich begehre, ist wieder in der Stadt.

3) Die Band steht bald auf den Brettern, die die Stadt bedeuten.

Und drei, die dagegen sprechen.

1) Ich warte.
2) Und ich *hasse* warten.
3) Und ich hasse *mich*, wenn ich warte.

Ich rufe Max an. Keine Laune von mir, die ihn noch erschrecken könnte.

- Hm?
- Ich bin's.
- Hm.
- Haste Zeit?
- Hm?
- Nichts Bestimmtes.
- Laßunsindistatfarn.
- Tolle Idee!

Wir landen in einem Café auf dem Ring und erwischen Galerieplätze. Um uns herum tobt der Konsumkrieg, und je hektischer es zugeht, desto ruhiger werde ich. Großstadtmeditation.

Am Nebentisch reden zwei lila Frauen über Männer und das Problem an sich. Ich versuche, aus dem, was sie von sich geben, schlau zu werden, aber anscheinend bin ich zu blöd, denn jedesmal wenn sie Gleichberechtigung sagen, kommt bei mir Rollentausch an. Okay, okay, wäre ich als Frau zur Welt gekommen, würde ich es vielleicht auch so sehen, ja, die Chancen ständen nicht mal schlecht, daß ich als die größte Kastriererin aller Zeiten in die Geschichte eingehen würde. Aber auch wenn ich jeden scheiß Vergewaltiger und die ganzen hirnlosen kriegsgeilen Säcke – von den beschissenen Kinderfickern ganz zu schweigen – gerne persönlich umlegen würde, ist es Fakt, daß Machtmißbrauch und Dummheit geschlechtsübergreifend sind. Und Männer hatten in den letzten Jahrtausenden einfach öfter Gelegenheit, in diesen Sparten zu glänzen. Rollentausch ... ach ... shit, wieso eigentlich nicht? Schlimmer wird's nimmer.

Ich habe mich wohl zu weit rübergelehnt, denn die eine schnauzt mich an, ob ich ihr nicht noch in den Ausschnitt kriechen will. Ich versuche, ihr zu erklären, daß mich das Thema an sich interessiert, aber ich ernte nur ein empörtes *Ha*!, und da die andere gleichzeitig anfängt, hektisch in ihrer Handtasche herumzuwühlen, rücke ich schnell einen Stuhl weiter, bevor ich mir eine Ladung Senfgas einhandle.

Max schaut mich still an und verzieht keine Miene, aber ich weiß, daß er unter seinem Stein resignierend den Kopf schüttelt.

- Gibt es eine Möglichkeit, auf Dauer glücklich zu sein?

- Für dich?

Ich nicke.

Fünf Camels später, lehnt er sich zu mir rüber und sagt:

- Halte dich dem Showbiz fern, such dir einen Job mit Festgehalt, ignoriere die Nachrichten, und hör auf, dein Glück von einer funktionierenden Beziehung abhängig zu machen.

Ich starre ihn an.

- Ist das alles?

- Könnte funktionieren.

- Arschloch!

- Gern geschehen.

Wir hängen noch ein paar Gin-Tonics herum und machen Frontberichterstattung. Die Fußgänger werden zu Zivilisten, die Radfahrer zu Selbstmordkommandos, die Rolle der Heckenschützen übernehmen die Autofahrer, und die UNO tritt in grünweißen Uniformen auf.

Eine kleine Stunde später haben wir außer ein paar toten Friedenstauben keine Verluste zu beklagen, aber doch genügend Verletzungen der Menschenrechte notiert, um die Sache an Amnesty International weiterzuleiten, außerdem sind wir mittlerweile ziemlich angeknallt und verlieren immer häufiger den Faden. Glaube ich zumindest.

Die lila Frauen sitzen noch immer am Nebentisch, und jetzt praktizieren sie den Rollentausch, denn mittlerweile strecken *sie* die Lauscher aus, um nichts zu verpassen. Wo wir uns schon mal so nahe sind, lade ich sie an unseren Tisch ein und bestelle eine Runde Sekt.

Zehn Minuten später weiß ich Bescheid. Die eine ist geschieden, die andere arbeitet dran. Halbtagsjob & Singleparties. Ich versuche, mich in ihren Alltag hineinzuversetzen, aber es deprimiert mich zu sehr, also verlege ich mich aufs Trinken und Zuhören.

Die Geschiedene erzählt, daß ihr Onkel letzte Woche gestorben ist. Nach einem Autounfall hätte er monatelang im Koma gelegen, und so lange hätte sein Zustand keine Operationen zugelassen. Als er eines Tages aufwachte, begann der wirkliche Horror, denn da fingen die Ärzte an, seine schief zusammengewachsenen Knochen neu zu brechen, um sie richtig zusammenzusetzen. Zwei Jahre später verließ er das Krankenhaus zum ersten Mal aus eigener Kraft, und einen Monat später diagnostizierte man ihm Zungenkrebs im fortgeschrittenen Stadium. Das war vor zwei Monaten.

Während sie erzählt, hat Halbtagsjob & Singleparties Löcher in den Tisch gestarrt. Jetzt hebt sie die Augen und das Glas.

- Salute!

- Auf das Leben, erwidere ich.

- Überleben ..., murmelt sie.

Ich mustere sie. Noch so ein Ding und ich frage sie nach ihrer Telefonnummer.

Wir lassen die Gläser ausklingen und sitzen kurz da wie die vier Musketiere, bevor wir die Waffen an die offenen Wunden setzen, um die Schmerzen zu lindern. Halbtagsjob & Singleparties trinkt in einem Ruck aus und läßt ihren Gefühlen dann freien Lauf. Die Tränen machen sie fast schön.

Während sie weint, halte ich ihre Hand und denke daran, wie mein Dad mich eines Tages zur Seite nahm und mir eine Ansage zum Tod machte: *Wenn ich einmal tot bin, dann spart euch die Kosten für einen Sarg. Verbrennt meinen Körper und streut die Asche in der Nähe aus, dann spart ihr euch das Busgeld. Und wenn ihr euer Leben verpfuscht, nur weil meins zu Ende ist, dann komme ich zurück und trete euch in den Arsch, und glaubt mir – das wird kein erfreulicher Anblick! Also, wenn ihr etwas von mir wollt, dann nehmt es euch jetzt!*

Nach der Ansage war ich total fertig und ließ ihn den ganzen Tag nicht mehr aus den Augen, aus Angst, daß er plötzlich tot umfallen würde. Als ein paar Tage vergangen waren, ohne daß ihn der Schlag getroffen hatte, fing ich an, mich zu entspannen. Und zu verstehen. Das Leben ist Gegenwart, nicht Vergangenheit, nicht Zukunft. Wir sind hier und jetzt.

Keine Zeit zu verlieren, daher halte ich der Bedienung vier Finger hoch und deute auf die leeren Gläser.

– Die Runde zahlen wir! rufen unsere Tischdamen.

Alle für einen und noch einen für uns alle. Es gibt noch Hoffnung.

9. Die Wege des Herrn

Daß der Weg das Ziel ist, überdenkt man spätestens dann noch mal, wenn man drei Stunden auf der A2 im Stau gestanden hat. Eigentlich wollte ich nur mal andere Luft schnuppern, aber da habe ich noch nicht geahnt, wie hoch der Kohlenmonoxydanteil sein würde. Wird wohl nicht die letzte Enttäuschung in meinem Leben gewesen sein.

Gerade geht die Sonne unter, und wenn ich an die nächsten Stunden in diesem Auto denke, wird mir auch sonst schwarz vor Augen, denn am Steuer sitzt ein Faschoarsch, der mich vor der Mitfahrerzentrale aufgelesen hat, und das einzige, was uns verbindet, ist der leidenschaftliche Wunsch, den anderen nie getroffen zu haben. Zehn zu eins, daß er unter seinem Pulli ein: *»Juden? Welche Juden?«*-T-Shirt trägt.

Wir waren keine zehn Meter gefahren, als er schon eine böse Ladung Harmoniemucke ins Tapedeck schob: *Deutschland ist schön, die Berge sind schön, die Weser ist schön, ach, ist das nicht schön?* Dagegen gibt es erst mal nichts groß einzuwenden, aber ich hab da diese Allergie gegen Nationalkackismus und kriege so schnell Ausschlag. Vor allem in den Händen.

Ich beherrschte mich, hüllte mich in Schweigen, und alles ging gut, bis er anfing, mir von der guten alten Zeit vorzuschwärmen. Da er so um die Fünfzig ist, meinte er sicher die an der Titte seiner Amme, aber ich ahnte, was kommen würde, und setzte mich vorsichtshalber schon mal auf meine Hände.

Er schwallerte fröhlich weiter, schwafelte von seiner Wehrsportgruppe, die junge und gesunde Männer bräuchte – Männer wie *mich*! Ich brauchte fast eine Stunde, um mich davon zu erholen, dann fing ich an, den Widerstand zu organisieren. Als erstes stellte ich ihn vor die Wahl: Musik aus oder Kotze auf dem Sitz. Das war das Ende unserer Freundschaft, denn einmal in Fahrt geraten, fragte ich ihn auch gleich, ob er in seiner süßen Sportlergruppe noch Platz für ein bisexuellen FC-Infizierten hätte.

– FC-WAS? platzte er heraus und warf mir einen mißtrauischen Blick zu.

– Was wäre das Leben ohne ein bißchen Risiko? lächelte ich und legte meine Hand auf seine.

Nur der Gurt rettete ihn vor einer unbedachten Bewegung.

Und jetzt? Jetzt sitzen wir zwei alten Frontschweine hier und starren zackig geradeaus, aneinander vorbei. Ich habe ihn alle Stunde mal gefragt, ob es okay wäre, wenn ich eine rauchen würde, und er hat alle Stunde mal *NEIN*! geschmettert. Nee, nee, er ist echt nicht mehr so gut drauf wie am Anfang, aber so ist es ja in den meisten Beziehungen. In seinem Fall kann es allerdings auch damit zusammenhängen, daß er zu einer termingebundenen Verabredung in Hannover unterwegs ist, und jede Minute, die wir hier im Stau herumstehen, bringt ihn noch mieser drauf. Wahrscheinlich wird er mich deswegen auch an der ersten Haltestelle in Hannover rauswerfen, und dann kann ich zusehen, wie ich nachts noch zu meiner Mutter nach Wolfsburg komme.

Gerade schaut er zum x-ten Mal auf die Uhr. Aus Langeweile beschließe ich, die diplomatischen Beziehungen noch ein kleines bißchen zu belasten.

– Wußten Sie eigentlich, daß Hitler nicht mit Eva Braun schlief?

Er zuckt zusammen und preßt die Lippen aufeinander.

– Und haben Sie in den Filmen mal drauf geachtet, wie oft Hitler Kinder auf dem Schoß hatte? Da kann man ja auf seltsame Gedanken kommen, was?

Es dauert ein bißchen, dann kriegt er den Faden

und etwas Farbe. Shit, in welcher Zeit leben wir eigentlich? Die Nazis werden *rot*!

– *Was* wollen Sie damit sagen?

– Nichts, gar nichts, rein gar nichts, wiegele ich ab.

Er gibt mir das, was er für einen überlegenen Blick hält.

– Die Kinder waren zu Propagandazwecken da, schnarrt er und beißt dann die Zähne mit einem Knall zusammen.

– Ach nee, ach ja?

– JA!

Oh, ohh ... Noch ein kleiner Vorfall an der Grenze, und er gibt Schießbefehl.

– Wenn das so ist, dann war der ganze Arierkram wohl auch nur Propaganda, was? Da fällt mir ein, mußte man nicht groß, blond und blauäugig sein, um sich damals fortpflanzen zu dürfen? Und war Hitler etwa nicht klein, dunkelhaarig und braunäugig?

– Der Fü... Der Herr Hitler nahm uns die Arbeitslosen!

– Ach, schau an! Der Herr nahm sie also zu sich, was? Fünfzig Millionen Tote sind aber ein verdammt hoher Preis für ein bißchen Arbeit.

– Wir müssen alle Opfer bringen, sagt er blasiert.

O Mann! O Shit! O Kacke! Mist! Ich setze mich noch fester auf meine Hände, aber gegen meinen Mund habe ich noch kein Mittel gefunden.

– Und was war mit den Millionen Kindern, he? Und den Millionen Frauen? Und den Millionen Männern? Alles Arbeitslose?

Er lächelt kalt, und ich verliere die Fassung.

– Schwule! Lesben! Zigeuner! Behinderte! Geistliche! Dichter! Maler! Schriftsteller ...

Er verzieht die Oberlippe zu einem arroganten Lächeln.

– ... Belgier! Tschechen! Russen! Briten! Schotten! Franzosen! Polen! *Amerikaner! Rumänen! Bulgaren! Portugiesen! Italiener! DÄNEN! SCHWEDEN! FINNEN! GRIECHEN! TÜRKEN! NIEDERLÄNDER!*

– Ausländer! unterbricht er mich verächtlich.

– *SAARLÄNDER, BAYERN, HESSEN …*

Mir bleibt die Luft weg. *Mann, jetzt reiß dich aber verdammt noch mal zusammen! Diese Typen merken eh nichts, also scheiß auf die Moral und den ganzen Quatsch! Mach ihn fertig, mach ihn lächerlich, aber appelliere nicht an seinen Verstand! Hätte er einen, wäre er nicht, was er ist!*

Ich atme tief durch. *Du bist in einem Wald … die Vögel zwitschern …* Shit! Kacke! Mist! *ICH SAGTE: Du bist in einem Wald! Die Vögel zwitschern …* In der *guten alten Zeit* hätte dieser Wichser mich längst erschießen lassen, meine Familie vergast, meine Freundin vergewaltigt, meine Freunde nach Bergen Belsen geschickt und meine Lieblingsbücher verbrannt, ALSO WAS REDE ICH MIT DIESEM ARSCH, WIE MIT EINEM RICHTIGEN MENSCHEN! … *Du bist wieder in dem Wald … Du atmest tiiief durch …*

Langsam komme ich runter und spare mir sogar den Einwand, daß Hitler Österreicher war. Aber dieses Arrogant-fiese-Herrenrassen-Grinsen in seiner Fresse, kann ich so nicht stehenlassen.

– Wenn ich's mir so recht überlege, dann liefen in diesen *Propagandafilmen* … auch erschreckend viele Schäferhunde herum.

Das gibt ihm zu denken.

– WAS WOLLEN SIE DAMIT …

Er bricht mitten drin ab. Sein häßliches Grinsen ist verschwunden. Jetzt sollte ich es vielleicht etwas ruhiger angehen, aber irgendwie macht es mich geil zu beobachten, wie sein Gesicht sich verfärbt. Ich meine, vielleicht platzen ihm ja jedesmal, wenn er sich aufregt, ein paar lebenswichtige Äderchen. Toi toi toi!

Er wirft wieder einen Blick auf die Uhr. Mein Einsatz.

– Kann ich jetzt eine Zigarette rauchen?

– *NEIN*!

– Hören Sie, als ich hier einstieg, konnte ich ja nicht ahnen, daß wir eine halbe *Ewigkeit* unterwegs sein würden! Ich meine, wir stehen ja hier schon seit *Stunden* herum!

– *Ich weiß!*

– Meinen Sie wirklich, es würde Sie *vergasen*, wenn ich nur eine einzige-

– *NEIN!*

– Na, sehen Sie ...

Ich hole die Schachtel heraus. Bevor ich mir eine anzünden kann, sehe ich, wie seine linke Hand in der Seitenablage der Tür verschwindet.

– SIEWERDENKEINEZIGARETTEINMEINEMAUTO-RAUCHEN!

– Zu Befehl, mein Führer! murmele ich und packe die Schachtel wieder weg.

– *Was haben Sie da gesagt?*

Ich schaue unschuldig aus dem Fenster.

Eine Stunde später sind wir keine fünf Kilometer weiter gekommen. Neben uns fährt seit geraumer Zeit ein alter Ford Transit. Eine richtige Kifferkarre, mit vor Dunst verschmierten Scheiben. Die Insassen reichen sich Büchsenbier hin und her, und das Beste kommt noch: die Karre läuft auf Braunschweiger Kennzeichen. Wenn ich da irgendwie reinkomme, kann ich in Braunschweig Zwischenstop machen und morgen früh gleich weiter nach Wolfsburg fahren. In Braunschweig zu übernachten ist kein Problem, da mein Freund Roman dort wohnt. Zur Zeit weilt er zwar auf Mallorca, wo er den Ort zu finden hofft, an dem sein Schriftstellerspirit gefangengehalten wird, aber er ist nicht gefahren, ohne mir seinen Zweitschlüssel dazulassen. *Wer nichts wagt, der nichts riskiert!* Also kurbele ich das Fenster runter und mache dem Typen am Lenkrad Zeichen, es mir nachzumachen. Rauchschwaden und Led Zeppelin quellen heraus.

– Was ist los, Mann?

– Habt ihr noch Platz?

Er wirft einen Blick auf meinen Führer, dreht dann

den Kopf nach hinten und schreit etwas Unverständliches in den Nebel.

Zehn Sekunden später nickt er mir zu und kurbelt das Fenster wieder hoch. Ich drehe mich zu meinem Führer um, der den Dialog aufmerksam verfolgt hat.

- Dann gehe ich mal eine rauchen.

- Zuerst bezahlen Sie.

- Wieviel macht es denn?

- Fünfundzwanzig Mark fünfzig.

- *Was?* Wir sind doch gerade mal auf halber Strecke ...

- Fünfundzwanzig Mark fünfzig! sagt er unerbittlich und nestelt an der Seitenablage herum.

Ich erhasche einen flüchtigen Blick auf eine kleine böse Dose, dann verschwindet sie wieder aus meinem Sichtfeld. Gas! Shit! Einige Dinge ändern sich nie.

Während ich sechsundzwanzig Mark zusammensuche, frage ich ihn, ob er einen Schäferhund hat. Er schweigt, wittert die Falle.

- Ich *wußte* es! sage ich und drücke ihm das Geld in die Hand.

Er geht nicht weiter darauf ein, kriegt aber einen roten Kopf und versucht, das Geld zu zählen, ohne mich dabei aus den Augen zu lassen.

- Gut, damit ist der vereinbarte Betrag beglichen.

- Ich bekomme noch fünfzig Pfennig zurück.

- Schmerzensgeld, sagt er kalt.

Die Schlacht ist verloren. Es gibt keinen Grund, noch unnötige Verluste zu riskieren, also schnappe ich mir meine Tasche, öffne die Tür und drehe mich dann ein letztes Mal um.

- Sind fünfzig Pfennig nicht irgendwie ein bißchen ... zu wenig? Ich meine, bei *Ihren* Schmerzen? Kommen Sie, ich gebe Ihnen noch 'ne Mark.

Ich schmeiße ihm mein Kleingeld in den Schoß und knalle die Wagentür zu.

- HOFFENTLICH KRIEGEN SIE KREBS! brüllt er mir hinterher.

Ich bin schwer versucht, ihm zum Abschied noch den Führergruß mit Effenberg zu geben, aber mittlerweile stehe ich mitten auf der Autobahn, und wer weiß, wie viele seiner Kameraden mich heimlich beobachten und nur darauf warten, einen Ausländer massakrieren zu dürfen, daher begnüge ich mich damit, ihm eine Beule in die Seite seines dritten Reiches zu treten und spute mich dann.

Die Schiebetür des Transits öffnet sich zur Hälfte.

– Beeil dich, Mann, der ganze Rauch zieht raus, sagt eine metallische Stimme.

Ich schwinge mich rein und muß sogleich husten.

– Trink das, sagt Metallstimme.

Ich nehme das Bier und trinke einen langen Schluck. Wow! Die Büchse geht in zwei Zügen matt, dann fange ich einen Joint ab, der in dem Nebel orientierungslos herumgeistert. So läßt es sich leben.

Plötzlich wird Led Zeppelin leiser, und die Stimme des Fahrers dringt durch den Smog.

– Mann, dein Kumpel scheint ein Problem zu haben ...

Ich wische eine Ecke an der Scheibe frei und werfe einen Blick nach draußen. Mein Führer hat eine Sommeroffensive gestartet und macht sich an der Schiebetür des Transits zu schaffen. In seiner Rechten erkenne ich etwas kleines Rundes und schiebe mich tiefer in die Nebelbänke.

Eine Hand legt sich auf meine Schulter, fast springe ich aus den Klamotten vor Schreck.

– Keine Panik, sagt Metallstimme. – Die Tür läßt sich nur von innen öffnen.

– Gut, murmele ich und werfe noch einen Blick hinaus.

Adolf rüttelt an der Tür. Er scheint die Gelegenheit nutzen zu wollen, um ein paar Langhaarige auszumerzen.

– Freund von dir? fragt Metallica hinter mir, und so langsam erkenne ich in den Nebelbänken einen bedrohlich großen Umriß.

– Sehe ich etwa aus, als hätte ich Freunde? kichere ich nervös.

Ein schnaufendes Knarren ertönt. Hört sich an wie Fehlzündungen.

– Mach auf, sagt die Stimme dann.

– Ähem ..., das ist, glaube ich, keine so gute Idee ...

– Mach auf!

– Der hat etwas in der Hand.

Als Antwort kommt ein leises Metallkichern aus dem Nebel, begleitet von einem kalten, bösen *KLICK*! Ich schiebe mich noch tiefer in den Nebel.

Plötzlich setzt sich der Bus in Bewegung, und nach ein paar Metern folgt ein neuerliches, aber diesmal wesentlich entspannteres *KLICK*!

– Mitfahrerzentrale?

Ich nicke.

– Trink das, sagt er mitfühlend, und sofort habe ich eine frische Büchse vor der Nase.

Als der Bus Stunden später hält, bin ich schwer angeschlagen.

– Haltestelle, brüllt der Fahrer.

Ich torkele auf die Beine und wühle nach meiner Tasche. Sie ist nicht mehr da. Ich werde schlagartig wach.

– Wie wär's mit Spritgeld, Mann? fragt der Fahrer.

So breit kann ich gar nicht sein, daß ich diesen Braten nicht rieche. *Traue keinem über drei!* Sagte mein Opa schon. Und weil ich auf ihn gehört habe, trage ich mein Geld in einem Brustbeutel.

– Sind zwanzig okay?

– Klar, Mann.

Ich reiche den Grünen nach vorne.

– Habt ihr vielleicht eine schwarze Tasche gesehen?

– Hier liegt was ..., sagt Metallica.

Meine Tasche kommt aus dem Nebel geflogen.

Ich fange sie auf und öffne die Schiebetür, während ich versuche die Nebelbänke im Auge zu behalten und gleichzeitig die Lage zu checken. Hm ... Diese Ecke von Braunschweig ist mir gänzlich unbekannt.

– Wo sind wir?

– In Langenhagen, Mann, sagt der Fahrer.

– Wo soll das denn sein?

– Hannover, Mann.

Mir geht ein Licht auf.

– Ihr fahrt gar nicht nach Braunschweig, was?

Der Fahrer schaut mich an, als hätte ich ein halbvolles Bier verschüttet.

– Mann, was sollen wir in Braunshitschweig? Wir *wohnen* hier!

Ein Lumpenhaufen in der Ecke bewegt sich plötzlich.

– Will'n 'r nach Braunsssweig, oder wasss? lallt es.

Himmel, da liegt *noch* einer! Eine innere Stimme ruft mir zu, daß es Zeit ist zu verschwinden.

– Alles klar. Kein Problem. Ich muß los. Lebt wohl.

Ich wende mich ab und gehe los. Wohin? Fragt nicht.

Zwei Stunden später komme ich am Bahnhof Hannover an. Natürlich geht heute kein Zug mehr nach Wolfsburg, also kratze ich die letzten Scheine zusammen und kaufe ein Ticket zurück.

Drei endlose Stunden später rollt der Zug im Kölner Hauptbahnhof ein. Endstation, und so fühle ich mich auch. Eine echt schwachsinnige Art, die Nacht zu verbringen.

Das übliche Empfangskomitee aus Strichern, Junkies, Dealern, Bettlern, Zivilbullen, Touristen empfängt mich. Obwohl es Samstag ist, ist auf der Straße von Wochenendstimmung nichts zu spüren, und das einzige Mal, daß ich in der Bahn angegrinst werde, ist, als ich bei einer Vollbremsung in eine Plexiglasscheibe knalle. O Mann! Nur mein Kontostand hält mich davon ab, gleich zum Flughafen weiterzufahren, um mir ein Last-Minute-Ticket nach Nirgendwo zu sichern. Keine Beziehung engt so sehr ein wie Armut.

Als die Linie 4 mich in der Leyendecker ausspuckt, habe ich meine Monatsration mürrische Gesichter gehabt und schwöre mir mal wieder, alleine deswegen so lange wie möglich als Freischaffender durchzuhalten, um nicht jeden Morgen in der Bahn angebürgert zu werden.

Zu Hause rufe ich sofort Max an.

- Hm?

- Ich bin's.

- Hm.

- Hast du Kohle?

- Hm?

- Bowle.

- Hm!

Zehn Minuten später ist er da, und wir gehen literweise Gin und Sekt und ein paar Kilo Ananasstücken in Büchsen besorgen. Die Ananas im Gin vierundzwanzig Stunden ziehen lassen, dann den Boden der Gläser mit Früchten bedecken, mit Sekt auffüllen, und man hat einen Cocktail, der wie ein guter Lover wirkt; man läßt ihn einfach machen, und irgendwann ist man dann soweit.

Aus den vierundzwanzig Stunden wird aber heute nichts, also füllen wir den Ananassaft separat ab, damit die hohen Prozente pur in die Früchte einschlagen können.

Als die Bombe aktiviert ist, hänge ich mich ans Telefon und habe eine Stunde später mit allen Maschinen der Stadt gequatscht. Bis die Leute eintreffen, machen wir schon mal ein Warm-up in Sachen Ananas und wühlen in altem Vinyl herum.

Als Schimanski und Brunner ein paar Stunden später eintreffen, sind wir schon angeknallt und streiten uns über existentielle Fragen wie: Spielt man nach *Voodoo Child* eher *Try* oder *Highway to Hell*? Natürlich ignorieren Brunner und Schimanski die Fragen und die mühsam zubereiteten Käsehäppchen, und machen sich zielstrebig auf die Suche nach der echten Ware. Eigentlich kann ich es mir nicht leisten, so viele Künstler zu kennen. Sie haben alle kein Geld, aber jede Menge Zeit es auszugeben. Kenne ich sie, weil ich arm bin, oder bin ich arm, weil ich sie kenne? Fragen über Fragen, und keine Antworten weit und breit. Das Leben ist hart, Ananas macht es weicher.

10. Ein Hurrikan zieht auf

Vivi kommt um fünf nach Hause, und bei dem Zustand der Wohnung hellt sich ihre Miene sichtbar auf. Wow! Männer *und* Alkohol! Fehlt nur noch, daß das Telefon klingelt, dann kriegt sie stehenden Fußes einen Orgasmus. Sie muß unbedingt duschen und scharwenzelt, nur mit einem schwarzen Nichts bekleidet, an den Jungs vorbei ins Bad und hat dann doch tatsächlich ihr Handtuch in ihrem Zimmer vergessen. Huch!-ja-so-was-aber-auch! Scharwenzel wieder zurück. Ach nein, da ist es auch nicht. Aber vielleicht hier, in der alleruntersten Schublade. Ach, was muß man sich aber auch tief bücken, um da dran zu kommen, was?

Ich schaue mir das Ganze gelassen an. Einige brauchen das Rampenlicht, andere eine existentielle Absicherung. Was Vivi braucht, liegt auf der Hand. Oder tiefer.

Auf dem Rückweg vom Duschen rutscht ihr das Handtuch runter. Nicht ganz, nur weit genug, um das untere Bewußtsein in Gang zu setzen, und ich ertappe meinen Körper tatsächlich dabei, gefährliche Blutkonzentrationen in die falschen Bahnen zu lenken. Sie hat nun mal diesen Luxuskörper, und die Ananas macht, daß ich es gerade nicht so eng sehe, daher rufe ich mir schnell WG-Regel-Nummer-drei ins Gedächtnis, und die lautet: NEIN! NEIN! NEIN! Es würde mich wirklich interessieren, womit sie ihren Tag verbringen würde, wenn Flirten und Vögeln verboten wären. Aber malen wir nicht gleich den Teufel an die Wand.

Heike trifft ein. Niemand hat sie eingeladen, aber

ihr den Zutritt zu einer Party zu verwehren, wäre, als würde man Iggy Pop nicht auf die Bühne lassen.

Sie erzählt mir, daß sie die Tänzerin gestern auf einer anderen Party getroffen hat, und scheint auf einen Kommentar von mir zu warten, aber da könnte ich auch gleich ein Rundschreiben rausgeben, also schweige ich. Sie fragt mich sofort, ob es mir damit nicht gutgehen würde ...

Britta trudelt ein und mit ihr ihre ganze WG, die zur Zeit ausschließlich aus Frauen besteht. Rote Haare, blonde Haare, schwarze Haare. Für jeden Geschmack ist etwas dabei. Die Jungs denken, ich hätte das für sie arrangiert, und stoßen auf meine Fürsorglichkeit an.

Die Räume füllen sich, und spätestens, als die Toilettentür klemmt und man, während sich draußen eine Schlange bildet, von drinnen den Freudengesang eines gerade sehr, sehr glücklichen Pärchens vernehmen kann, spüre ich es: es riecht nach Freiheit und Leidenschaft, nach Musik und Drogen, nach Sehnsucht und purem *Wahnsinn*! Es liegt was in der Luft, die Zeichen stehen auf Sturm, aber nein, hier kommt kein Sturm, *hier kommt ein gottverdammter Hurrikan!*

Irgendein Gestörter erklimmt den Eßtisch und fängt an herumzuschreien. Ob er nur näher an das Gemisch heran will, das unter der Decke brodelt, oder ob er nur verzweifelt den Notausgang sucht, niemand weiß es, niemanden interessiert es.

In der Küche steht ein total abgerissener Typ und brüllt in ein Megaphon. Er sieht aus, als hätte man ihn in Teer und Federn gerollt, bevor man ihn aus dem Hyde-Park jagte.

– Zeit ist relativ und nicht Geld. Wer Zeit hat, *hat* Zeit! Zeitverschwendung kostet nur Zeit. Wer Zeit hat, lebt! brüllt er.

– Und was ist man, wenn man Zeitdruck hat? kommt ein Zwischenruf.

– Alleinerziehend! ruft eine Frau.

Großes Gelächter.

– Die Zeit ist neutral, sie kann nicht drücken, brüllt

Mister Hyde weiter. – Es gibt nur *Restzeit*. Carpe diem, nutzet den Tag, nutzet die Restzeit. Treibet keinen Schindluder mit dem Tage, den der Herr euch geschenket hat!

– Buuuuhhhh! kommt es von den billigen Plätzen.

– Zwei zu zwei in der neunzigsten Minute. Ihr sollt nicht begehren eures Nachbarn Weib! brüllt er weiter und wirft beim Herumfuchteln ein Tablett Sektgläser zu Boden.

– BUUUUUUHH! schallt es ihm entgegen.

– Wir sind verdammt! Wir sind alle verdammt! Heil Hitler! schreit er verzweifelt.

Eine Kaskade aus Käsehäppchen und Obst wirft ihn um. Jemand nimmt ihm das Megaphon ab, und ich sehe gerade noch, wie es durch ein Fenster hinausfliegt, bevor links neben mir eine Bombe zündet, die mein Trommelfell zerfetzt und meinen Kopf in tausend Stücke reißt. Jemand hat Vivis Monsteranlage auf zehn von zehn möglichen gedreht, und die revanchiert sich mit Geräuschen, die kein Splatterfan je zu hören bekam. Ian Durys Liveversion von *Hit Me* prügelt auf mich ein, und die Tänzer springen durch den Raum, als hätte man sie unter Strom gesetzt. Ich stopfe mir zwei Zigarettenfilter in die Ohren und wanke zum Ausschank, um die Schmerzen zu lindern.

Eine Stunde später kriege ich kaum noch Luft. Der Hurrikan kommt immer näher und treibt eine Nebelwand vor sich her, die einem die Sicht raubt und jedes Sauerstoffatom im Raum aufsaugt. Meine Augen brennen wie Schürfwunden, und meine Zunge ist in Terpentin eingelegt. So jung und schon so fertig. Was ich brauche, ist frische Luft, also schnappe ich mir eine Jacke, und für den Fall, daß mich unterwegs eine Vitaminschwäche heimsuchen sollte, ein volles Glas Ananas.

Der Sommerabend ist frisch, und die Straßen sind wie gefegt. Der Asphalt hat aufgehört zu flimmern, und das Viertel atmet tief durch und saugt die abgekühlte Luft an sich, um für den morgigen Angriff der Sonnenenergie gewappnet zu sein. Ich spaziere federleicht-schwankend drauf los. Wolken aus Zuckerwatte und das Blau so blau. Ach, welch wunderbare Stille ...

GRRRROOOOOR! Ein riesiger, dunkler Monsterschatten kommt aus dem Nichts geschossen.

– AHHHHHH!

Die Linie 13 nagelt so dicht an mir vorbei, daß der Luftzug mich fast umschmeißt. Verzerrte Gesichter kleben an den Scheiben, schneiden Grimassen und geben mir den Finger. Sie scheinen zu schreien, aber ich kann nichts hören. *Scheiße, ich bin taub!*

Kurz bevor ich völlig durchdrehe, fällt mir ein, daß ich noch die Zigarettenfilter in den Ohren habe.

Als ich sie endlich raushabe, bin ich versucht, sie sofort wieder reinzustecken, denn die Kommentare der Fahrgäste sind von der persönlicheren Art. Es scheint eine amtliche Vollbremsung gewesen zu sein, denn sogar der Fahrer macht Anstalten rauszukommen. Zwar ist er einen halben Meter kleiner als ich, aber ich will trotzdem keinen Ärger. Ich meine, der Mann ist *Bahnfahrer*, der hat nichts mehr zu verlieren.

Die Kabinentür öffnet sich, und er setzt einen Fuß auf die erste Stufe. Um den Ärger im Keim zu ersticken, stecke ich eine Hand in die Jackentasche und schaue ihn leer an. Er verharrt unschlüssig auf der zweiten Stufe und scheint das Risiko abzuwägen.

Ich nutze die Gunst der Stunde, um in einen Trab zu fallen, der mich flugs vom Tatort entfernt. In der Jacke klappert etwas. Mir fällt ein Döschen mit einem Stück Rauch in die Hände, und wer bin ich denn, daß ich die Zeichen mißachte? An der nächsten Parkbank lege ich eine Pause ein, um mir einen Turm zu bauen. Momentan besteht zwar wenig Gefahr, daß ich plötzlich wieder nüchtern werde, aber wie heißt es so schön: Der Kluge baut vor.

Als ich den Stick zur Hälfte durchhabe, fällt mir das Glas aus den Fingern, und mein Körper rutscht in Superslomo zu Boden.

Ich versuche wieder aufzustehen, aber meine Knochen haben sich in Götterspeise verwandelt. Der Blob! Teil zwei. Ich muß kichern. *Reiß dich zusammen! Das ist ein öffentlicher Park, du kannst hier nicht liegenbleiben! Denk an deinen Ruf. Oder besser noch, denk an einen hartherzigen, frustrierten, gewalttätigen Bullen!*

– Ach wissen Sie, Herr Wachtmeister. Nach acht Stunden Fließband wollte ich nur den Dackel Gassi führen und dann schnell wieder nach Hause zu meiner geliebten Ehefrau und den entzückenden Kindern. Ich konnte ja nicht ahnen, wie gefährlich der Park nach Einbruch der Dunkelheit *tatsächlich* ist!

Der Bulle schaut mich scheel an. Mit jeder Faser bereit, mich zu Blutwurst zu verarbeiten, wenn ich auch nur blinzeln sollte.

– Hm, hm. Und wo ist der Hund abgeblieben?

– Ach der ... Ich schaue mich verzweifelt um. – Ähem ... den hat's erwischt! Da kam so ein Rocker in voller Ledermontur auf mich zugestürmt, ich glaube, er wollte mich *vergewaltigen*! Und da hat sich Kohl, so hieß mein Hund nämlich, spontan dazwischengeworfen.

– So, so ... Dazwischengeworfen, was?

Er zieht genüßlich seinen Knüppel hervor, und ich spüre, wie mir der Schweiß ausbricht.

– Genau! Und wissen Sie, was der Typ dann gemacht hat? quassele ich schnell weiter. – Wissen Sie, was dieser über zwei Meter große, kettenschwingenden Rocker dann *getan* hat?

– Nun, ich schätze, Sie werden es mir gleich sagen, sagt er und grinst dabei voller boshafter Bullenvorfreude.

– Er hat ihn *gefressen*! Hat ihn einfach runtergeschluckt!

– So, so ... Hm, hm ... Möchten Sie vielleicht mit auf die Wache kommen und *versuchen*, meinen Kollegen diese Geschichte zu erklären?

Er macht keinen Hehl mehr daraus, daß er sich auf das bevorstehende Gemetzel freut.

– NEIN! ... ich meine ... ähem, ich will Ihnen doch nicht ihre kostbare Zeit *rauben*. Die Protokolle, der tägliche Papierkrieg. Das bringt einen ja noch *um*! Es war ja nur ein Dackel. Kein Problem, einen neuen zu bekommen. Ich würde auch nicht so einen Aufstand machen, wenn der Typ zum Schluß nicht noch gesagt hätte, daß er jetzt losgeht und sich ein paar Bul ... Polizisten sucht. Er meinte, er hätte diese Schwuchteln noch nie ausstehen können, und heute würde er ein paar von diesen halbseidenen Sahnehäubchen richtig durchwalken ...

Der Sadobulle erstarrt.

– Er hat *was* gesagt?

– Sagte, er würde sie auf seiner riesigen Kettensäge reiten lassen und sie reihenweise kastrieren. Das würde denen nichts ausmachen, weil sie eh keinen mehr hoch bekommen könnten. Läge an der Grundausbildung in der Polizeischule, wo sie sich täglich gegenseitig einen ablutschen, um bei den Razzien im Erotikcenter, nicht völlig auszuflippen.

Sadobulle sabbert jetzt.

– *Das* hat er gesagt?

– So wahr ich hier liege.

Er schaut auf mich runter, überlegt sich, ob er mich nicht vorsichtshalber schon mal massakrieren soll.

– DAHINTEN IST DER KERL!

Er zuckt zusammen und dreht sich um.

– WO?

Ich zeige auf ein weit entferntes Gebüsch.

– NA DA! HINTER DEM GEBÜSCH!

– WO DENN?

– MEIN GOTT! ER HAT EINEN BLUTIGEN SKALP AN SEINEM GÜRTEL HÄNGEN!

Der Wachtmeister sabbert vor Vorfreude und hat sich jetzt entschieden; er will den Kettensägenkiller killen und die Beförderung einfahren. Er stürmt los, um seinen Blutrausch zu stillen.

Langsam gewinne ich wieder die Kontrolle über mich. Noch immer in der Waagerechten, noch immer auf dem Rasen. Junge, Junge ...

Ich kämpfe mich auf die Beine und setze mich dann

vorsichtig in Bewegung. Erinnert an die Schlittschuhversuche eines Grobmotorikers, aber Geschichte wird gemacht, es geht voran.

Kurze Zeit später wird mir auch klar, wo es hingeht. Unser aller Wege sind vorgezeichnet, und meiner führt mich stracks zum Haus der Tänzerin. Ich meine, sie hat ja nicht *ausdrücklich* gesagt, daß ich sie nicht besuchen darf, oder? Dennoch, vor ihrer Haustür beschleichen mich leichte Zweifel, ob es so schlau ist, ihr in meinem Zustand unter die Augen zu treten.

Neben dem Hauseingang steht eine Betonbank. Ich setze mich drauf und versuche meine Gedanken zu ordnen. Also wenn der FC von den letzten Spielen ein paar gewinnt, könnte es reichen, und wenn das E-Werk dreiviertelvoll wird, könnte es reichen, und wenn die Tänzerin jetzt zu Hause ist, dann ... ja, was dann? Alles wieder gut? O Mann, wenn ich bedenke, welche Meinung ich von den Typen habe, die wegen ein bißchen Möse vor Vivi herumkriechen, dann ... Na gut, die Tänzerin küßt gut und, Himmelherrgottnochmal, sie vögelt phä-no-me-nal! Aber ist das gleich ein Grund, seine Selbstachtung in die Tonne zu kloppen? *Sag jetzt nichts Falsches! Mach dir nichts vor, hier wohnt keine Freundin von dir. Denk an den Brief, denk an letztes Jahr, verdammt noch mal - denk!*

Mein Füße tragen mich zur Party zurück, wo Vivi mich mit der Frage aufmuntert, ob sie sich morgen meinen Farbfernseher ausleihen kann. Sie will Casablanca gucken, und ihre Kiste ist nur schwarz/weiß. O Mann! Hätte sie nicht diese Hülle erwischt, würde sie tief in der Scheiße stecken. Das tut sie so vielleicht auch, aber daß ihr ständig irgendwelche Typen unter dem Rock kleben, lenkt sie davon ab.

Neben ihr steht Marco, die perfekte Rückseite. Er muß eingetroffen sein, während ich spazieren war, und wie ich sehe, hat er einen Koffer mitgebracht. Scheint, daß er bei Vivi einziehen will. Schade, ich fing gerade an, mich an ihn zu gewöhnen.

Die Wohnung platzt mittlerweile aus allen Nähten,

und dementsprechend ist der Lautstärkenpegel in Führung gegangen. Die Bullen tauchen auf. Nachbarn, Lärmbelästigung und das übliche Blabla. Ich kann sie kaum verstehen, weil die Jungs die Gesangsanlage aufgedreht haben und ihre größten Hits abjammen, aber ich verspreche artig, die Anlage leiser zu stellen, und gehe dann wieder zurück an den Ort des Verbrechens, wo verbotene Substanzen die Runde machen und man gelegentlich extrem illegale Gesprächsfetzen aufschnappt. Das Paradies eines Zivilbullen.

Der Sturm nimmt zu. Ich muß mein Glas zweimal füllen, bevor es voll bleibt, dann suche ich mir eine windgeschützte Ecke Nähe Ananas und richte mich auf den Hurrikan ein, der im Eiltempo näher kommt und schon erste Küstenstriche verwüstet hat. Britta wird vorbeigeweht.

– Na? sagt sie.

– Was, na?

– Wo warst du?

– Draußen.

Sie zieht eine Grimasse.

– Ach nee. Und?

– Was, und?

– Wie war es draußen?

– Schön.

Sie greift mir ins Haar und dreht meinen Kopf zu sich.

– Du kannst manchmal so unglaublich blöd sein, sagt sie und hebt wieder ab.

Heike kommt vorbei und nimmt Kurs auf mich. Bevor sie etwas sagen kann, grinse ich breit von einem Ohr zum anderen. Sie hält erst gar nicht an.

Dann kommt Max.

– Na? sagt er.

– Was, na?

– Wie, was na?

– Na ja, was?

– Was?

– Genau.

– Nichts.

Lubitsch würde uns beide erschießen.

– Hm? macht Max und nickt zu Britta rüber.

– Ich und Sex? sage ich empört.

Er sieht mich schräg an und wird zu Stein. Sex? Sex? Da war doch was ... Sechs! Die sechste Frage!

Ich stupse den Felsen an.

– Kann ich dich mal was Ernsthaftes fragen?

Er guckt mißtrauisch. Vielleicht aber auch, weil aus der Küche gerade eine ungestimmte Stadionversion von Ideals *Blaue Augen* zu uns dringt.

– Hm?

– Warum hat mein Vater mich immer zum Angeln mitgenommen?

Max geht.

– TELEEFOOON, brüllt jemand.

– KOMME! schreie ich in den Nebel.

Wenn Annette Humpe dran ist, werde ich auflegen, bevor sie mitkriegt, was Brunner gerade mit ihrem Hit anstellt. Künstler sind sensibel.

Ich schnappe mir den Hörer.

– Verein für aktive Sterbehilfe. Hören Sie zwei Minuten zu, und vererben Sie uns alles.

Irgend jemand redet am anderen Ende. Versteh kein Wort.

– Sekunde ...

Ich klettere raus auf die Dachrinne und ziehe das Fenster hinter mir zu.

– Okay, das Ganze noch mal.

– Warum bist du nicht hochgekommen?

BAFF! Herzrasen ... Diese Frau weiß echt, wie sie mich auf dem falschen Fuß erwischen kann.

– War kein Notfall.

– Schade.

– *Schade ...?* Was zum Teufel meinst du mit *schade*?

– Ich hab Lust auf dich, sagt sie so selbstverständlich, daß mir die Sicherungen rausspringen.

– Ach nee! Soweit ich mich erinnere, habe ich dich nicht davongejagt, oder? Das letzte, was ich von dir zu sehen bekam, war dein Orgasmus, und als nächstes finde ich diesen ... diesen *Zettel* in meinem Bett, und das findest *du* schade? Wenn du damit meinen solltest, daß es schade ist, daß du einfach abgehauen bist, ohne ein Wort zu sagen, gut, dem stimme ich zu. Wenn du damit meinen solltest, daß es schade ist, daß du letzten Sommer schon mal abgehauen bist, ohne ein Wort zu sagen, gut, dem stimme ich auch zu. Und wenn du damit sogar meinen solltest, daß es echt schade und für mich vielleicht auch *verdammt verletzend* ist, daß du mich immer wieder benutzt, um den Kick zu bekommen, den dir deine neuen Freunde anscheinend nicht geben können, *na dann sind wir ja mal glatt einer Meinung!*

Stille.

– Du verstehst mich auch nicht, sagt sie leise.

– *Ich* verstehe *dich* nicht? Du hast *recht*! Wer soll das auch verstehn? Du weißt nicht, was du willst, und bist zu rücksichtslos, um die Finger von einem Typen zu lassen, der in dich verknallt ist, und das alles nur, weil es dir zwischen den Beinen juckt! Du trampelst auf meinen Gefühlen herum, und das soll ich auch noch *verstehen*? Ich bin kein verfickter Sozialarbeiter und auch kein beschissenkluger Therapeut, ich bin nur der alte Besen, aber auch der hat Anspruch auf Verständnis, und kannst du mir vielleicht sagen, wann du mal Verständnis für *mich* hast?

Klick! Die Leitung ist tot. Und wieder mal geflüchtet. Im Krieg würde man sie jetzt erschießen. In dem Fall wäre sie schon zweimal tot. Ich hacke ihre Nummer in die Tasten.

– Wenn du jetzt den Hörer auflegst, dann komme ich auf der Stelle zu dir rüber und TRETE DEINE SCHEISS TÜR EIN!

Die Leitung bleibt offen.

– Ich hab so die Schnauze voll! Du behandelst mich wie ein Stück Scheiße, und es scheint dir auch noch völlig egal zu sein! Alles muß nach deinen Regeln laufen, und so bald dich irgendwas nervt, rennst du jammernd davon! Du verhälst dich wie ein beschissenes Kleinkind!

Stille.

– War's das? fragt sie tonlos.

– Fürs erste.

– Okay, dann hörst du jetzt *mir* mal zu! Niemand zwingt dich, hinter mir herzurennen, oder? Und wenn ich so unglaublich scheiße bin, warum läßt du es dann nicht einfach sein? Und wenn ich ein Kleinkind bin, dann bist du ja wohl ein Kinderficker, oder?

– WAS …? Du dumme Fotze!

– Ich bin also eine dumme Fotze …, sagt sie mit einer Stimme, die mir das Blut gefrieren läßt. – Hast du dich schon mal gefragt, wieso du hinter einer dummen Fotze herrennst? Ich denke, du *brauchst* eine dumme Fotze, um dich halbwegs intelligent zu fühlen!

Ich schmeiße das Telefon auf die Straße runter und schreie den Himmel an. *Dieses asoziale Miststück!*

Unten auf der Straße finden sich ein paar Leute ein, die das Telefon bestaunen und dann zu mir hochzeigen. Ich spucke in ihre Richtung und krieche dann wieder rein in das Verbrechen.

Kaum habe ich beide Füße auf dem Boden, rennt Brunner mich um und schüttet mir dabei ein halbvolles Glas über die Brust. Dem Aussehen nach, ist er seit zwei Stunden tot.

– F-F-FÜTTER S-SIE N-NIE NACH M-M-MITTERNACHT!

– Bück dich nicht nach der Seife!

Wir klatschen uns ab, und er läßt sich wieder in die Menschenmassen fallen.

Ich schaue mich um. Wo sind die Arschlöcher dieser Welt, wenn man sie braucht? Will keiner was in die Fresse?

Ich bin gerade auf dem Weg zur Tanzfläche, als Britta auftaucht und mir ein Glas in die Hand drückt.

– Wahnsinn! Trink das. Hast du den Irren in der Küche …

Sie bricht ab und starrt mich an. – Was ist mit dir los?

Ich leere das Glas und werfe es an die Wand.

– Hast du Lust zu ficken?

Sie schaut mich belustigt an.

– Jetzt?

– Nächstes Jahr, verdammt noch mal!

– Kriegst du ihn denn wieder hoch? gickelt sie.

Ich lasse sie stehen, will zur Tanzfläche, um mich anrempeln zu lassen, aber Max winkt mich zu sich.

Er nickt Richtung Küche.

– Küche, bestätige ich.

Er nimmt meinen Arm und marschiert los. Wohin? In die Küche. Warum? In die Küche.

Schimanski erwartet uns.

– Wo bleibt ihr denn? ruft er ungeduldig.

– Was ist los?

Er schaut mich an, als hätte ich sie nicht mehr alle.

– Geburtstagsständchen.

– Für wen?

– Na für *sie* ..., schmachtet er und zeigt auf eine Frau, die in einer Ecke steht und ihn anhimmelt.

– Wer ist das? frage ich und fange mir wieder so einen Blick ein.

– Sabine!

Sein Gesicht meldet *Out of Order*, so wende ich mich an Max, der sich gerade hinter seinem abgespeckten Schlagzeugset zurechtsetzt.

– Was ist mit Brunner?

Er schüttelt den Kopf.

– Und wer spielt Baß?

Er zeigt auf mich.

– Ich kann nicht Baß spielen, erinnere ich ihn.

Er zuckt mit den Schultern.

Ich hänge mir das Gerät um und muß als erstes den Gurt um drei Löcher kürzen, weil Brunner ihn immer in Kniehöhe hängen hat. Max legt einen ungeduldigen Wirbel auf die Felle.

– Was spielen wir?

– Na, schau ihn dir doch mal an, sagt Max und deutet auf Schimanski, der einen halben Meter vor Sabine steht und sie blöde angrinst.

Schimanskis Kopf zuckt hoch.

– Was spielen wir denn?

– Na, schau dich doch mal an, rufe ich zurück.

Darüber denkt er zwei Sekunden lang nach, dann schlägt er die erste Takte von *Happy Birthday* an, bevor er in einen Softcorereggae umsteigt. Ich höre mir den Sound kurz an und setze dann mit ein. Schon beim ersten Ton fliegt mir das Plectron weg. *Miststück!*

Ich spiele mit den Fingern weiter und versuche die Saiten nicht rauszureißen. *Du bist in einem Wald ... du entspannst dich ... du bist glücklich ... du kannst Baß spielen ... Miststück!*

Max krümmt sich grimassenziehend hinter seinem Set zusammen. Meine Meditationsübung funktioniert nicht. Meine Beziehungen funktioniern nicht. Baßspielen funktioniert nicht.

Als ich zum Mikrofon will, um das zu tun, was ich kann, ist Schimanski schneller und versperrt mir den Weg.

– Konzentrier dich aufs Spielen! knurrt er und dreht sich nach diesen kollegialen Worten um, um Sabine anzustrahlen.

Dann singt er. Der Text ist so scheußlich, wie sein Gesichtsausdruck. Es hat ihn böse erwischt.

Irgendwann hat er genug herumbalzt, zeigt Jamteil an und jault auch schon los. Die schnellsten Läufe, die brutalsten Riffs, die fiesesten Töne, er zeigt Sabine, was er drauf hat.

Ich lasse mich nicht abschütteln und hacke mit den Fingernägeln auf der obersten Saite herum. Von der anderen Seite der Wohnung strömen Menschenmassen in die Küche, um zu sehen, ob das das Ende ist. Wenn ja, dann wollen sie es auf *keinen* Fall verpassen! Dabeisein ist alles.

Schimanski gibt uns ein Zeichen, daß er auf der nächsten Eins wieder reingeht, und wir müssen eine weitere Schmalzattacke über uns ergehen lassen, bis er endlich wieder an einer textlosen Stelle ankommt und Gas gibt. Er daddelt los, erreicht sein Nirvana, und ohne uns anzusehen, wechseln wir die Tonart. Hmm ... Ist wie Sex mit einer Frau, die man seit Jahren kennt, zusammen kommen – zusammenkommen.

Wir hacken ein wenig auf dem Thema herum, aber als ich anfange zu improvisieren, wirft Max einen Stick nach mir. Alles klar.

Zum Abschluß springen wir in die Luft und krachen beim letzten Ton synchron auf den Boden. Gläser klirren, und die Küche bebt unter dem Aufschrei der Leute. Im selben Moment drängeln sich ein paar Uniformen zur Tür herein. Sie sind äußerst mies gelaunt und behaupten, schon das dritte Mal hier zu sein. Diesmal wollen sie dafür sorgen, daß es kein viertes Mal geben kann. Gesagt, getan. Sie beginnen, die Gesangsanlage abzutransportieren.

An den alten Sperrholzboxen haben sie schwer zu schleppen, und es würde mich ebenso schwer wundern, wenn wir am Montag nicht feststellen werden, daß beim Transport irgend etwas Spitzes in die Baßspeaker gedrungen ist. Jaja, Livespielen zahlt sich halt nicht mehr aus.

Als die Bullen sich verabschieden wollen, kommt Brunner aus dem Nichts geschossen und wirft sich dazwischen. Hab mich schon gewundert.

– D-DA S-SIND SIE! schreit er und stimmt in das alte Volkslied ein. – H-HAUT DIE B-BULLEN P-PLATT WIE S-STULLEN!

– Anwalt? frage ich ihn, bevor sie ihn rausführen.

– Q-Quatsch! lallt er.

Ich umarme ihn, lasse dabei das Dope unauffällig aus seiner Brusttasche verschwinden und halte ihn so lange fest, bis Max einen Fotografen von *Heftig* dazu motiviert hat – nur für den Fall der Fälle –, ein Foto von *Brunner-vorher* zu schießen.

Auch ihn können wir erst am Montag wieder abholen. Schimanski versucht noch einen Deal anzuleiern, daß wir Mister Hyde, der mit Obst, Käse und ausgedrückten Kippen geschmückt in einer Ecke sitzt und vor sich hinmurmelt, gegen Brunner eintauschen.

– Einen Besoffenen gegen einen waschechten Propheten. Überlegen Sie mal, Herr Wachtmeister, wie das sich in Ihrem Bericht auswirken würde ...

Aber die Grünweißen sind heute nicht für Späßchen zu haben.

Trotzdem versucht er es noch mal, will ein Paket schnüren und verkauft ihnen Mister Hyde als Neffen von Goebbels, aber auch daran haben sie kein Interesse. Jaja, die brutale, unrechtmäßige und verabscheuungswürdige Verfolgung der Nazis durch die Justiz ist ein Kapitel für sich.

Fünf Minuten später sind wir um eine Gesangsanlage und einen Baßmann ärmer, gleichzeitig um ein paar Anzeigen und Erfahrungen reicher. In meiner Hand halte ich einen Wisch, der mir bescheinigt, am Montag eine Gesangsanlage und eine Monsteranlage in der Dienststelle Ehrenfeld abholen zu können.

Als der letzte Bulle die Wohnung verläßt, hebt er zum Abschied den Zeigefinger. Steht einfach nur da und schaut uns der Reihe nach an. Alles klar. Das war's. Party is over.

Die Tür schließt sich sachte, und wir stehen erst mal ziemlich dumm herum. Ist ein übler Cut ohne Musik, denn plötzlich versteht man, was die Person, die man seit Stunden anhimmelt, *erzählt*! Die Stimmung fällt spürbar.

Schimanski packt behutsam sein geliebtes Brett ein, während Sabine daneben steht und mit Argusaugen beobachtet, wie er es streichelt und abwischt, bevor er es sanft in den Koffer bettet.

– Na dann, alles Gute zum Geburtstag! wünsche ich ihr.

Sie sieht mich gar nicht, hat nur Augen für den Brettspieler.

Ich rauche noch eine, zögere das Unvermeidliche ein wenig hinaus, dann mache ich mich auf den Weg durch die Ruinen.

Als die ersten Uniformen sichtbar wurden, hatten es einige Leute sehr eilig, sich zu entsorgen. Um das

Klo herum liegt genügend Dope, um Christiania durch einen harten Winter zu bringen, von den Besitzern fehlt natürlich jede Spur. Genauso wie von der Klobrille, die einen neuen Besitzer gefunden hat. Der Duschvorhang ist am Boden zerstört, die Handtücher müssen auf die Sondermülldeponie, und das Zimmer, in dem die Tänzer tobten, sieht aus wie Dresden nach dem Krieg.

Durch das ausgehängte Fenster, zieht eine laue Brise herein und verteilt den Qualm, der vom Teppich aufsteigt. Die Deckenleuchte ist zerschlagen, und jemand Innovatives hat die Glühbirne durch ein Frankfurter Würstchen ersetzt. In der New Yorker Kunstszene könnte ich dafür sicherlich noch fünftausend Dollar herausschlagen, aber wie immer hinkt Europa hinterher, also esse ich es.

Wenn man davon absieht, daß der Backofen dabei ist, ein paar Lederstiefel durchzuschmoren und der Boiler nur noch halb an der Wand hängt, scheinen wir davongekommen zu sein, es muß nicht einmal neu renoviert werden. Schlaffis!

Während ich mir meinen Weg durch die Überreste bahne, klappert die Haustür ununterbrochen, und als ich schließlich wieder in der Küche lande, ist die Lage fast schon wieder familiär. Sogar Mister Hyde ist verschwunden.

Als Max auftaucht und schwere Arbeitshandschuhe trägt, weiß ich auch warum.

Ich knalle mich in einen Sessel und atme durch. Seit zwei Tagen bin ich im Einsatz, und mein Körper schreit mich müde an, aber mein Hirn rattert immer noch hochtourig. *Miststück!* Schlimmer noch, ich werde langsam wieder nüchtern, und wenn ich eins hasse, dann ist es, nüchtern zu werden, ohne schlafen zu können, also hole ich mir das Klapperkästchen aus der Jacke und bastele aus den Resten einen riesigen Apparat. Wenn ich an den Hammer von vorhin denke, dann steht gleich definitiv das N.D. bevor. Exakt, was ich jetzt brauche. *Miststück!* The same procedure as last year? The same as every year. *NEIN!*

Nach dem zweiten Zug schlägt's ein. Als letztes erkenne ich noch, wie Britta mir zuwinkt, dann bin ich weg.

Nasse Schwämme gleiten über mich. Ein Tintenfisch umarmt mich, saugt sich an mir fest, massiert mich. Das tut gut. Endlich kümmert sich jemand um mich.

Ich streichele den Tintenfisch. Sie ist so weich. Sie küßt mich sanft, zieht mich aus, streicht mir die Haare aus dem Gesicht. Dankbarkeit durchströmt mich.

– Danke, Tintenfisch, flüstere ich.

Der Tintenfisch kichert und legt mir einen nassen, weichen Saugnapf auf den Mund.

– Leck mich ...

Ich gehorche. Das ist schön. Sie legt mir noch einen Saugnapf auf den Schwanz. *Ach, dafür haben Tintenfische so viele ...*

Langsam gleite ich hinüber.

11. Blues

Töne. Wundervolle Töne umströmen mich, locken mich, bringen mich zurück. Ich schlage die Augen auf. Neben mir liegt Britta in ihrer typischen Schlafhaltung und röchelt leise. Ich löse mich vorsichtig aus ihrem Griff und will mich gerade aus dem Bett rollen, als ich plötzlich gegen einen weiteren Körper stoße. BAFF! Herzrasen ... Dann erkenne ich, daß es eine von Brittas Mitbewohnerinnen ist. Ihr rotes Haar schimmert rosa im Morgenlicht. Ich klettere über sie hinweg und folge den Tönen.

Die Quelle sitzt in einer blitzeblanken Küche und spielt selbstvergessen auf dem Brett. Auf dem Tisch liegen Baguettes, und frischer Kaffee dampft auf dem Herd.

– Das ist schön.

– Das Leben ist schön! strahlt er.

Vielleicht ist sein Leben schön, meins tut weh. Der Schmerz sitzt im Kopf, in der Brust, hinter den Augen und in den Eiern. Überall pocht es dumpf, und in meinem Unterbewußtsein jagen Bilder von Tintenfischen, Sadobullen und Gewittern hysterisch durcheinander. An einem solchen Morgen muß ich natürlich den sonst so coolen Schimanski verliebt und vollverblödet antreffen. Ja, er ist stoned vor Glück, träumt alle Träume und spielt solche Harmonien. Aber er ist nicht mehr zwanzig, er weiß um die Risiken, kennt die Nebenwirkungen – deswegen sitzt er hier und spielt den Blues.

Er nickt zu einem Stück Papier, das vor ihm liegt. Ich werfe einen Blick drauf. Liebeslied steht da. Ansonsten ist das Blatt leer.

– Ist ja fast fertig, lästere ich.

Er grinst nur und spielt ungerührt weiter.

- Ich schreibe gerade keine Liebeslieder.

Juckt ihn auch nicht. Er grinst und variiert die Akkorde. Sie breiten sich wie eine Frühlingswiese vor mir aus. Ein saftiges, vor Kraft strotzendes Stückchen Erde, dem jedes Gewitter nur noch mehr Leben einhauchen wird. Ich starre auf den Zettel. Liebeslied. Ich könnt mich totlachen.

Schließlich schnappe ich mir den Stift und ändere erst mal die letzte Silbe in *Leid* um. Jetzt geht's mir schon besser.

Schimanski wirft ein Blick auf den Zettel und unterbricht kurz sein Spiel, um mir den Stift wegzunehmen und das *Leid* durchzustreichen, dann gibt er mir den Stift zurück und spielt ungerührt weiter.

- He, ich bin der Texter!

- Liebeslied!

- Ah, mach's dir doch selber ...

Statt zu antworten, läßt er das Brett aufjaulen. Der Sound jagt mir eine Gänsehaut über die Arme. Lange, vor Sehnsucht schreiende Töne - es klingt wie ein geflicktes Herz.

Als er wieder runterkommt, sitzen wir erst mal da und schweigen. Ich bin irgendwie gerührt.

Ich lege ihm eine Hand auf die Schulter.

- Es hat dich erwischt, was?

Er nickt und strahlt, daß einem schlecht werden kann.

- Willst du reden? fragt er.

- Worüber? frage ich ihn erstaunt und entferne meine Hand wieder.

Er zieht die Schultern hoch.

- Schon gut, murmelt er, - aber schraub deine Laune mal wieder hoch. Fängst an zu nerven.

- He, du bist okay, ich bin okay.

Er schüttelt grinsend den Kopf.

- Nee, ich bin nicht okay, du bist nicht okay, aber das ist ganz okay so. Und jetzt - Liebeslied.

Wir sitzen noch ein paar Stunden am Küchentisch und feilen an dem Text herum, aber gegen Mittag ziehe ich mir dann doch die Kampfstiefel an und mache mich auf den Weg zum Schlachtfeld.

Ich öffne die Tür zum großen Zimmer, und SCHOCK! Wo vor Stunden noch tiefstes Dresden war, ist jetzt friedlichstes Freiburg angesagt. Hier müssen zwanzig Trümmerfrauen geackert haben. Die Glasreste sind aus dem Fensterrahmen entfernt, und die Stiefel hätte ich mir auch sparen können, denn der Teppich liegt zusammengerollt in einer Ecke. Darunter ist der Holzboden geschrubbt.

Die Tür zu Vivis Zimmer steht auf, und das erste, was ich sehe, ist meine Mitbewohnerin. Sie lächelt im Schlaf. Neben ihr liegt Marco und klammert sich an sie. Er klammert, sie lächelt. Manno.

Als ich wieder in die Küche komme, will Schimanski sich gerade auf die Socken machen.

– Ich gehe mal eben zu Sabine rüber. Kann ich das Brett so lange hierlassen?

Ich lasse mir nichts anmerken, aber ich bin *erschüttert*! Seitdem ich ihn kenne, hat er sich noch nie weiter als ein paar Meter von seinem Brett entfernt.

Als er die Treppen hinunterschwebt, sieht er irgendwie nackt aus.

Fünf Sekunden später liege ich wieder im Bett und kuschele mich an Brittas Hintern. Sie drückt sich weich und warm an mich und mein Schwanz macht, was er in dem Fall immer macht.

– Bist du wach? flüstere ich.

Sie sagt nichts, preßt sich aber noch fester an mich, als ich ihre Brust streichele.

– Schläfst du?

Sie seufzt, bewegt sich aber nicht. Ich stütze mich auf einen Ellbogen und werfe einen Blick auf ihr Gesicht. Ihr Mund ist leicht geöffnet, und sie lächelt selig. Müssen ja nette Träume sein.

Ich gleite halb hinüber. Zwischendurch schrecke ich auf und werfe einen Blick auf Britta.

Irgendwann liegt sie nicht mehr da, und der Sonne geht es mittlerweile wie dem FC unter Atzinger-Bolten – sie geht unter. Die Rothaarige ist ebenfalls verschwunden, aber ich höre leises Stimmengewirr und rolle mich aus dem Bett, greife mir eine kurze Hose und mache mich auf, die Lage checken.

Ein kurzer Boxenstop im Bad läßt meinen Atem besser riechen, als meine Zunge sich anfühlt, aber das hätte ich mir auch sparen können, denn kaum habe ich Freiburg betreten, drückt Britta mir auch schon ein Glas in die Hand.

- Was ist das?

- Nicht reden, trinken.

Ich leere das Glas in einem Zug. Als ich es ihr zurückgebe, kommt der Geschmack. Wodka pur. Ätzend!

Das Zeug frißt sich durch meinen Magen, und Britta schaut fassungslos auf das leere Glas.

- Bist du 'n Hardcoresäufer geworden, oder was?

- Noch nicht, sage ich und schaue mich um.

In der einen Ecke sitzen Schimanski und Sabine und halten Händchen, in der anderen liegen Vivi und Marco und knutschen. Lauter Verliebte ... Genau, was ich jetzt brauche.

- War Max hier?

Britta schüttelt den Kopf.

- Und wo ist die Rothaarige?

- Nach Hause, sagt sie. – Es ging ihr nicht gut.

- Wem geht es schon gut? sage ich und nehme ihr die Zigarette aus der Hand.

Sie mustert mich.

- Ich hab das Liebeslied gelesen.

- Themenwechsel, sage ich und fülle das Glas mit dem Rest der Wodkaflasche.

Britta schnappt sich meinen Arm und marschiert mit mir in die Küche zurück, wo sie sich vor mir aufbaut.

- Was soll diese Looser-Nummer?

- Nicht reden, trinken! sage ich und halte ihr das Glas an den Mund.

Sie schaut mich eine Sekunde an, dann trinkt sie. Ich setze erst wieder ab, als das Glas leer ist.

Als der Geschmack einschlägt, zieht sie eine Grimasse.

– Die einzige Frau, neben der ich aufwachen kann, ohne mich einsam zu fühlen, macht sich über mich lustig, wenn ich mal einen schlechten Tag habe.

Ihre Augen weiten sich, und sie atmet tief durch die Nase.

– Den schlechten Tag hast du seit Wochen! Und verschone wenigstens *mich* mit diesem Schuldzuweisungsgequatsche, okay? Seit ich wieder da bin, rennst du mit dieser Flappe herum, und ich darf nichts sagen, nichts fragen, nichts machen, immer nur schön die Schnauze halten. Muß immer so laufen, wie Chef will, was? *Wem geht es schon gut ...*, äfft sie mich nach.

Sie steht wie ein Kampfhund vor mir. Funkelnde Augen, Zähne gebleckt. Wolken ziehen auf. Mein Kopf hämmert. Die Verliebten schmatzen. Ich bin müde.

– Tut mir leid, so war das nicht gemeint.

– Ach nein?

– Hör mal, wenn ich dich vernachlässige, tut's mir leid. Ändert sich bald wieder. Ich muß nur noch diese eine Sache ...

– Wann hast du bloß aufgehört, dich für mich zu interessieren? unterbricht sie mich rauh.

– He ...

– Wann hast du aufgehört, mir Fragen zu beantworten, mich anzurufen, mich zu fragen, wie es geht, mich in den Arm zu nehmen. Du hast doch gar keine Ahnung, wie es mir geht!

Für einen Augenblick sieht es aus, als würde sie anfangen zu weinen.

– Ich ...

– Meinst du wirklich, ich wüßte nicht, daß sie wieder in der Stadt ist? Seitdem ist das einzige, was du machst, hinter dieser egoistischen Schlampe herzurennen und herumzujammern, wenn sie dich mal wieder auflaufen läßt. Ein Jahr höre ich mir diese Scheiße schon an – *ein Jahr* ...! Weißt du, wie lang ein Jahr ist?

Shit, muß sie mich ausgerechnet jetzt zusammenfalten? Ich habe null Energie, um mich sinnvoll zu streiten. Wenn ich mich jetzt aufrege, flippe ich sicher gnadenlos aus, und Britta ist definitiv die falsche Adresse.

– Bin ich nicht.

– Häh?

– Bin ich nicht, und außerdem, wäre es toll, wenn du aufhören würdest, mich für blöd zu halten.

– Ich...

– Laß mich raten ... Sie hat sich bei dir gemeldet, um zu sehen, ob sie dich immer noch herumkommandieren kann. Daraufhin warst du so clever, sofort zu ihr rüber zu hecheln, um dein Ding in sie zu stecken. Als sie dann gekriegt hatte, was sie wollte, hat sie dich mal wieder abserviert, und das kam für dich dann doch ziemlich überraschend, nicht wahr? *Himmel*, hast du denn gar keine *Selbstachtung*? Merkst du denn nicht, was hier vor sich geht? Sag mal, bist du eigentlich total *bescheuert*!

– Scheiße, wenn du alles so verdammt besser weißt, warum fragst du dann noch?

– Ich wollte es von dir hören, sagt sie und dreht die Augen zur Decke. – Ich *kann's* nicht glauben! Wie kann man nur so *dämlich* sein? Du hast nichts dazugelernt! *Nichts!*

Ich schaue sie an, während sie weiter tobt. Ihre blitzenden Augen, ihre roten Wangen, die geballten Fäuste. Sie ist wunderschön. Schlimmer noch, sie hat recht. Vielleicht habe ich nichts dazugelernt, aber das wird nicht so bleiben, ich bin ja nicht blöde, und es wird Zeit, es zu beweisen. Nicht nur ihr.

Plötzlich unterbricht sie ihren Redeschwall und legt den Kopf schief.

– Du hörst mir doch zu ..., sagt sie gefährlich leise.

– Sonst noch was? frage ich still.

Sie will schon aufbrausen, merkt aber rechtzeitig, daß ich es so meine. Sie schließt die Augen und atmet tief durch.

Als sie sie wieder aufmacht, schießt pure Energie heraus.

– Was erwartest du von ihr?

Ich zucke die Schulter.

– Nein, komm schon ...

– Ich weiß es wirklich nicht.

Sie zieht eine Grimasse.

– Du rennst ihr hinterher, läßt dich erniedrigen und weißt nicht mal *warum*?

– Schon gut!

– Nein, gerade das ist es nicht!

Stille.

– Liebst du sie?

– Nein.

Ich bin verblüfft, wie leicht mir die Antwort über die Lippen kommt. *Natürlich* liebe ich dieses Miststück nicht! *HA!* In meinem Bauch fängt es an zu brodeln.

Britta schaut mich verblüfft an, doch als sie mitkriegt, daß ich nicht über sie lache, entspannt sie sich etwas.

– Was dann?

– Ich weiß es nicht, okay? lache ich und werfe die Arme in die Luft.

– Es muß doch einen Grund für ... all das geben.

Ich stimme ihr nickend zu und zucke gleichzeitig die Schultern.

– Ist sie *so* gut im Bett?

Manno.

– Na? nervt sie weiter.

Meine Schultern antworten wieder ratlos. Sie langt mir auf den Arm.

– AU! Du bist echt bescheuert! Was soll ich denn sagen? Daß sie gut bläst und einen geilen Arsch hat?

Sie nickt, will hören, was sie gar nicht wissen will.

– Okay, sie bläst gut und hat 'n geilen AU!

Ich reibe mir den Arm. Sie startet einen neuen Versuch.

– Macht sie etwas ... Besonderes?

– Zumindest stellt sie keine beknackten Fragen!

– Aber du traust ihr nicht, oder?

Darüber brauche ich erst gar nicht nachzudenken. Ich schüttele den Kopf.

– Aber mir vertraust du, oder?

– Du bist meine beste Freundin!

– Genau, *ich*! Und wenn es dich so scharf macht, scheiße behandelt zu werden, warum rennst du dann nicht hinter mir her? Ich könnte mir da etwas einfallen lassen.

– Mann, *das gibt es doch nicht* ...! Du bist meine beste *Freundin*! Hast du etwa schon vergessen, wie es mit uns beiden lief?

– Du Arschloch! Du hast dich doch gar nicht auf mich *eingelassen*! Du warst doch die ganze Zeit damit beschäftigt, von dieser ... dieser ... *Dings* zu erzählen! Sie hat mich verlassen! Sie hat mich belogen! Sie ist beziehungsunfähig! Sie ist eine Schlampe! Sie liebt jemand anders ... Jammerheulschnief!

– Aber du bist meine beste Freundin! sage ich lahm.

– Na, um so besser! Wir reden, saufen, tanzen, baden und schmusen zusammen. Wir gehen auf Lesungen, ins Kino, auf Konzerte. Wir pflegen uns gegenseitig, wenn wir krank sind, kleben nachts Plakate, gehen im Morgengrauen schwimmen, und bevor du impotent wurdest, hatten wir sogar gelegentlich Sex miteinander. *Verstehst du nicht?* Wir haben schon alles, was man braucht, um eine klasse Beziehung zu führen, und wenn mich nicht alles täuscht, *würden* wir das auch, wenn du dein Gehirn einen Meter höher tragen würdest. Verdammt, worauf *wartest* du noch?

– Was willst du denn von mir? Soll ich dir einen gottverdammten *Heiratsantrag* machen?

– Wär ein Anfang ...

Ich schaue sie an. Das kann sie doch nicht ernst meinen ...

– Du willst, daß wir *heiraten*?

– Fang dich mal wieder ein. Es war von einem Antrag die Rede.

– Ich versteh gar nichts mehr ... Worüber reden wir gerade?

Sie nimmt sich Zeit.

– Exklusivrechte! sagt sie dann.

Exklusivrechte ... Ich unterdrücke mühsam ein Kichern.

– Wie in *Erstverwertung*?

– Was ist daran so komisch?

Ich faß es nicht!

– Nein, nein ... verstehe schon, es ist nur ... so hat ihn noch niemand genannt!

Ich platze. Omannomannomann ... Ich lache das Telefonat zu den Akten und mich zu Boden. Britta läßt sich neben mich fallen.

– Na, wenn das so ist, sagt sie und beginnt mein Hemd aufzuknöpfen.

– Britta ...

Sie schiebt eine Hand rein.

– Brittaaa ...

Sie findet meine Brustwarze und drückt sie leicht.

– HEY!

Sie reißt erschrocken ihre Hand zurück.

– Was ist?

– *Verdammt noch mal!*

Sie rollt sich weg.

– Herr Gott im Himmel! Kaum fahre ich mal vier Wochen weg, schon ist alles im Arsch! Wir reden nicht, wir vögeln nicht, und *das* nennst du Freundschaft!

– Gestern wollte ich ja, da hast du mich ausgelacht!

– Du wolltest *sie* vögeln – nicht mich.

– Quatsch! lüge ich und ernte erstaunlicherweise ein zartes Lächeln.

– Du bist wirklich ein miserabler Lügner ..., sagt sie und schüttelt den Kopf. – Und weißt du, was echt tragisch ist?

– Der Verkauf von Häßler, die Trennung der Beatles, Freiheitsstrafen für Päderasten ...

Ich halte inne, warte auf den Schlag. Nichts passiert.

– ... Vielleicht Typen, die ihre beste Freundin nicht vögeln?

– Das du *dich* bescheißt! sagt sie vernichtend.

So liegen wir eine Zeitlang da. Schließlich löse ich mich aus ihrem Griff und küsse sie auf die Wange. Sie beobachtet schweigend, wie ich mich auf die Beine kämpfe und anfange, die Küchenschränke auszuräumen.

Ich schlage ein paar Eier auf, das scheint sie zu wecken.

- Was machst du da?

- Spiegeleier. Mit Kroketten.

Ihre Mimik verändert sich.

- Ein *dänisches* Junggesellenmenü?

Ich nicke.

- Nur du und ich?

Ich nicke wieder.

- Und was gibt's zum Dessert? *Rødgrød med fløde?*

Sie macht ein paar Handbewegungen, als würde sie sich die Backenzähne putzen.

- Mann! Kannst du nie an was anderes denken?

- Klar, während dessen.

Ich schaue sie an. Sie lächelt unschuldig.

- Kleiner Scherz ...

Das Telefon klingelt und bewahrt mich vor weiteren.

- Ja?

Am anderen Ende weint eine Frau.

- Wer ist da?

- Ich bin's ... Sarah ...

Meine Schwester. Eine eiskalte Hand legt sich um mein Herz. Ihre Stimme so leer. Ich kriege bad vibes, weiß, es ist etwas Böses passiert.

- Mor ist tot, sagt sie.

Mein Herz setzt aus.

- Was ...

- Mor ist tot.

- ...

- Er hat sie umgebracht.

- Red keinen Mist! Was ist los?

- Die Kripo war gerade hier. Er hat sie erwürgt.

- Nein!

– Mor ist tot. Sie ist weg! Verstehst du nicht ...

– ... Bist du *sicher*?

Als Antwort wird ihr Weinen lauter. Mir wird schlecht.

– Ich habe Susann angerufen, sagt sie, – sie kommt mit der nächsten Maschine.

– Wo ist er?

– Er hat sich danach umgebracht.

Stille.

– Ich bin in vier Stunden da. Nein, warte, ich kann jetzt nicht fahren. Morgen früh.

– Gut, sagt sie mit einer Stimme, die mir Nägel unter die Haut treibt.

– Ist Alex bei dir?

– Ja ...

– Gut. Bin gegen sieben Uhr bei euch.

Sie legt auf.

Es ist nicht wahr. Es *kann* nicht wahr sein! Dieses Arschloch hat nicht meine Mutter umgebracht. Dieser Wichser, dieses verdammte Stück Scheiße hat nicht meine Mutter umgebracht. Es ist nicht wahr ...

12. Das Eis

Ich weiß nicht, wie ich nach Celle gekommen bin, aber morgens um sieben steige ich vor Sarahs Haus aus Brittas Auto. Bevor ich klingeln kann, geht die Tür auf, und Susann fällt mir weinend in die Arme. Ich halte sie. Lange. Hinter ihr stehen Sarah und ihr Mann Alex. Ich nicke den beiden zu. Susann durchweint mein Hemd. Ich bin eiskalt. Hunderte Jahre tief in mir vergraben.

Sarah kommt zu uns. So stehen wir miteinander. In diesem Augenblick enger vereint als je zuvor. Mir wird klar, daß das nicht der richtige Augenblick ist, um zusammenzubrechen.

Sarah löst sich.

- Möchtest du einen Kaffee?

Ich nicke und werde *endlich* die einzige Frage los, die mich auf dieser beschissenen Welt noch interessiert.

- Was ist passiert?

- Er hat sie umgebracht. Danach hat er sich im Keller erhängt, sagt Sarah.

- *Was ist passiert?*

Sie zieht die Schultern hoch.

- Ist sie wirklich tot? *Bist du sicher?*

Sarah nickt nur. Susann schluchzt laut auf. Ich ziehe sie wieder an mich. Jetzt glaube ich es. Begreifen kann ich es nicht. Sie kann nicht tot sein. Ich kann nicht morgens aufwachen, und sie ist weg. Sie war schon immer da, schon immer ...

- SCHEISSESCHEISSESCHEISSESCHEISSE! Dieser gottverdammte ...

Ich atme tief durch. Versuche, den Schmerz reinzulassen, aber nur Haß brennt in meiner Brust. Will raus. Irgendwas kaputtmachen. Zerstören, was mich zerstört.

– Wo ist sie?

– In der Pathologie. Wir können um elf hin.

Wir trinken Kaffee. Susann in meinem Arm. Sarah in der Nähe. Gutes Gefühl. Endlich sind wir wieder zusammen.

Alex läßt uns keine Minute alleine. Steht rum, stört, redet Klugscheißerzeug. Ich mag ihn nicht.

Sarah erzählt, was die Kripo ihr mitgeteilt hat: Ein Nachbar hat ihn im Keller gefunden und die Bullen gerufen. Die haben dann bei Mor geklingelt. Als niemand öffnet, machen sie die Tür auf und finden sie im Bett. Daneben zwei Abschiedsbriefe. In dem ersten bittet er denjenigen, der ihn findet, seine geliebte Ehefrau zu benachrichtigen, daß seine Schmerzen zu groß sind, um weiterleben zu können. In dem zweiten schreibt er, er hat beschlossen, seine geliebte Ehefrau mit in den Tod zu nehmen, weil sie ohne ihn nicht leben könne. Daraus schließt die Kripo, daß es eine Handlung im Affekt war. Daß die Hündin eine Woche zuvor eingeschläfert worden ist, deutet auf das Gegenteil hin, aber wen interessiert das schon? Opfer identifiziert, Täter tot, Fall abgeschlossen. Kein Ansprechpartner, keine weitere Auskunft.

Wir fahren zur Pathologie. Endlich ohne Alex. Ich stehe unter Strom, wenn er in der Nähe ist. Während der Fahrt reden wir über alles andere. Sarah erzählt von der Schule für frühmusikalische Erziehung, die sie eröffnet hat, Susann von ihrem Kindergarten. Ich höre nur zu, genieße es, die beiden bei mir zu haben. Lange her. Zu lange. Bei Susann, weil sie wieder nach Dänemark zurückging, bei Sarah wegen Alex. Sie meint, ihn gegen mich verteidigen zu müssen, dabei greife ich ihn gar nicht an, nur Dinge, die er *tut*. Sarah sieht keinen Unterschied, und ich ertrage blinde Loyalität nicht. Aber es ist ihr Leben, ihr Mann und damit auch ihr Problem, daher habe ich mich in den letzten Jahren zu dem Thema zurückgehalten, um nicht zu der geographischen eine noch größere Entfernung zwischen uns zu bringen. Ich ahne schon, daß es schwer sein wird, das durchzuhalten.

Als wir vor der Pathologie anhalten, sagt Sarah, daß sie nicht mit reingehen kann. Sie will sie anders in Erinnerung behalten.

– Grüß sie, sagt sie, als wir aussteigen.

Wir müssen ein paar Minuten in einem Empfangsraum warten. Kerzen flackern. Die Stille wiegt Tonnen. Dann werden wir zu ihr geführt. Sie liegt in ein weißes Laken gehüllt auf einem Bett. Wir stellen uns daneben und schauen sie sprachlos an. An der Stelle, wo ihr vor Jahren ein besoffener Autofahrer das rechte Bein abgefahren hat, fällt das Laken abrupt auf das Bett hinunter, und erst jetzt, wo ihre Energie nicht mehr auf mich einwirkt, wird mir wirklich bewußt, daß meine Mutter behindert war. Ihre Zungenspitze schaut leicht raus, und wo das Laken verrutscht ist, erkennt man an ihrem Hals die Male ihres Mörders. Ansonsten liegt sie da, als würde sie gleich aufstehen und einen Witz machen.

Wir warten ein paar Minuten, aber sie tut es nicht. Susann weint wieder. Ich will sie berühren, küssen, irgendwas sagen, aber ich *kann* nicht!

– Ob sie was gespürt hat? fragt Susann.

– Sie hat geschlafen und ist einfach nicht mehr aufgewacht.

Ich weiß nicht, ob sie mir glaubt. Ich hoffe es. Ich würde es gerne selber glauben.

Wir stehen noch ein paar Minuten rum, dann strecke ich langsam meine Hand aus, um Mors Wange zu streicheln. Als ich sie berühre, kriege ich einen Schock. Sie ist *eiskalt*! Ich zucke zurück.

– *Was ist denn?* ruft Susann halblaut.

– Nichts.

Jetzt weiß ich, was Sarah damit meinte, daß sie Mor

anders in Erinnerung behalten will. Lebend. Warm. Ich muß Susann hier herausbekommen.

– Laß uns gehen.

– Können wir sie alleine lassen? Braucht sie uns nicht noch, irgendwie ...

Ich gehe zu ihr, nehme sie in meine Arme.

– Sie ist nicht mehr hier. Komm.

Sarah wartet vor der Tür.

– Ich habe die Schlüssel für die Wohnung, sagt sie. – Wir könnten noch mal rein. Wollen wir?

Wir wollen. Vielleicht treffen wir sie ja da. Irgendwo muß sie ja sein.

Ich war noch nie in ihrer Wohnung, ohne daß sie da war. Ist mir alles fremd. Und ohne sie abstoßend. Das Bett ist auf ihrer Seite zur Hälfte abgezogen, ansonsten sieht es in der Wohnung völlig normal aus. Irgendwie hatte ich gedacht, Hinweise zu finden. Worauf, weiß ich nicht, aber *irgendwas* ...

Die Abschiedsbriefe liegen fein säuberlich auf dem Küchentisch. Als ich sie lese, durchfährt mich wieder ein greller Blitz. Brennt durch mich durch, und ich muß mich zusammenreißen, um meinen Blutrausch zu unterdrücken, um meinen Haß nicht an den Menschen auszulassen, die *bei* mir sind. Ich höre meine Zähne knirschen, versuche zu atmen. *Er ist tot! ER. IST. TOT!* Weg. Vergangenheit. Hat ausgeschissen. In der Hölle. Am Ende. Fertig, over, tot ... Und das erspart mir einen Job ... und ihm *Schmerzen*! *JETZT REISS DICH VERDAMMT NOCH MAL ZUSAMMEN!*

Mein Gesicht schmerzt. Ich muß mich entspannen und lasse die beiden mit den Briefen alleine, die sie immer und immer wieder lesen, als könnten sie dadurch begreifen, was im Schädel eines so kaputten Menschen vor sich ging. Ich setze mich ins Wohnzimmer und schaue mich um. Es ist aufgeräumt. Das einzige, was nicht hier hinpaßt, ist eine schlecht zusammengerollte Nylonschnur, die achtlos dahingeworfen liegt. Das wird doch nicht ...

Ich werfe einen schnellen Blick zur Küchentür und trete die Schnur, so weit wie es geht, unter das Sofa. *Nicht nachdenken! Nicht drüber nachdenken!*

Ich setze mich wieder hin und schaue aus dem Fenster. Der Garten ist wie immer. Blüht in allen Farben. Bienen summen. Zeit vergeht.

Das Telefon klingelt. Ohne zu überlegen, greife ich den Hörer.

– Ja?

– Schönen guten Tag. Hier ist Herr Müller von der Firma Splenda. Ist Frau Handske zu sprechen? fragt eine Männerstimme.

– Nein.

– Wann kann ich sie denn erreichen?

– Worum dreht es sich denn?

– Mit wem spreche ich?

– Ich bin der Sohn von Frau Handske.

– Ach so, ja dann ... Frau Handske hat bei unserem Preisausschreiben mitgemacht und ein TV-Gerät gewonnen.

– ...

– Hallo, sind Sie noch dran? fragt er in die Stille.

– Sagen Sie das noch mal, flüstere ich.

– Stereosound, Bildschirmtext, siebzig Zentimeter.

– Das meinen Sie doch nicht im Ernst ...

– Doch, doch, gewonnen! So ist es im Leben – unverhofft kommt oft. Also, wann kann ich sie erreichen?

– Sie kommen zu spät.

– Zu spät ...? fragt er vorsichtig.

– Frau Handske ist tot.

Es bleibt zwei Sekunden still in der Leitung, dann wird sie unterbrochen.

Ich lege den Hörer auf. Mich soll nichts mehr wundern. Der Anflug von Leichtigkeit verflüchtigt sich auf der Stelle, als mir klar wird, was als nächstes ansteht. Ich stehe auf und gehe in die Küche.

– Seid ihr soweit?

Sie nicken. Haben wieder geweint. Sarah hält mir die Briefe entgegen.

– Willst du sie?

Fast schlage ich sie, dann schüttele ich nur den Kopf. Sie steckt sie ein, und dann gehen wir es an.

Das Testament und die Dokumente für die Beerdigungsformalitäten liegen seltsamerweise griffbereit. Ihr letzter Wunsch war es, in Dänemark verbrannt und bestattet zu werden. Wir suchen trotzdem weiter. Nach Erinnerungen. Ich habe jetzt schon Angst vor meinen.

Aus den Unterlagen, die wir finden, geht hervor, daß sie hoch verschuldet war. Wir haben keine Ahnung, was sie mit all der Kohle angestellt hat, aber uns wird klar, daß wir das Erbe ausschlagen müssen.

Auf einer Kommode steht ein Nähkästchen. So lange ich denken kann, hat sie diesen Kasten benutzt. Ich packe ihn ein, obwohl ich ihn nicht behalten werde. Will nur wissen, wo er ist.

Nach einer Stunde wird es mir zuviel. Wir haben alle etwas, was wir von ihr mitnehmen wollen, und brechen auf.

Vor der Tür hat sich ein Haufen aus Nachbarn und Gaffern zusammengerottet. Ein alter Mann kommt auf mich zu.

– Ich habe den Herrn Handske gefunden, sagt er.

Ich schaue auf den Boden, gehe weiter, komme mir vor wie ein beschissener Leichenfledderer.

Nach einem Zwischenfall beim Bestattungsinstitut, wo ein Arschloch so lange dummdreist versucht, aus der Überführung nach Dänemark Geld herauszuschlagen, bis Susann wieder anfängt zu weinen und ich ihm den Schreibtisch abräume, sind wir wieder bei Sarah in Celle und schauen uns alte Fotos an. Die Stimmung ist etwas besser. Sarah und Susann weinen nur manchmal. Bei mir tut sich immer noch nichts. Keine Trauer, nur Haß. HASS. HAAAASSSSSS!

Alex glänzt mit dummen Bemerkungen über den Mörder. Ich sage ihm nicht, wie sehr er mich an ihn erinnert. Meine Kiefermuskeln schmerzen wieder.

Als ihm nichts mehr einfällt, beginnt er, über Mor zu lästern.

– Wie konnte sie nur mit *so einem* Typen zusammenleben?

Ich schaue zu Boden. Versuche, bei mir zu bleiben, aber es wird mit jedem Atemzug schwieriger. Er legt es richtig drauf an, und ich bin so verdammt schwach, merke, wie meine Fäuste sich ballen, und renne im letzten Moment aus dem Haus, spurte durch den Garten auf die Straße. Ich habe Angst. Vor mir. Hab Angst zu töten. So zu werden wie die.

Ich laufe, bis mir schlecht wird. Der Regen erfrischt. Ein Gefühl, daß sie nie wieder haben wird. Das Leben so schön.

Irgendwann muß ich kotzen. Eine Ewigkeit knie ich im Straßengraben. Erst als ich nichts mehr von mir geben kann, hocke ich mich auf einen Kilometerstein und starre in den Himmel. Ein Punkt zwischen zwei Punkten. Kein Anfang, kein Ende. Brennender Haß, eisige Kälte.

– Geht's Ihnen nicht gut?

Eine alte Frau steht vor mir und schaut mich mitleidig an.

– Soll ich Ihnen ein Krankenwagen rufen?

– Es geht schon ...

– Sie werden sich erkälten, sagt sie und geht weiter.

Mir ist so höllisch kalt. Ich schaue die verlassene Straße hinunter. Der Regen nimmt zu. Ich will zu meiner Familie, nach Hause, heim.

Als wir klein waren und mein Vater rauskam, um uns zum Essen oder Schlafen ins Haus zu rufen, da kreierte er aus Faulheit eine Abkürzung unserer Vornamen: »SaSuTa.« Von da an waren wir immer, wenn wir zusammen waren, »SaSuTa« – zu dritt. Das machte uns stärker als die anderen. Um dieses Gefühl für ein paar Stunden wiederzufinden, will ich versuchen, mich zu beherrschen, will ich versuchen Alex' Sprüche zu überhören. Will ich versuchen, meinen Haß nicht auf ihn zu projizieren. Nur ein paar Stunden ...

Abends kochen wir zusammen. Ich bin beim Kartoffeln schälen, als ich an Sarahs Rücken sehe, daß sie wieder weint. Ich gehe hin, um sie aufzumuntern, aber sie will nicht aufgemuntert werden, also kitzele ich sie ein bißchen. Sie mault. Ich kitzele sie weiter. Sie mault wieder, aber ein zartes Lächeln bildet sich in dem nassen Gesicht.

Ich will gerade ein richtiges Lachen aus ihr herauskitzeln, als sich Alex vor mir aufbaut.

– Laß meine Frau zufrieden.

Ich schaue ihn entgeistert an und sehe, daß er es ernst meint. Auf eine solche Gelegenheit hat er lange gewartet.

Ich schaue zu Sarah, sie schaut weg. Da wären wir wieder. So ähnlich war die Situation damals schon, als ich beschloß, den Kontakt abzubrechen, bis sie sich eine eigene Meinung zulegt. Es gibt nichts mehr zu sagen.

Ich packe meinen Kram und verabschiede mich von Susann.

– Du kannst dich melden, sage ich im Vorbeigehen zu Sarah. Sie hebt den Blick nicht.

Als ich losfahre, steht Tarzan in der Tür und triumphiert. Das endet böse.

13. Nichts

Um mich herum tobt die Band, versucht durch übertriebene Härte zu kaschieren, daß ihr Sänger nicht anwesend ist. Ich liefere gerade den schlechtesten Gig meines Lebens ab, und es ist mir egal. Zum ersten Mal in meinem Leben bin ich auf der Bühne passiv und lasse die Jungs im Stich. Ich sehe es und kann nichts dran ändern.

Auf dem Heimweg ist es merklich ruhig im Bus. Les McCann's *River high, river low* geht spurlos an mir vorbei. Es muß schlimm um mich stehen.

Die Jungs wissen Bescheid. Es gab kein böses Wort nach der Show. Außer vom Clubbesitzer. Er machte sich einen Spaß daraus, uns zu erklären, daß *Abräumen* nicht bedeutet, den Saal leer zu spielen. Daraufhin trug Max ihn an seinem Kragen aus dem Backstagebereich. Beim Abbau war von dem Typen nichts mehr zu sehen. Keine Ahnung, was Max mit ihm gemacht hat, aber die Securities ließen uns zufrieden, und die Gage bekamen wir auch. Wozu auch streiten? Der Typ hat recht. Er gibt uns die Chance, nach den Lokalmatadoren zu spielen, was immer knifflig ist, und wir leeren die Hütte in Rekordzeit. Er hat es sowieso nur gemacht, weil er uns was schuldete. Jetzt schulden wir ihm was. Und ich den Jungs.

Das Wiederkommen war ätzend. Jeder wollte wissen, was los war, und ich wußte nichts zu sagen. War was? *Ist* was? Ich kriege mehr und mehr das Gefühl, daß es nur ein Traum war. Aber Mor hat sich seitdem nicht mehr gemeldet.

Britta kannte sie. Ihr war ich es schuldig zu reden,

zu erklären, als *wüßte* ich was ... Ich habe ihr das Nähkästchen geschenkt. Jetzt weiß ich wieder, wo es ist.

Ich starre auf die Büchse in meiner Hand, sehe, daß ich sie zerdrückt habe.

– Hm? fragt Max.

Ich nicke. Er drückt mir eine neue Büchse in die Hand.

– Hm? macht er noch mal.

Ich schüttele den Kopf und lege meine Hand auf seine Schulter. Nein, ich will nicht reden, aber es ist gut, daß er hier ist. Wo bin ich?

14. Zeit

Die folgenden Wochen ziehe ich durch, als hätte ich eine Deadline. Ich renoviere die Wohnung, räume den Keller auf, mache Sport und gehe Kohle anschaffen. Alles, was nur Technik, Disziplin und Kraft erfordert, funktioniert. Alles andere nicht. Britta ist verletzt. Sie will mir helfen. Kann sie nicht. Sie versteht das natürlich, hat aber gleichzeitig überhaupt kein Verständnis dafür. Sie sagt, gerade *jetzt*, wäre sie gerne bei mir. Ich auch.

Eines Abends erwischt sie mich am Telefon. Wir reden lange, und sie weicht einen Teil von mir auf, aber nein, sie braucht nicht rüberzukommen. Ich habe Angst, sie anzufassen. Angst, daß sie kalt ist.

Nach dem Telefonat fange ich an zu schreiben, bevor das Eis wieder friert. Das Papier verschwimmt vor meinen Augen. Es tut weh. Und gut. Zu weinen. Endlich. Zuerst habe ich Angst, nicht wieder aufhören zu können, dann kommt die Angst, aufzuhören, denn endlich *spüre* ich mich. Ich atme. Ich bin warm, ich bin hier. Ich *lebe*! Aber das Eis kommt wieder.

15. Zeit

Ich sitze auf der Dachrinne und warte. Keine Ahnung worauf. Vielleicht auf Eisbrecher. Vielleicht auch auf zehn Meter freien Fall. Ich habe eine solche Sehnsucht nach *irgendeinem* Gefühl ... Vielleicht würde der Schmerz vom Asphalt mich wieder zu mir bringen. Ich lehne mich vor, schaue hinunter. Die Tiefe lockt. Der Wind berauscht mich. Er ist stark heute. Vielleicht würde er mich ein paar Sekunden tragen. Fliegen. Ich schließe die Augen ...

Das Telefon klingelt, schneidet durch den Wind, bricht den Bann. Ich lehne mich wieder zurück, klammere mich an den Fenstersims und drehe mir zitternd eine Zigarette. Die Maschine springt an. Lügt für mich. Es ist Roman. Er ist wieder von Mallorca zurück, wo er die ganze Insel vergeblich nach seinem Schriftstellerspirit abgegrast hat. Er beschimpft mich. Sagt, er hätte gedacht, wir wären Freunde, und daß ich ein gottverdammter Lügner wär. Ich sollte schnellstens meinen Arsch an das beschissene Telefon schieben, ich hätte die verfickte Pflicht, ihn anzurufen, und ob ich schon mal von dem Wort Verantwortungsbewußtsein gehört hätte ...

Zum Schluß überschlägt sich seine Stimme. Er hat Angst. Angst um mich. Angst um unsere Freundschaft. Vielleicht hat er auch den Wind gespürt. Aber ich wäre nicht gesprungen.

Ich zünde die Zigarette an. Beobachte, wie der Wind den Rauch nach oben trägt. Ich doch nicht. Zu viele offene Rechnungen. In zwei Wochen ist der Gig im E-Werk, und der ist nicht nur wegen den Plattenfirmen wichtig, die sich angekündigt haben. Auch nicht wegen der Presse, die uns trotz Karin S. zur Zeit mehr als freundlich behandelt. Nein, wichtig hauptsächlich wegen den Jungs, die in den letzten Wochen alle meine Anfälle klaglos über sich ergehen ließen. Ich schulde ihnen was, und die beste Art, die Rechnung zu begleichen, wäre, mir bei diesem Gig das Herz herauszureißen und den besten Auftritt aller Zeiten hinzulegen. Oder zumindest einen normalen. Aber ich mache mir keine Illusionen, momentan sieht es nicht gut aus. Es sieht nicht einmal schlecht aus. Es sieht nach gar nichts aus. Das Eis ist zu stark. Ich fühle mich wie der Eismann persönlich, kalt, zu, dicht. Nichts davon klingt nach Rock 'n' Roll. Bin aus der Spur gelaufen, habe nichts zu geben, nichts zu sagen, außer: *Laßt mich zufrieden!* Und das ist nicht ein Spruch, der einen Club zum Toben bringt.

Die Uhr tickt weiter.

16. Danmark

Am nächsten Morgen mache ich mich endlich auf den Weg und bin zwölf Stunden später in Vejby/Dänemark, in dem Sommerhaus von meinem Dad. Er ist mittlerweile dreiundsiebzig, und seine Freundin Maren ist noch zwei Jahre älter, doch sie benehmen sich wie kleine Kinder, nichts als Blödsinn im Kopf. Ein Genuß, die beiden zu beobachten.

Beim Abendessen erzähle ich Far alles. Er sagt nichts dazu. Was gibt es auch zu sagen? Dennoch hatte ich gehofft, daß er den einen Spruch rausgetan hätte, der alles erklärt. Statt dessen, drückt er mir meinen alten Badereifen in die Hand und sagt:

– Geh schwimmen.

Wenn man mit dem Meer zusammensein will, dann geht man einfach rein und wird Teil der Bewegung. Es öffnet sich und nimmt einen, je nach Laune, mal sanft oder etwas rauher auf. Wenn man genug hat, schwimmt man zurück. Das Meer schließt sich wieder und macht weiter wie gehabt. Es macht sich nicht davon abhängig, ob du da bist oder nicht, nimmt dich aber immer wieder auf, scheißegal, wie es dir gerade geht. Ebbe und Flut. Tag und Nacht. Jahr für Jahr. Berechenbar, zuverlässig, stark. Eine bessere Freundschaft kann es nicht geben. Ich bin zu Hause.

Sonnenaufgänge, Sonnenuntergänge, Sonnenaufgänge, Sonnenuntergänge. Den Morgen verbringe ich am Strand, mittags essen wir zusammen, nachmittags bin ich wieder am Strand, bis die Sonne untergeht. Kein

Telefon, keine Termine, keine Nachrichten. Manchmal übernachte ich windgeschützt neben einen alten Bunker. Wenn die Sonne sich morgens aus dem Wasser kämpft, schwimme ich ihr ein Stück entgegen und sauge sehnsüchtig die ersten Strahlen auf. Sie bringt die oberste Eisschicht zum Schmelzen.

Jeden Tag kommt eine Frau mit einem Bobtail vorbei. Am dritten Tag begrüßt mich der Hund wie einen alten Freund. Kann an dem Wasser liegen, das ich ihn täglich aus meiner Hand saufen lasse, aber vielleicht erinnere ich ihn auch nur an einen seiner Brüder, denn ich habe aufgehört, mich zu rasieren, und meine Haare werden langsam, aber sicher zu Dreads.

Wenn der Zottel zu lange bei mir bleibt, ruft die Frau ihn in einer Sprache, die ich nicht verstehe, und bleibt dabei in sicherer Entfernung zu dem nackten, verwilderten Typen stehen. Nach ein paar Tagen grüßen auch wir uns.

Friedhöfe sind die letzten Großstadtoasen. Hier findet man nicht nur den ewigen Frieden, sondern auch den augenblicklichen. Keine Autos, keine Verkäufer, keine Machtkämpfe, nur gedämpfte Stimmen und leises Abschiednehmen. Hier darf man noch verzweifelt sein, ohne zu riskieren, zwangseingeliefert zu werden.

Wenn ich früher traurig war, bin ich oft hierhergegangen, um in Ruhe weinen zu können, und habe dabei festgestellt, daß jeder, dem man hier begegnet, deine Trauer respektiert. Ob du heulst, weil dein bester Freund gerade gestorben ist, oder ob du nur keine Karten für das Endspiel bekommen hast, egal.

Gerade wird die Urne bestattet. Der Wind ist frisch, und die Haare des Priesters flattern leblos. Die Eitelkeit ist ein treuer Begleiter. Das Ganze ist skurril. Die Aufmerksamkeit und Sanftheit, die diesem Behälter entgegengebracht wird, kommt zu spät. Das Ding ist nur ein Gefäß für einen verbrannten Körper, mit meiner Mutter hat das alles nichts zu tun. Vielleicht ist sie anwesend. Irgendwie. Aber ganz sicher nicht in diesem Ding, das von den Anwesenden respektvoller behandelt wird, als die Anwesenden selbst. Sie sind ja auch nicht tot.

Susann und ich haben vorher ein paar Schnäpse gekippt und sind gut geerdet. Wenn wir so weitermachen, dann stehen entweder Heul- oder Lachkrämpfe auf dem Programm.

Außer uns beiden sind kaum Leute gekommen, nur meine Tante und ein paar Verwandte, die ich selber kaum kenne. Viele sind es nicht, und dennoch ist es mir zuviel. Das Beileid schmerzt mir in den Ohren.

– Spürst du den Wind? fragt Susann leise.

Ich nicke.

– Das wird keine Beerdigung, das wird 'ne gottverdammte *Flugschau* ..., flüstert sie und reicht mir einen Flachmann.

Ich trinke einen Schluck und muß mich zusammenreißen, um nicht loszukichern.

Der Priester salmt, und als er die Urne senkt, hebt sich der Deckel für einen Moment. Kleine Aschehäufchen wirbeln davon und lösen hektisches Treiben aus.

– Vom Winde verweht, flüstere ich Susann zu.

Sie verzieht das Gesicht, hat etwas ins Auge bekommen.

Nach der Zeremonie folgen alle dem Kiesweg zur Straße und wollen die nächste Kneipe ansteuern. Ich lasse mich zurückfallen. Einmal außer Sicht, drehe ich mich um und gehe zu der Wiese zurück, auf der ihre Asche begraben wurde.

Auf einem kleinen Hügel daneben steht eine Holzbank von unschätzbarem Wert. Ich gehe gemächlich zu ihr rüber und suche mir in aller Ruhe die beste Stelle aus. Inmitten Hunderter Kreuze, Hunderter Schicksale, Hunderter Geschichten von Liebe, Angst, Glück und Verrat ist es leichter, mich nicht zu ernst zu nehmen. Ich bin hier, um an den Tod zu denken. Und das Leben.

Vier Männer, von mehr als zwanzig schwarzgekleideten Personen begleitet, tragen eine Kiste an mir vorbei. Im Vorbeigehen nicken mir einige aus der Gefolgschaft zu. Was im Leben selten ist, ermöglicht der Tod: Anteilnahme.

Ich schaue aufs Meer. Hat mir zweimal fast das Leben genommen, trotzdem liebe ich es. Eine Lebensversicherung gibt es nicht. Es gibt nur Überleben. Bis zum Tod. Und jeder Augenblick ist die Ewigkeit. Jeder einzelne Augenblick ... Ich werde sie nicht vergessen. Ich werde sie alle nicht vergessen. Mor. Niels. Michael. Elizabeth. Carlos.

Carlos war ein begnadeter Pianist. Er war jahrelang mit Boney M. unterwegs, als sich plötzlich herausstellte, daß er einen Gehirntumor hatte. Der Druck, den dieser Tumor auf sein Gehirn ausübte, löste epileptische Anfälle aus, und diese Anfälle machten Carlos zum Pflegefall.

Mein Job war es, ihn dreimal die Woche zur Behandlung nach Düsseldorf zu fahren, und obwohl er manchmal echt ausflippen konnte, kamen wir miteinander klar. Zwischen Autobahn und Wartezimmern entwickelte wir langsam eine Freundschaft, führten lange Gespräche. Wenn wir das Thema Musik oder Tumore erwischten, leuchtete sein Gesicht auf, und er engagierte sich so, daß er wenig später ein paar von diesen Mörder-Downern einwerfen mußte, die er bei sich trug.

Carlos erklärte mir, daß ein Tumor wie ein Alien mit Greifarmen ausgestattet sei und daß es schwer sei, diese operativ zu entfernen, ohne das Gehirn zu beschädigen. Wenn aber nicht alles entfernt werden würde, sei es nur eine Frage der Zeit, bis der Tumor wieder zu wachsen beginne, daher hatte er sich für eine langsamere, aber natürlichere Methode entschieden. Er glaubte, daß die Natur ihren Müll selber beseitigt - *Niemand läßt einen unerwünschten Gast lange an seinem Tisch mitessen* –, und wollte die Schulmedizin nur dazu nutzen, diesen Prozeß zu beschleunigen.

Monat für Monat rannte er von einem Arzt zum nächsten und machte einen Haufen Schulden. Seine Beziehung ging in die Brüche, seine Freundschaften überwiegend auch. Für seine Genesung war äußerste Ruhe

Pflicht, und so lag er meistens in seinem Bett und glotzte TV. Ich denke, er wollte sich mit Langeweile betäuben, den ganzen Dreck in einem langen Monotonietrip hinter sich bringen, und tatsächlich begann sein Organismus, den Tumor langsam einzukapseln.

Ein Jahr nach der Diagnose war der Tumor dreiviertel eingekapselt, und Carlos beschloß, das letzte Viertel bei seinen Eltern in Chile abzuwarten. Haus am Meer, Sonne, Strand, Ruhe. Es sollte höchstens noch ein Jahr dauern.

Ein halbes Jahr später kam die Nachricht, daß er an einer Überdosis Cortison gestorben war. Nachdem er den Kampf gegen Tumor eins gewonnen hatte, erschien ein zweiter ...

Manchmal frage ich mich, wer das Wort Gerechtigkeit erfunden hat. Das ist eine schöne Vision, aber letztlich nur ein Wort. Wie Moral. Beides ist un-natürlich und damit ein Lernprozeß, der nur funktioniert, wenn die Menschheit sich weiterentwickelt. Um daran glauben zu können, hätte ich nie ein Geschichtsbuch aufschlagen dürfen.

Aber ich bin dankbar, daß wenigstens das so klar auf der Hand liegt: Vor dem Naturgesetz sind alle gleich. Berechtigt. Wir werden geboren und leben, bis wir sterben. Ob schwarz oder weiß, Frau oder Mann, arm oder reich, Kinder, Behinderte, Militärs – alle sterben. Keine Sonderregelungen möglich. Einigen wünschte ich nur vorher etwas Leben.

Schritte im Gras.

– Da bist du ja, sagt Susann.

Sie setzt sich neben mich und kramt ihre Zigaretten heraus.

– Willst du?

Ich schüttele den Kopf. Sie raucht. Ein Augenblick, eine Ewigkeit vergeht. Wir starren über das Wasser. Segelboote verschwinden weißblau im Horizont. Die Sonne sinkt. Susann zündet die nächste an. Ich spüre, daß sie weint, und atme flach, um nichts zu verpassen.

Irgendwann geht die Sonne unter und badet alles in Gold. Die Boote kommen zurück. Susann raucht.

– Wunderschön, murmelt sie und schnippt die Kippe über die Klippe.

Ich nicke. Kann nichts sagen. Auch in diesem Augenblick kann sie sich über einen Sonnenuntergang freuen. Ich liebe sie.

– Sie hat uns so oft alleingelassen, sagt sie und reißt eine neue Schachtel auf. – Ich werde nie wieder jemand lieben, auf den ich mich nicht verlassen kann.

Ich nicke und denke an die Tänzerin. Dann an Britta.

– Weinst du nicht? fragt sie in die Dämmerung.

– Manchmal.

– Du mußt es rauslassen.

Ich schüttele den Kopf, nicke dann.

– Ich fühle nichts ...

Sie nimmt meine Hand und steht auf.

– Komm.

Ich schaue ihr in die nassen Augen.

– Wohin?

– Wir besaufen uns.

Hand in Hand gehen wir über den stockfinsteren Friedhof. Man könnte hier gut auf einen Horrortrip kommen, aber gruselig ist, was da draußen vor sich geht.

17. Warm-up für ein Comeback

Am nächsten Tag bin ich wieder am Strand und tigere rastlos hin und her. Ich habe nicht geschlafen, dennoch fühle ich mich wie neu geboren. Ja, es geht mir gut. Irgend etwas ist passiert. Vielleicht der Rausch. Susann meinte ja, daß ich es rauslassen sollte, aber irgendwann war ich so besoffen, daß ich nur noch heulen konnte. Machte sie auch nicht glücklich. Sie mußte heute schon früh nach Kopenhagen zurück, um die Kids zu hüten. Fünf Stunden weg, und sie fehlt mir schon.

Nach dem Trubel gestern muß ich mich erst mal wieder an die Stille hier gewöhnen. Dieses zeitlose Treiben will sich heute einfach nicht einstellen, außerdem kann ich nicht ins Wasser, weil es voller Feuerquallen ist. Und zu allem Überfluß laufe ich seit über einer Stunde mit einem rein körperlichen Ständer herum. Der männliche Körper ist was Komisches. Ich stecke jetzt schon so lange hier drin, aber an einige Sachen habe ich mich noch immer nicht gewöhnt. Wie kann mein Körper Paarungsbedürfnisse signalisieren, wenn ich gerade so was von nicht-geil bin? Kann man sich da wirklich wundern, daß Frauen Männer nicht verstehen? Vielleicht sollte ich der Quallenpest trotzen und mich doch etwas abkühlen gehen. Ich meine, vielleicht will mir mein dummer Schwanz nur bewußtmachen, daß ich ein verklemmter Quallenfetischist bin, der voll drauf abfährt, wenn man ihm Brandwunden zufügt ...

Ob es der Restalkohol oder die Hitze ist, ich bekomme urplötzlich höllisch Lust zu singen, und einen besseren Proberaum werde ich eh nie finden, also schmeiße ich die letzte Probe in den Walkman und stelle alles auf zehn. Frage: Wie befestigt ein Nackter seinen Walkman?

Die ersten Riffs von Schimanskis Brett hauen mich um, und als die Jungs nach zehn Minuten langsam warm werden und anfangen, cooler zu grooven, stehe ich längst zwischen ihnen in dem muffigen Proberaum in der Weststadt und brülle mir die Kälte aus dem Leib. Ich singe mich tänzelnd und zuckend an der Wasserkante entlang. Die Quallen schauen mich blöde an.

– SEID IHR GUT DRAUF? schreie ich sie an.

Sie blinzeln verblüfft. Ich gebe ihnen den Finger und lasse ein Kilo Sand auf sie niederregnen. Juckt sie nicht im geringsten. Open-air-publikum war schon immer härter im Nehmen.

Während Schimanski sein Brett durch das Solo metzelt, springe ich wie wild herum. Ich zucke und groove, flippe völlig aus und bin kurz davor, Stagediving in die Quallen zu machen, als von links ein Flokati geflogen kommt und mich umwirft.

– AHHHHH ...!

– WUFF! WUFF! WUFF!

– AAAAAAACH, du bist es!

Ich verpasse meinem vierbeinigen Freund einen Stupser in die Rippen.

– Du hast mich fast zu Tode erschreckt!

Ich schaue mich nach seiner ständigen Begleiterin um, aber er scheint heute alleine unterwegs zu sein.

– WUFF! WUFF!

– Was, das hat dir auch noch Spaß gemacht? NA WARTE!

Wenig später lasse ich mich erschöpft auf die Decke fallen und leere die Wasserflasche in einem Zug. Dreißig Grad im Schatten, und ich mach ein Wettrennen mit einem Hund ...

Der Zottel versucht, mich mit Bellen und Zunge herausstrecken dazu zu motivieren, noch ein bißchen wie ein Blödmann hinter ihm herzurennen, und ich muß plötzlich an den Spruch denken, den Mor mir immer hinterherrief:

– Mit doppelt so vielen Beinen hast du leicht spotten!

Das sieht er ein und kommt sein Wasser abholen. Er säuft einen Viertelliter, verspritzt einen halben und läßt sich dann auf meine Decke plumpsen, um mit mir um die Wette zu hecheln.

– Was ist mit deiner Freundin? frage ich ihn und kraule ihm den Schädel.

Er schließt die Augen und seufzt.

– Kannst das Thema auch nicht mehr hören, was?

Er gibt einen langen seltsamen Ton von sich.

– Jaja, ich kann dir sagen ... kein Wunder, daß wir uns so gut verstehen.

Im selben Moment sehe ich, daß er doch nicht alleine gekommen ist. Die Frau sitzt ein Stück weiter oben in den Klippen und beobachtet uns. Ich werfe einen schnellen Blick an mir herunter. Na, wenigstens *die* Peinlichkeit bleibt mir erspart.

Ich winke. Sie winkt zurück. Soweit alles klar. Ich glaube, sie ist neugierig, aber an einem verlassenen Strand einfach zu einem Kerl hinzugehen und hallo zu sagen, ist keine leichte Übung, also hole ich eine Flasche Wasser aus der Kühlbox und wedele damit.

Sie steht auf und beginnt runterzuklettern. Die letzten Meter springt sie und bleibt dann vor der Decke stehen. Ich kann ihre Augen hinter der Sonnenbrille nicht erkennen, aber ihr Mund wirkt eher spöttisch als ängstlich. Vielleicht sollte ich ja meine Blöße bedecken, aber meine Genitalien zähle ich schon lange nicht mehr dazu, also bleibe ich, wie ich bin, und halte ihr die Wasserflasche entgegen. Sie nimmt einen Schluck und wirft dann einen Blick auf Zottel, der im Schatten liegt und mit keiner Bewegung andeutet, je wieder aufstehen zu wollen.

Schließlich setzt sie sich neben ihn auf die Decke und starrt über das Wasser. Rank wie ein Ladestock sitzt sie da. Ihre Haltung sieht nach Ballett aus, aber ihre Füße sind dafür zu gut erhalten, wobei, wo habe ich diese Art Hornhaut schon mal gesehen ...?

Auf der Schulter hat sie ein Tattoo. Ein Herz mit einem Messer in der Mitte. Da gibt es dann auch wieder mehrere Möglichkeiten: geteilt, zerbrochen oder aufgeschlitzt. Wie auch immer, in jedem Fall ist es genau so *in* wie der Stecker in ihrer Nase, die blaue Sonnenbrille und die Baseballkappe. Echt cool. Hey! Vielleicht ist sie ja *Miss VIVA*.

Sie rutscht ein Stück nach vorne und legt sich dann wortlos neben mich auf die Decke, nimmt die Kappe ab und offenbart eine Glatze. Scheiße, das ist nicht *Miss VIVA*, das ist *Tankgirl*! Ich bin kurz davor, einen Kommentar abzuliefern, aber Glatze kriegt man auch von Chemotherapie, also spare ich mir den Spruch. Sie könnte mich eh nicht verstehen.

Im selben Augenblick dreht sie den Kopf zu mir herum.

– Do you speak English? fragt sie mich mit starkem Akzent.

– Nee, lüge ich und schüttele den Kopf.

Sie begnügt sich damit und dreht das Gesicht wieder zum Wasser. Ich atme erleichtert auf. Jetzt steht einem schönen Tag nichts mehr im Wege.

Abends verabschieden wir uns genauso voneinander, wie wir den Tag verbracht haben: wortlos. Sie hat den Strandtauglichkeitstest mit *summa cum laude* bestanden und setzt dem Ganzen die Krone auf, als sie mir zum Abschied nur leise zulächelt, um die Stille nicht zu gefährden. Vorne fehlen ihr zwei Zähne. Sieht süß aus.

Ich beobachte, wie sie in den Klippen verschwindet, und versenke mich dann in den Sonnenuntergang. Das Meer vor mir, die Beerdigung hinter mir, ein stiller Tag mit einer Fremden und die erste Energieattacke seit Wochen. Nein, es ist nicht alles Gold, was glänzt, aber daß ich mich schon wieder wie ein Irrer aufführen kann, gibt mir Hoffnung.

Plötzlich versinkt die Sonne. Das Meer wird mystisch, und mich befällt ein Gefühl von Einsamkeit. Ich packe schnell meinen Kram zusammen und mache mich auf dem Weg zur Familie.

Nach dem Abendessen ist Far wieder in seinem Element und wärmt alte Kamellen auf. Gerade lacht er sich über die Scheißhaufengeschichte schlapp, und die geht so:

Als ich so etwa fünf war, hatten wir wenig Kohle und wohnten auf Vesterbro, einem heruntergekommenen Stadtteil von Kopenhagen. Fünfter Stock, dunkles Treppenhaus, Plumpsklo im Hof. Da die Treppe lebensgefährlich war, gab es für den Fall, daß wir »klein« mußten, Flaschen, für den anderen Fall Eimer.

Obwohl wir nicht viel zu essen hatten, kam es manchmal vor, daß die Eimer voll waren, dann schissen wir in Brottüten, die Far in die Tageszeitung wickelte und am nächsten Tag auf dem Weg zur Arbeit mit eleganten Unterhandwürfen in die Mülltonnen fremder Leute entsorgte.

Eines Tages, wir packten gerade Weihnachtsgeschenke ein, kam Susann mit einer solchen Bombe rein. Far wickelte sie spaßeshalber in Geschenkpapier und legte sie über Nacht vor der Haustür ab. Am nächsten Morgen hatte sie jemand mitgehen lassen ... Was unter anderem die These bestätigt, daß man jede Scheiße los wird, wenn sie nur richtig verpackt ist.

Am nächsten Morgen nahm Far ein »Geschenk« mit zur Arbeit und »vergaß« es auf dem Gepäckträger. Als er in der Mittagspause nachschauen ging, war es weg, aber ein paar Meter weiter, lag noch das Papier und eine Handvoll Scheiße. Das rettete ihm den Tag. Von da ab schissen wir häufiger in Geschenkpapier.

18. Die sechste Frage

Den nächsten Tag verbringen Tankgirl und ich ebenso still am Wasser, und so langsam gewöhnt sich sogar mein dummer Schwanz daran, daß wir nackt herumliegen und er trotzdem nicht in ständiger Einsatzbereitschaft zu stehen braucht. Dennoch, ausgehungert am Meer liegend und mit einem nackten weiblichen Wesen in nächster Nähe, das scheint eindeutig zuviel für ihn zu sein. Als ich mich deswegen zum zehnten Mal auf den Bauch drehen muß, wird es mir zu blöd. Sie ist über achtzehn und überall gleichmäßig braun, der Anblick kann ihr nicht völlig fremd sein.

Ich drehe mich diesmal also nicht auf den Bauch und beobachte aus der Rückenlage, wie mal wieder Bewegung in die Sache kommt. Als sie sieht, was ich sehe, zeigt sie auf ihn und sagt:

- NO!

Ich könnte es ihr ja erklären, aber erstens würde die Stille leiden, und außerdem habe ich echt die Schnauze voll davon, ständig irgendwelchen Frauen Funktionen des männlichen Körpers zu erklären, die mir selber nicht ganz einleuchten, da lasse ich mich lieber für einen schwanzgesteuerten Vollidioten halten.

Tankgirl murmelt irgendwas Aggressives.

- Don't panic.

Sie schaut mich mißtrauisch an. Sieht fast so aus, als würde sie den Abstand zwischen uns abschätzen.

- Mejico? frage ich schnell, um sie etwas abzulenken.

- Hongkong, sagt sie nach einigem Zögern.

Wo wir schon mal am Quasseln sind:

– Tacheles, sage ich und halte ihr meine Hand hin.

Sie schaut mich noch böser an.

– It's my name!

Sie entspannt sich etwas.

– Dias, sagt sie und ergreift meine Hand.

– Buenos dias, antworte ich artig.

– No, that's *my name*!

Wir schütteln uns die Hand, und mein dummer Schwanz klatscht an meinen Bauch Beifall. Da capo, da capo ...

Es ist mir doch irgendwie peinlich, daß eine Fremde mich so sieht, also mache ich mich schließlich auf den Weg zum Wasser, um ihn zu ertränken. Die Quallen haben sich wieder verzogen. Warum? Keine Ahnung. Wohin? Wen interessiert's? Wie schon ein Franzose neunzehnhundertfünfundvierzig an der deutschfranzösischen Grenze sagte: *Hauptsache sie sind weg!*

Als ich ins Wasser laufe, folgt mir der Zottelhund auf dem Fuß. Er ist eine richtige Wasserratte, und während wir im Wasser herumalbern, richtet Tankgirl sich auf und beobachtet uns, macht aber keine Anstalten nachzukommen. Alle halbe Stunde wiederholt sich das gleiche Spielchen: Ich springe ins Wasser, Zottel folgt, Tankgirl beobachtet uns.

– You can't swim? frage ich sie in meinem miesesten Schulenglisch.

Sie schüttelt den Kopf.

– I can teach you.

Sie schaut mich skeptisch an. Ich halte ihr die Hand hin.

– Come on!

Sie nimmt meine ausgestreckte Hand, und wir laufen ins Meer. Im hüfthohen Wasser schwimme ich langsam um sie herum und zeige ihr, wie sie sich bewegen soll, dann stelle ich mich neben sie und halte sie an den Hüften fest, während sie herumpaddelt. Es hat den Anschein, als würde sie eher dem Zottel nacheifern, aber ich bleibe stur.

– Come on! sage ich jedes Mal, wenn sie wieder die Beine auf den Boden stellen will.

Sie paddelt und paddelt, und langsam spüre ich, wie sie selbstsicherer wird. Dieser Zustand ändert sich allerdings sofort, wenn ich sie wieder loslasse, dann verkrampft sie und sinkt wie paralysiert auf Grund, dabei ist das Wasser hier gerade mal einen Meter tief.

– Relax! rate ich ihr und merke, wie sie noch mehr verkrampft. O Mann ...

Am späten Nachmittag schmerzt mein Rücken, als hätte ich zwei Schichten auf dem Bau eingelegt. Ich spaziere jetzt den halben Tag im Meer herum, und mit jeder weiteren Minute steigen meine Chancen, bei der Wahl zur *Apfelsine des Jahres* voll abzuräumen. Aber wenigstens haben wir Fortschritte gemacht, denn seit zwei Stunden kann sie schwimmen. Jetzt müssen wir nur noch dran arbeiten, daß sie sich alleine ins Wasser traut ...

Ich muß gestehen, daß ich langsam die Geduld verliere. Egal was ich mache, sie schwimmt und schwimmt und schwimmt und hat einen Heidenspaß dabei, aber wehe, ich lasse sie los ... O Mann, es muß ein Bild für die Götter sein, wie Mister Orange hier herumspaziert und Tankgirl an einer unsichtbaren Leine neben sich herzieht, während sie von einem schnaufenden Flokati verfolgt wird. Noch interessanter finde ich allerdings die Tatsache, daß sich mein Schwanz anscheinend damit abgefunden hat, daß er nicht zum Schuß kommt. Seit Stunden halte ich Tankgirls durchtrainierten Körper fest, spüre ihre Hüften an meiner Taille, und wenn sie ihre Beine anwinkelt, bietet sich mir gelegentlich ein atemberaubender Anblick, und ... nichts passiert. Hey! Wenn mein Schwanz das lernen kann, besteht auch noch Hoffnung für die Menschheit.

Als die Sonne untergeht, darf ich endlich an Land und lasse mich erschöpft in den warmen Sand plumpsen. Himmel, ich krieg die Beine kaum angewinkelt, bin vollgesogen wie ein Schwamm.

Keine zehn Minuten später hüpft sie schon wieder vor mir herum und deutet zum Wasser.

– Come on.

Sie zeigt mir die Zahnlücke.

– No, sage ich und winke ab.

– Come on!

– No!

Ich richte mich stöhnend auf, packe ihren Arm und ziehe sie zum Wasser runter. Sie schaut etwas verwirrt drein, aber als ich an der Wasserkante stehenbleibe und die Arme verschränke, schnallt sie es.

– Don't think ... swim!

Sie zögert kurz und geht dann tatsächlich rein. Wow! Sogar Zottel ist zu verblüfft, um ihr zu folgen. Er sitzt staunend da und streckt uns die Zunge raus.

Sie schwimmt ein paar kleine Runden im Kinderbecken, macht ein paar vorsichtige Kraulzüge ins Dunkelblaue hinaus, um dann urplötzlich eine hysterische Wende zu machen und mit peitschenden Armen zurückgejagt zu kommen. Im Kinderbecken richtet sie sich auf und schickt einen langen, triumphalen Schrei nach Schweden rüber, dann stürmt sie an Land und springt mir in die Arme.

– Thanks! ruft sie und gibt mir einen Kuß auf die Wange, während sie versucht, mir die Rippen zu brechen.

Na ja ... was soll ich sagen ... Ich meine, ich bin nackt, sie ist nackt, es ist heiß, und man weiß ja, wie das im Leben manchmal so ist ...

Tankgirls Lachen erlischt schlagartig. Sie befreit sich mit einem Ruck aus meinen Armen, tritt einen Schritt zurück, und bevor ich etwas sagen, geschweige denn tun kann, liege ich auf dem Rücken und starre in den Himmel. Sonnen explodieren, Möwen stürzen schreiend ab, und plötzlich weiß ich auch, wo ich diese Hornhaut schon mal gesehen habe.

Nach und nach nehmen die die Wolken wieder ihre ursprüngliche Geschwindigkeit, Farbe und Form an. Ich drehe den Kopf ein bißchen und versuche meinen schwimmenden Blick auf sie einzustellen. Sie steht ausbalanciert vor mir und wartet. Ihre Augen mustern mich abschätzend. Neben ihr sitzt Zottel und knurrt mich böse an. So viel zum Thema neue Freundschaften.

– Dias, hm? knurre ich und befühle mein Kinn. – Vielleicht sollte dich jemand tatsächlich mal an die Wand klatschen!

Sie versteht nur Bahnhof, aber sie hört ihren Namen und zeigt auf meinen Schwanz.

– NO!

– *Relax!* It's only my fuck-ing bo-dy, okay?

Ich strecke ihr meine Linke entgegen.

– Give me a hand.

Sie kneift die Augen zusammen und ballt die Faust. Zottel knurrt lauter.

– Give me your bloodyfuckshitpissoffassholehand NOW!

Sie reicht mir die Linke und hält die Rechte bereit, um mir bei dem geringsten Anlaß ihre ganz spezielle Gebißstellung zu verpassen, dann zieht sie mich mit einem einzigen Ruck auf die Beine und springt sofort einen Meter zurück, die Augen kalt wie Gletschereis.

Ich bleibe schwankend stehen und betaste mein Kinn. Kein Blut. Wow! *Sie mag mich!* Nichtsdestotrotz schwimmt mein Hirn etwas träge durch die Suppe.

– Kickboxing? frage ich sie und schicke meine Zunge auf eine Expeditionsreise.

– Karate, sagt sie und taxiert mich noch immer.

– Teach me.

Sie schaut mich regungslos an.

– You can swim now, erinnere ich sie.

Sie entspannt sich, zeigt mir die Zahnlücke.

– Okay, tomorrow.

Um kein unnötiges Risiko einzugehen, beginne ich mich anzuziehen. Tankgirl folgt meinem Beispiel, und auch Zottel ist plötzlich wieder mein Freund und will spielen. Ich ignoriere ihn. Ich weiß, ich weiß, er macht auch nur seinen Job, aber verletzte Gefühle zählen auch.

Als wir angezogen sind, kommt Tankgirl einen Schritt näher, um ihre Arbeit zu bewundern. Als sie die Beule ausreichend gewürdigt hat, gibt sie mir einen Klaps auf die andere Wange, um mir zu zeigen, daß *diese* Schwellung ihr wesentlich sympathischer ist.

– Okay. Sorry. Tomorrow. Bye, sagt sie, schnappt sich ihre Sachen und geht.

Ich beobachte, wie sie in den Klippen verschwindet, und ziehe mich seufzend wieder aus. Ich bin total erledigt. Sogar mein dummer Schwanz hat sich endlich entspannt und läßt die Seele baumeln.

Als ich mich nackt in den Sand plumpsen lasse, schnappe ich ihn mir und würge ihn ein bißchen.

– Mein Leben lang bringst du mich in Schwierigkeiten!

Er rechtfertigt sich nicht, aber die Berührung reicht aus, um ihn wieder in Bewegung zu setzen. Nichts zu machen, ich bin tiefstes Notstandsgebiet. Ich sehe es schon kommen, daß ich mir morgen noch ein paar weitere Beulen einhandle, und mir fällt nur eine einzige Möglichkeit ein, wie ich mich davor schützen kann.

Eine Minute später seufzt mein Körper befriedigt und greift nach den Zigaretten. Es geht doch nichts über einen Orgasmus. Apropos, da war doch noch was ... sex ... Sechs! Die sechste Frage!

– Warum hast du mich eigentlich immer mit zum Angeln genommen?

Wir stehen vor dem Haus und verdauen ein reichliches Frühstück. Far schaut mich an, wie ein Wissenschaftler ein seltenes Insekt unter dem Mikroskop betrachten würde.

– Das fragst du dich *jetzt*?

Er lacht. Zuerst versucht er es zu unterdrücken, aber dann platzt er, biegt sich richtig durch und zeigt mir den Goldzahn.

– Fünfundzwanzig Jahre ..., prustet er und läßt sich auf den Rasen plumpsen.

Er lacht und lacht, bis Maren rauskommt, um zu fragen, was zum Teufel hier los ist.

– Was zum Teufel ist hier los?

– *Fünfundzwanzig!* brüllt Far und ringt nach Luft.

Maren wirft mir einen Blick zu. Ich zucke die Schultern. Sie wendet sich wieder ihm zu.

– Beruhige dich, sonst kriegst du noch einen Herzinfarkt.

Nichts zu machen, er zappelt auf dem Rasen.

– Wenn du nicht sofort aufhörst, hole ich einen Eimer kaltes Wasser!

Diese Drohung verfehlt ihre Wirkung nicht. Er beruhigt sich langsam und richtet sich wieder auf.

– Schon gut, war nur ein kleines Mißverständnis, keucht er. – Für einen Augenblick dachte ich tatsächlich, mein Sohn hätte fünfundzwanzig Jahre gebraucht, um sich mal zu fragen ...

Er fängt wieder an zu lachen.

– Was? fragt Maren.

– ... warum er damals stundenlang ... haha ... stundenlang im Meer ... oooohh ...

Er biegt sich wieder durch, hält sich den Bauch mit beiden Händen fest.

– Ich hole den Eimer, sagt Maren und geht zum Haus.

– Und ich habe mir Gedanken über deine Erziehung gemacht, keucht Far. – Hätte ich gewußt, daß die eine fünfundzwanzigjährige Inkibi ... hihi ... Inkibuhu ... huhu ...

– Inkubitationszeit? schlage ich vor.

– HUUUAAHHH! schreit er und bricht zusammen.

Maren kommt aus dem Haus gewankt. Sie schleppt schwer an einem alten Blecheimer.

Ich stupse Far an. Er winkt ab.

– Keine Sorge, sie kann nicht mehr so schnell. Die Gicht. Haben alle Zeit der Welt.

Maren baut sich vor uns auf. Sie keucht vom Schleppen und ist wild entschlossen, hier ein böses Wasservergießen zu verursachen.

– Eins! stöhnt sie und bringt den Eimer in Schwung.

Ich werfe einen Blick auf Far. Er sitzt locker da und grinst breit.

– Zwei!

Far blinzelt mir zu.

– Drei!

Ich lasse mich auf die Knie fallen. Der Wasserschwall haut mich fast um, und ich erstarre wegen dem Kälteschock. Neben mir höre ich ein lautes BOINGG! und einen Aufschrei.

Ich öffne die Augen. Mein Vater liegt im Gras und hält sich den Kopf. Maren steht kreideweiß daneben und schaut bedröppelt aus der Wäsche. Bevor sie etwas sagen kann, beginnt er wieder zu kichern.

– Es tut mir leid, Liebster. Das wollte ich nicht, stammelt Maren und macht ein schuldbewußtes Gesicht.

Far fängt an zu lachen, und ich setze ein, bis wir schließlich nebeneinander auf dem Rasen sitzen und uns die Bäuche halten. Maren geht wieder zum Haus. Diesmal, um Eis für die Beule zu holen, die sich auf seiner Stirn ausbreitet.

– Tolle Ratschläge hast du, spotte ich.

– Du hättest wissen müssen, daß sie eher flach abwirft, stöhnt er und hält sich den Kopf.

– So wie du wußtest, daß Sie den Eimer nicht festhalten würde.

Er schneidet eine Grimasse. Ich stehe auf und helfe ihm auf die Beine.

– Also?

– Also, was? fragt er und prüft die Beule.

– Warum hast du mich damals immer mit zum Angeln genommen?

– Er weiß es immer noch nicht ..., murmelt er.

– Darum frag ich ja.

– Häh?

– Darum frag ich ja.

Er schaut mich verwirrt an.

– Na, das liegt doch auf der Hand, sagt er schließlich, – ich wollte sehen, wann du dich dafür entscheidest, den Fisch zu fangen, wenn du schon stundenlang im Wasser herumstehst. Ich meine, wenn du den Fisch nicht willst, brauchst du schließlich auch nicht zu angeln, oder?

Ich starre ihn an.

– *Das ist alles?*

– Was, alles?

– Das ist der Grund, warum ich meine halbe Kindheit im Wasser verbracht habe? Ein gottverdammtes Erwachsenenpsychospiel ...

Er hebt den Finger.

– Hör auf mit dem Gefluche, verdammt noch mal! kichert er und blinzelt mir zu, aber so leicht kommt er mir nicht davon.

– *Verdammt!* Du hättest es mir einfach erklären können!

Er schaut mich verblüfft an.

– *Dir* etwas erklären? Dir konnte man nichts erklären! Ich dachte, daß dir irgendwann von alleine klar wird, daß es etwas Sinnvolleres gibt, als im Meer herumzustehen, wenn du nicht angeln willst. Ich meine, du hattest da draußen 'ne Masse Zeit zum Nachdenken, oder?

Auch diese Argumentation will mir nicht ganz einleuchten.

– Und wenn du dich aus irgendwelchen Gründen plötzlich entschlossen hättest, den Fisch zu fangen, dann hättest du dir etwas einfallen lassen müssen. Zum Beispiel, etwas weniger zappeln! kichert er und macht eine Parodie auf jemanden, dem gerade ein Fön in die Wanne gefallen ist.

Dann glättet sich sein Gummigesicht wieder, und seine Züge kriegen etwas Listiges.

– Also? fragt er.

– Also, was?

Er schaut mich milde an.

– *Was?*

– Verstehst du gar nichts? seufzt er.

– *WAS?*

– Es gibt doch einen Grund, warum du mich das ausgerechnet *jetzt* fragst, oder?

Keine Ahnung, wovon er redet.

Er wirft die Arme nach oben.

– Himmel! Was ist das einzige, worüber wir noch nicht geredet haben?

– Ich bin gerade nicht quizmäßig drauf, vielleicht sagst du es mir einfach.

– Ef er ah uh eh en! buchstabiert er.

– Frauen.

– Sehr gut! Normalerweise redest du von nichts anderem. Also?

– Was zum Teufel haben Frauen mit Gegen-seinen-Willen-im-Wasser-Herumstehen zu tun?

Er gibt mir wieder diesen Blick für geistig Derangierte. Vielleicht ist es tatsächlich blöd, jemanden, der zwei Scheidungen hinter sich hat, eine solche Frage zu stellen.

– Du willst also wissen, was bei mir mit Frauen läuft?

– Wenn du unbedingt drüber reden willst ...

– Okay, schon gut, ich hab's kapiert!

Ich lasse mir Zeit, überlege, was ich ihm eigentlich erzählen soll. Er nutzt die Zeit, um betont desinteressiert auf seine Fingernägel, dann auf die Uhr, dann wieder auf seine Fingernägel, zu schauen. Fünf Minuten ohne Faxen, und man müßte sich Sorgen um ihn machen.

– Okay. Mit der einen ist es vorbei. Ich kann nicht einmal sagen, ob ich sie mochte. Die andere ist meine beste Freundin, und irgendwie haben wir schon eine Beziehung, aber ich weiß nicht so richtig ... Ich meine, wir sind 'ne Zeitlang zusammen ins Bett gegangen, aber manchmal denke ich, wir sind nur Freunde, weil wir damit wieder aufgehört haben, und ... na ja ... ich will sie nicht verlieren, verstehst du? Ich meine, wo sind all die Frauen, die ich mal geliebt habe?

Far wartet ab, ob noch was kommt. Kommt nichts.

– Du hast es ja doch begriffen! murmelt er zufrieden.

– Na, wenn du meinst ...

– Ist doch klar. Also, was die eine da betrifft: dir ist doch klar, daß, wenn sie den Fisch nicht fangen will, sie sich über den Fang auch nicht freuen wird, oder?

Geht das schon wieder los.

– Und außerdem sprichst du über sie in der Vergangenheit, also vergiß sie.

Maren kommt mit einem Eisbeutel.

– Worüber redet ihr?

Far legt sich den Eisbeutel auf die Stirn und deutet auf mich.

– Er hat mal wieder Frauenprobleme.

– Kann er seine Freundin auch nicht befriedigen? fragt sie.

– Ich hör ja wohl schlecht!

– Das auch, sagt sie, – aber wann hatten wir denn das letzte Mal Sex? klagt sie und ergreift seinen Arm.

– Na hör mal, ich bin dreiundsiebziglaßmichlos!

– Am neunzehnten vierten neunzehnhundertachtundachtzig! sagt sie vernichtend. – Und außerdem bin ich, wie du täglich betonst, ein paar Jahre älter als du, fügt sie hinzu und schleppt ihn zum Haus.

– Ich will nicht ins Haus, jammert er.

– Du hast eine schwere Kopfverletzung und wirst dich jetzt brav hinlegen.

– Es geht mir schon viel besser! ruft er und zerrt panisch an seinem Arm.

Sie kabbeln sich den ganzen Weg zum Haus.

– Und was ist mit mir? rufe ich ihnen hinterher.

– Geh schwimmen! brüllen sie zurück.

Je mehr ich schwimme, desto mehr Boden bekomme ich unter den Füßen. Es ist alles so leicht. Im Wasser. Tankgirl lehrt mich Karate, Far versorgt mich mit Lügengeschichten, und ich erfreue mich immer häufigerer Energieanfälle, die ich in Schwimmen, Zotteljagen und Gymnastik umsetze. Ich fühle, wie mein Körper wacher, schneller, sicherer wird. Gleichzeitig löffelt mein Hirn langsam die Suppe aus. Ich komme wieder.

Eines Tages krame ich mein Geld zusammen, schnappe mir Marens Rad und fahre ein Dorf weiter, wo es ein Auslandstelefon gibt. Mein Anrufbeantworter ist so voll, daß es mich zehn Kronen kostet, ihn zurückzuspulen, und weitere fünfzig, ihn abzuhören. Es sind überwiegend Beschwerden, weil ich mich nicht abgemeldet habe. Der einzige, der weiß, wo ich bin, ist Max, und mit ihm ist ja bekanntlich schwer reden. Ich hatte ihm aufgetragen, jedem zu sagen, daß es mir gutgeht. Den Anrufen nach, hat er es nicht immer hingekriegt.

– Hm?

– Ich bin's.

– Hm.

– Wann ist die letzte Probe?

– Generell?

– Vor dem Gig, du Idiot.

– Donnerstag, zwanzig Uhr. Warum?

– Warum ...? Was ist das denn für 'ne bescheuerte Frage? *Ich bin's*, dein Sänger!

– Ach DER Ichbins! Hm, hm ...

Also, wenn ich nicht wüßte, daß er sich über meinen Anruf freut ...

– Gibt es was Neues?

– Hm ... Gerüchte, murmelt er.

– Was für Gerüchte?

– Nichts Spruchreifes ... Karin S. scheint 'n Plan zu haben.

– Das wäre in der Tat was Neues! lache ich.

– Irgendwas mit dem Gig, fügt er hinzu.

Ich stelle mir vor, wie Karin S. mitten im Konzert auf die Bühne stürmt, um uns madig zu machen. Oh, das wird ein Spaß!

– Machst du dir etwa darüber Sorgen?

– Nicht wirklich, sagt er, – was ich mich allerdings frage, ist, ob der Eismann pünktlich auftaut.

Siehe da, siehe da, Max zeigt Nerven.

– Das Meer, die Sonne, die nette Gesellschaft, alles arbeitet für uns. In ein, zwei Jahren bin ich ganz der alte.

– Danke, Mann. Das sind ja echt *beruhigende* Nachrichten!

– Wenn du Ruhe willst, friß Valium, rate ich ihm und lege auf.

Ich stehe ein bißchen dumm rum, kann mich nicht loseisen, also rufe ich noch mal an.

– Hm?

– Aber nicht am Spieltag, sage ich und lege wieder auf.

Ich kann mich immer noch nicht loseisen. Ich schaue auf den Mond. Ich schaue auf den Boden. Ich zünde mir eine Zigarette an. Schaue auf die Glut. Schaue wieder auf den Mond. Zertrete die Kippe. Schmeiße die Schachtel weg. Pfeife ein Liedchen. Irgendwann wähle ich ihre Nummer.

– Wer stört?

– Ich bin's.

– *Tach* ... Wo bist du?

– Bei meinem Dad.

– Wußte ich's doch! Max, die Ratte, wollte nicht mit der Sprache rausrücken. Wie war's? Wie geht es dir?

– Mir geht's gut. Bis auf den Priester war's erträglich. Als er das drittemal *So geh mit Gott* salmte, hätte sie ihn sicher zum Teufel gejagt.

Britta kichert.

– Was treibst du sonst so?

– Mir wachsen schon Schwimmhäute.

– Hmm, lecker ... Wann kommst du denn zurück?

– Weiß nicht, Donnerstag, Freitag ... Bist du beim Gig?

– Wo soll ich denn sonst sein, du Blödmann.

Ein Zwanzigkronenstück verschwindet beleidigt im Münzschlitz. Ich schiebe Schmerzensgeld nach.

– Hast du danach vielleicht ein bißchen Zeit?

– Wofür? fragt sie, plötzlich hellwach.

– Ich meine ... ich dachte ... vielleicht könnten wir ja irgendwas zusammen machen.

– Was denn?

– Nun ja ... Irgendwas Schönes ...

Wir machen eine Zehn-Kronen-Pause.

– Zum Beispiel ans Meer fahren? schlägt sie vor.

– Das wäre was Schönes.

– Gebongt!

Pause.

Ich räuspere mich.

– Und was treibst du so?

– Ich schmier mit den Jungs Nacht für Nacht die Stadt zu.

– Was, jetzt schon?

– Ich finde es auch etwas früh, aber Schimanski meint, dieses Mal soll im nachhinein keiner sagen können, er hätte von nichts gewußt.

O Mann ...

– Wie läuft's denn mit ihm und Sabine?

– Die treiben jeden in den Wahnsinn! Bei dem Thema, was machen denn die schönen Däninnen?

– Weiß nicht. Die Jüngste, die ich bisher traf, war fünfundsiebzig.

– Und hat auch schon einen Freund, nicht wahr?

– Exakt.

– Tja, Pech gehabt. Grüß die beiden schön. Und falls dir doch eine nette Seniorin ohne festen Freund über den Weg laufen sollte, mach dir nichts draus – irgendwann wirst auch du wieder einen hochkriegen!

Sie lacht fünf Kronen weg.

– Nur ein kleiner Scherz ...

– Schon gut, ich habe gerade erfahren, daß es eine alte Familientradition ist.

– Die du *hoch*halten mußt? prustet sie.

Das letzte Zwanzigkronenstück erträgt die Anspielungen nicht mehr und stürzt sich deprimiert in den Abgrund. Ich höre noch einen letzten Lacher, dann rauscht das Meer durch die Leitung.

19. Der letzte Tanz

Freitagabend und die passende Party. Man ist blau oder high oder arbeitet an einem von beidem. Ich bin von VIPs umzingelt, und für den Fall, daß ich es nicht zu würdigen weiß, bleibt immer wieder mal jemand bei mir stehen und erklärt mir, wie wichtig er nun *wirklich* ist.

Einer dieser Knilche, am Handgelenk die Rolex, in der Westentasche eine goldene Taschenuhr, klebt seit zehn Minuten an mir wie ein nasses T-Shirt. Es stört ihn, daß er nicht einordnen kann, ob es sich irgendwann rentieren könnte, mich getroffen zu haben. Mich stört das Gegenteil.

– Hören Sie, unterbreche ich ihn zum drittenmal. – Ich bin privat hier, okay?

Nicht okay. Egal wie ich mich wende und drehe – er steht vor mir und quasselt. Er scheint einer der Typen zu sein, die nie wissen, wem, wann, welche Stunde geschlagen hat. In der Innenstadt, in einer Bar, mit den Manieren, ich würde mal sagen: Intensivstation. Zeit für eine Ansage.

– Sagen Sie mal, ist VIP vielleicht die Abkürzung für *Verdammt Ignoranter Pisser*?

Sein Redefluß versickert. Jetzt sieht es aus, als frage er sich, ob es ihm irgendwann schaden könnte, wenn er mir eine reinhaut, daher trete ich vorsichtshalber einen Schritt zurück und grinse ihn freundlich an.

Ich beobachte seinen Abgang und konzentriere mich dann wieder auf die Party. Ein großer Teil der anwesenden Frauen ist auf Honorarbasis unterwegs, der Rest ist blond und hat die Haarfarbe verinnerlicht, um neben ihren Mackern nicht unangenehm aufzufallen. Die Musik ist genauso einladend, dennoch, in einer Ecke jagen ein paar Tänzer los, als gäbe es kein Morgen. Vielleicht wissen sie ja etwas, was wir nicht wissen, aber ich bezweifle es – ich habe ihre Gespräche belauscht.

Nein, es ist wirklich nicht besonders schwer, sich hier einsam zu fühlen, und der einzige Grund, warum ich dennoch ausharre, wirkt extrem gutgelaunt und trägt ein rotes Kleid aus Samt – die Tänzerin.

Als sie mich sah, winkte sie mir kurz zu und ging dann schnurstracks an mir vorbei auf die Tanzfläche. Sie versuchte sich nichts anmerken zu lassen, aber ich habe sie noch nie so schlecht tanzen sehen. Wenn sie wüßte, daß ich ihretwegen hier bin, käme sie sicherlich noch mehr aus dem Gleichgewicht. *O Gott, bloß keine Szene!* Keine Klagen, keine Fragen, ich hab's ja kapiert! Aber das weiß sie nicht. Ich könnte es ihr erzählen, aber wenn ich ehrlich sein soll, so macht es mir Spaß zu sehen, wie ich auch mal Auswirkungen auf ihr Leben habe. Es ist wirklich ein tolles Schauspiel, wie sie sich einerseits bei dem Versuch, mich unauffällig im Auge zu behalten, den Hals verrenkt und wie wild herumflirtet, während sie mir auffällig unauffällige Blicke zuwirft, ob ich *ja* auch merke, wie begehrt sie ist ... O Mann!

Den Typen ist es natürlich völlig egal, aus welchem Grund sie plötzlich Chancen bei dieser Schönheit haben. Zwar sind sie überwiegend down oder high, aber zusätzlich müßten sie taub, blind und kastriert sein, um die Tänzerin zu übersehen. Sie umschwirren sie wie Hunde den letzten Baum. Wau, wau, schnüffel, schnüffel, hechel, winsel, PAFF!

Für jeden Typen, den sie innerhalb weniger Minuten aufreißt, aufheizt und abblitzen läßt, trinke ich ein Schlückchen Sekt auf die tolle Vorstellung und warte, daß sich die Reihen lichten. Mir ist zwar nicht ganz klar, was ich suche, aber das wird sich schon finden.

Gestern abend hatten wir Generalprobe. Die Jungs spielten, als hätten sie die Instrumente gemietet. Sie waren sich nicht sicher, wieviel Druck ich aushalten würde, wollten mir nicht weh tun. Nach ein paar Stücken brach ich die Probe ab und fragte sie, ob sie in meiner Abwesenheit beschlossen hatten, eine gottverdammte *Popband* zu werden! Das half. Sie prügelten wütend auf ihre Instrumente ein. Die ersten zehn Minuten klang es schauderhaft, dann kamen wir zusammen.

Ja, das Verfallsdatum der Band steht auf ferne Zukunft, aber das der Party ist fast abgelaufen. Die Blicke werden so tief wie die Gespräche flach, und man VIPt nur noch so herum, um jemanden abzuschleppen oder eine letzte schlechtgetarnte Boshaftigkeit loszuwerden. Die Zeit drängt, und dementsprechend bricht Torschlußpanik aus. Die Typen stehen bei der Tänzerin Schlange, um sich ihr PAFF! abzuholen.

Ein besonders widerliches Goldkettchen-Kokslöffel-Exemplar läßt sich nicht abweisen. Er preist ununterbrochen seine Fähigkeiten, seine Einkünfte, sein Apartment, Länge und Umfang, schlimmer noch – er tanzt beschissen! Einer dieser Typen, denen man nicht aus Mitgefühl einen schnellen Tod wünscht.

Als die Gastgeber uns dann in die Nacht hinausbefördern, haben wir eine interessante Formation gefunden – eine sturztrunkene Blondine, die Tänzerin, Koksbacke und ich. Wir stehen erst mal vor der Tür herum, bis Kokslöffel beschließt, daß die Nacht zu jung ist, um sich schon zu trennen. Er schlägt vor, daß wir zu ihm fahren, er hätte ja *Unmengen* an Platz, ha ha ha ... *Vor allem zwischen den Ohren!* möchte ich ihm zuhusten, aber er meint es ja nicht böse, er ist nur so.

Während er über nichts lacht, zieht er ein Handy aus dem Schulterhalter und bestellt uns ein Taxi. Dann warten wir.

Das große Schweigen bricht aus. Es ist ein bißchen wie früher auf dem Schulhof. Wenn ich die Tänzerin anschaue, schaut sie weg. Schaue ich weg, schaut sie hin. Auch Blödbacke wirft mir immer finsterere Blicke zu. Oh, ich kann ihn schon verstehen – zwei Männer, eine Frau und eine Schnapsleiche ergeben in seiner Rechnung, ein Pärchen, einen Schmachtenden und ein Neutrum. Deswegen hat er den ersten Gang schon drin und läßt die Kupplung schleifen, um beim geringsten Startsignal in die Poleposition spritzen zu können. Er hat allerdings vergessen zu checken, ob ich für dieses Rennen überhaupt gemeldet bin. Zehn zu eins, daß er mich gleich fragt, was ich beruflich mache.

– Und, was machen Sie so beruflich, mein junger Freund?

Manno.

– Ey, Sie da, sagt er und stupst mich leicht an.

Ich schaue auf seinen Finger. Seine Instinkte scheinen intakt zu sein, denn er tritt schnell einen Schritt zurück und bringt seine Beißerchen in Sicherheit. Aus sicherer Entfernung nervt er aber unverdrossen weiter.

– Oder haben Sie etwa keinen Beruf?

Er lacht fett, als wäre daran irgend etwas lustig. Ihn einfach zu ignorieren wäre echt cool. Ich lern's nie.

– Sie meinen mich?

– Sonst ist hier ja niemand.

– Charmant, charmant ..., murmele ich und werfe einen vielsagenden Blick auf die Tänzerin.

Sie weicht meinem Blick aus. So jung, so jung.

– Ich meine, kein Mann, mein ich, sonst, hier! Verbessert Fettbacke sich hektisch.

– Hab mich schon gewundert ... Für einen Augenblick dachte ich tatsächlich, das Wort *Freund* vernommen zu haben, und da haben Sie recht – keiner da.

Ich lächele und warte. Nichts passiert. Nicht das geringste Zucken erlaubt er sich. Also so etwas von Selbstbeherrschung, ich bin beeindruckt!

Statt dessen bietet er uns schnell kubanische Zigarren aus einem goldenen Etui an. Vielleicht ist das ja der Trick der Reichen: weghören und drüber wegsehen, solange kein Scheckheft auf dem Tisch liegt. Na ja, mal sehen, wieviel er aushält.

– Und Sie, was machen Sie beruflich? frage ich ihn. – Sie sind doch ein VIP, oder?

Er wundert sich kurz über die perfekte Vorlage und tappst dann stumpf in die Falle.

– Das kann man wohl meinen, ha ha ha ...

– Daher auch die Frage nach Ihrem Beruf, menschlich konnte es ja nicht gemeint sein.

Der arrogante Zug um sein Mund wird etwas tiefer. Das sind keine kleinen Brötchen, aber so groß der Brocken sein mag, er schluckt ihn.

Während er sich noch den Kopf zerbricht, wie hoch der Scheck sein muß, der mich nach Hause schickt, löst sich sein Problem von alleine: Das Taxi kommt, und die anonyme Alkoholikerin schafft es nicht aus eigener Kraft in den Wagen. Während ich ihr behilflich bin, nutzt Speckbacke die Gelegenheit, um sich an der Tänzerin festzusaugen. Sie wehrt sich nicht. *Unterschätze nie das Kapital!* Sagte mein Opa schon.

Schließlich fahren wir los. In jeder Linkskurve kippt die Besoffene gegen mich, jedesmal lehne ich sie wieder vorsichtig an die Tür. Ihre Augen starren blind ins Niemandsland, und ich bete, daß sie keinen nervösen Magen hat – ich möchte nicht vollgekotzt werden, wenn sie merkt, wie einsam es da draußen tatsächlich ist.

An einer Ampel legt Schweinebacke eine kurze Sabberpause ein, um mir einen triumphalen Blick zukommen zu lassen, dann saugt er sich wieder an der Tänzerin fest. O Mann, was für ein Arschloch! Aber reich. Manchmal frage ich mich, ob das eine das andere bedingt.

Das Taxi bremst ab, und noch bevor es richtig steht, flattern die beiden Turteltäubchen, von ihren heißen Wünschen nur so beflügelt, die Treppen hoch und überlassen es mir, die Rechnung zu begleichen, sowie die A.A. aus dem Auto zu bugsieren.

– Einunddreißig sechzig, sagt der Fahrer.

Ich werfe einen Blick auf die Kleidung meiner weggetretenen Begleiterin. Alleine der Rock hat nicht unter zweitausend gekostet, und da soziale Betreuung sowieso unbezahlbar ist ...

In ihrer Handtasche fliegen ein paar Hunderter herum. Ich fange einen ein und reiche ihn nach vorne.

– Der Rest ist für Sie.

Er schnappt ihn sich wortlos. Ich warte. Nichts passiert. Ich warte noch zehn Sekunden. Nichts passiert. Schließlich beginne ich die Besoffene aus dem Wagen zu bugsieren, ohne weiter darauf zu hoffen, daß der Fahrer vielleicht nur ein sehr langsamer Mensch ist.

Er beobachtet meinen Kampf im Rückspiegel, und als ich Schnapsleiche endlich aus der Karre raus habe, checkt er seinen Rücksitz kurz auf Essensreste, dann rauscht er grußlos ab. Das hat man davon, wenn man das Trinkgeld zu früh rausrückt.

Ich setze ihn auf die Liste und schaue ich mich um. Oh, ohh ... Kein Wagen unter achtzig Riesen, kein Baum ohne Stammbaum. Wir müssen schnell von der Straße runter, bevor ein herumstreifendes Securityteam auftaucht und anfängt, meine Unterwäsche auf Markennamen zu untersuchen.

Ich werfe einen Blick zum Haus hoch, und im selben Moment gehen im dritten Stock die Flurlichter an.

– Sie wollen uns loswerden, knurre ich Besoffski zu, – aber so leicht lassen wir uns nicht abschütteln, oder?

Sie schüttelt den Kopf und schwankt drauf los. Eine echte Kameradin.

Als ich ihre Versuche, durch die geschlossene Haustür zu gehen, ausreichend bewundert habe, lade ich sie mir schließlich auf den Rücken, um noch dieses Jahr ins Haus zu gelangen. Dabei wird sie richtig munter, hustet böse und versucht mir die Rippen einzutreten.

Ich verspreche ihr, sie beim ersten Würgegeräusch fallen zu lassen. Daraufhin kriegt sie einen richtigen Hustenanfall und tritt noch heftiger um sich. Sie gefällt mir immer besser.

Als der Fahrstuhl im dritten Stockwerk abbremst, höre ich ein unverwechselbares Geräusch aus ihrem Inneren und kann mich gerade noch durch die Fahrstuhltür hinauszwängen, bevor ihr Mageninhalt an die Kabinenwand klatscht. Ich lausche dem Gewürge und bin ernsthaft versucht, sie ein paar Stockwerke weiterzuschicken, aber ein paar soziale Verhaltensregeln sind wohl hängengeblieben, denn ich bleibe stehen und warte.

Das Gewürge läßt in Intervallen nach. Ich werfe einen Blick in die Kabine. Sie steht lässig an die Wand gelehnt und schaut mich mit einem dümmlichen Lächeln an. Natürlich lehnt sie an der vollgekotzten Wand, und ich versuche, nicht dran zu denken, wie ihre Jacke hinten aussehen muß. Als mein Blick auf ihre Schuhe fällt, kann ich es mir dennoch vorstellen.

Schnapsi lächelt dümmlich und scheint auf die Kavallerie zu warten, aber ich gehe da bestimmt nicht rein.

– Komm her.

Sie rührt sich nicht, lächelt mich nur dümmlich an.

– Komm her ...

Sie rührt sich nicht, lächelt dümmlich.

– Komm her!

Sie lächelt dümmlich.

– Ich schicke dich zum schwarzen Mann in den Keller!

Die Drohung verfehlt ihre Wirkung. Mein Fehler. Sie ist blond, weiß und wohlhabend, wahrscheinlich hat sie ein Jahresabo auf Jamaika.

– Alleee Zombiiiiies, MARSCH!

Nichts. Okay, jagen wir die Datenbank durch.

– Aktien, Hummer, Porsche, Steuerflucht, Monte Carlo, Lifting, Tennis, Jamaika, Sextourismus, Abschreibungsprojekt ...

Irgendwas muß ihr bekannt vorkommen, denn sie kommt plötzlich auf mich zugeschwankt.

Als sie an mir vorbeieiert, halte ich ihre Jacke am Kragen fest, und wie vermutet, taumelt sie einfach weiter und läßt Jacke Jacke sein. Ich folge ihr in sicherem Abstand.

Es gibt nur eine einzige Tür auf dieser Etage, und die steht halb offen. Ich schiebe sie ganz auf und taste nach einem Lichtschalter. *Klick!* Die Sonne geht auf. Dutzende Lichter beleuchten einen langen gebogenen

Gang, von dem circa ein Dutzend Türen abgehen. Drogengelder oder Tantiemen aus der Volksmusik? Wie auch immer, irgendwo gibt's hier eine satte Bar. Und die brauche ich. Dringend.

Aber zuerst muß ich das Steiftier loswerden.

– Such Bettchen.

Sie lächelt dümmlich und schwankt drauflos. Wow!

Die erste Tür führt in ein Badezimmer, aber schon hinter der zweiten finden wir ein Schlafzimmer. Beim Anblick des Bettes seufzt mein Pflegefall erleichtert und macht eine unsichere Bewegung nach vorne. Bevor sie umkippt, tippe ich sie leicht an die Schulter. Sie klatscht an die Wand wie ein nasser Sack Zement und lächelt mich von da aus verständnislos an. Mir ist es genauso rätselhaft, wieso ich das tue, aber ich hebe ihre Beine an und ziehe ihr die Schuhe aus. Bei dem Geruch bin ich geneigt, mein Abendessen dazuzutun.

Als ich sie wieder freigebe, macht sie ein paar schlappe Schritte und läßt sich dann seufzend aufs Bett plumpsen. Da liegt sie breitbeinig und schlapp, eingehüllt in einer Duftnote: Magensäure No. 1. Als würde das nicht schon reichen, beginnt sie leise zu schnarchen.

Die Situation ist hoch unerotisch, dennoch, als ich ihre Bluse aufschnüre, sie muß ja Luft kriegen, nicht wahr?, komme ich nicht umhin festzustellen, daß ihre Schultern vom Feinsten sind, und als ich ihr die Bluse ausziehe, bemerke ich auch, daß sie kein großer Fan von natürlichem Haarwuchs zu sein scheint.

Um sicherzugehen, ziehe ich ihr den Rock aus und betrachte ihre Beine. Kein Härchen weit und breit. Ich starre den Satinschlüpfer an. Tja ... *Schämst du dich nicht? Eine wehrlose Frau ausziehen und begaffen! Also wirklich!*

Als ich ihr den Slip runterschäle, sehe ich, daß sie nicht konsequent war. Zwischen ihren Beinen thront ein winziges Haarbüschel in Form eines Herzens. Ich beobachte das Kunstwerk, merke wie der Anblick sich bei mir auswirkt, werfe ihr schnell eine Decke über und mache mich auf die Suche nach dem nächsten Level.

Nach einem zweiten Schlafzimmer stehe ich plötzlich in einem Raum von der Größe einer mittleren Sporthalle. Die Decke und die Wände sind zur Hälfte verglast, und ein paar hundert Quadratmeter Parkettboden erstrecken sich zu meinen Füßen. Ich komme mir vor wie in einer überdimensionalen Käseglocke. Vor lauter Selbstbefriedigung scheint der Architekt aber die Installation der Lichtschalter verschlampt zu haben, und so zögere ich mich langsam an der Wand entlang, während ich mir schnell die ersten drei Verhaltensregeln für Wohnungen mit mehr als fünfhundert KuEms in Erinnerung rufe:

1) Nichts sagen ohne einen Anwalt.

2) Nichts tun ohne einen Anwalt.

3) Nichts sagen oder tun wegen den anderen Anwälten.

Ich ignoriere wie immer alle gutgemeinten Ratschläge und tapse weiter in die Tiefe des Raums, bis ich im Norden die Hausbar entdecke. Die meisten Etiketten sind mir fremd, und um nicht aus Versehen etwas zu erwischen, was die Geschäftsfreunde sich vor den Vertragsverhandlungen gegenseitig ins Glas kippen, mixe ich mir einen langweiligen Pastice/Wasser.

Nach dem dritten fühle ich mich stark genug, um den Geräuschen der beiden Turteltäubchen zu folgen, und stehe bald vor einem weiteren Schlafzimmer. Ich atme kurz durch, dann stoße ich die Tür auf und bekomme das Bild zum Ton.

Die Tänzerin liegt auf dem Rücken, und obendrauf bestätigt Koksfotze ein altes Vorurteil – er vögelt, wie er tanzt.

Ich schaue ihr ins Gesicht, sie ist voll dabei und zeigt diesem Arschloch, das ihr morgen früh Geld zustecken wird, genau so viel, wie ich zu sehen bekam. Ich höre ihre Worte, sehe, wie sie ihn antreibt, und plötzlich geht mir ein Licht auf: *Für sie besteht kein Unterschied zwischen diesem Haufen Scheiße und mir! Es GAB nie einen Unterschied* ... Die Erkenntnis, nichts Besonderes gewesen zu sein, läßt mich zittern.

Sie hebt den Blick. Zuerst erstarren ihre Gesichtszüge, dann der Rest. Der Nähmaschine auf ihr scheint das nichts auszumachen, er fickt weiter auf sie ein, als hätte er eine Deadline.

Ich will sie anschreien, sie zusammenstauchen und kriege keinen Ton heraus. Statt dessen tippe ich mir an die Stirn: *Denk!*

Eine Zeitlang scheint sie das tatsächlich zu tun, liegt einfach nur da und starrt mich mit aufgerissenen Augen an, doch nach zehn Sekunden der Nekrophilie beginnt sie sich wieder zu bewegen.

Langsam, und ohne den Blickkontakt zu brechen, greift sie um ihn herum und krallt ihm die Fingernägel in den Arsch. Er juchzt laut auf, und sie schaut mich dabei auf eine Art an ... Keine Worte. In mir, irgendwas geht kaputt ...

Ich strecke ihr einen Finger entgegen und sehe zu meinem Erstaunen, daß es nicht der mittlere ist. Mein rechter Daumen steht in der Luft und wünscht ihr einen guten Rutsch. Wohin auch immer.

Ich lasse die beiden mit ihrer Einsamkeit alleine und verirre mich zurück an die Bar, wo ich mir Nummer vier mixe. In meinem Kopf dreht sich alles. *Nicht nachdenken!*

Ich verschreibe mir eine Runde Beschäftigungstherapie.

Als ich mich nach acht weiteren Zimmern plötzlich wieder in der Käseglocke befinde, weiß ich, daß mein Gefühl mich nicht getäuscht hat. Hier hat sich ein Architekt eine goldene Nase verdient und zur Abwechslung mal zu recht. Die Akustik ist so gut, daß ich von meinem Standort aus die Hilferufe der beiden Alleingelassenen mitverfolgen kann. Ich stelle mich an die Bar und mixe Nummer fünf. Wirre Gedanken machen eine Baustelle auf der Autobahn meiner Denkfähigkeit. Frage: Wenn zwei Leute zur selben Zeit im selben Raum einen Monolog halten können, ohne dabei einen Dialog einzugehen, haben dann zwei Menschen, die sich zur selben Zeit im selben Raum selbstbefriedigen, Sex miteinander? Fragen ...

Der Pastice ist gar nicht so langweilig, wie ich dachte, hi hi ... *Nummer fünf lebt!* Aber nicht lange. Ich setze mich mit Nummer sechs und der Flasche in einen Clubsessel, der den Jahresetat der Band verschluckt hat, und widme Nummer sieben meine volle Aufmerksamkeit. Vor mir die Dächer der Stadt und ein Sternenhimmel. Ein paar Dezibel darüber ziehen die beiden Turteltäubchen die Stukas-über-London-Nummer durch. Ich trinke auf die Flak.

Irgendwann graut der Morgen. Ich befinde mich in einem leicht schwebenden Zustand. Seit geraumer Zeit ist im Viertel Ruhe eingekehrt. Kein Auto fährt, kein Zug ist zu hören, kein Boot tutet. Über mir der Sternenhimmel, unter mir die Altstadt, still und farblos wie ein Schwarzweißfoto.

Auch ein paar Zimmer weiter ist der Waffenstillstand eingetreten, und eine himmlische Stille hat sich breitgemacht. Frieden. Ich trinke auf ihn. Ich trinke auf den Schlaf. Ich trinke auf die Fragen dieser Welt. Mögen sie gestellt werden. Amen.

Irgendwann ist die Flasche leer. Die Sonne hat schon mal ein paar Strahlenscouts vorbeigeschickt, um die Lage zu peilen, und noch immer hat sich da unten nichts gerührt. Ich bin am wegschlummern, als sich hinter mir etwas bewegt. Meine Nackenhaare richten sich kratzend auf, und mein Herz versucht zu fliehen. Mein restlicher Körper drückt sich tiefer in den Sessel und stellt sich tot.

Keinen Meter von mir entfernt tritt mein Pflegefall an das offene Fenster und atmet tief durch. Sie ist nackt, und ihre Silhouette gegen die ersten zarten Sonnenstrahlen ist mit das Schönste, was ich seit Ewigkeiten zu sehen bekommen habe. Sie kratzt sich in ihrem kleinen Büschel, und ihre Brüste wippen dabei träge im Takt. Ich muß mich gar nicht mehr anstrengen, um ruhig sitzen zu bleiben – ich bin paralysiert!

Sie wirft einen Blick zum Himmel, stützt dann beide Arme auf ihren Hintern, biegt sich durch und furzt leise. Dann lehnt sie sich vorne auf den Fensterrahmen und verharrt.

Vor meinen Augen schwebt ihre Möse in der Luft, und nach all den Pastice, und vielleicht auch wegen der ersten Sonnenstrahlen, ist es mir, als ob sie mir von ihren Sehnsüchten und Ängsten erzählt. Wir führen ein stummes Zwiegespräch, aber trotz des nackten Körpers vor mir ist es nicht der Hunger danach, der in mir aufsteigt, sondern ein Gefühl der Zuneigung für diese fremde Person, deren Körper mir schon so vertraut ist. Ich würde sie gerne fragen, woran sie gerade denkt, aber ich weiß, daß ich sie jetzt nicht ansprechen kann, ohne daß sie sich zu Tode erschreckt, also bleibe ich stumm sitzen und beobachte, wie sie sich nach einiger Zeit umdreht, in meine Richtung schaut, heiser aufschreit, in den Knien einknickt und einen Schritt zurückschwankt – da ist aber schon das offene Fenster.

Ich kämpfe mich hektisch aus dem Sessel und taumele auf sie zu, um ihr das Leben zu retten. Das gibt ihr den Rest. In dem schwachen Licht sehe ich, wie ihre Augen sich weiten und dann nach oben wegdrehen. Sie kippt nach hinten. Ich erwische sie gerade noch an der Hand, zerre sie in einem wilden Ruck an mich, gemeinsam fallen wir in den Sessel zurück.

Nach und nach legt sich der Schock. Zwischen ihren halbgeöffneten Augenlidern schimmert es weiß, und weil ich nicht hören kann, ob Komababy atmet, schiebe ich ihr eine Hand unter die Brust und checke ihren Herzschlag. Sie lebt. So langsam könnte es mich interessieren, wie sie so ist, wenn sie bei Bewußtsein ist.

Ihre Brust fühlt sich gut an, also lasse ich meine Hand liegen. Meine Nerven schreien nach Nummer zwölf, aber meine andere Hand ist zwischen ihrem Körper und dem Sessel eingeklemmt, und da mein Pulsmesser sich standhaft weigert, ihre Brust zu verlassen, bleibe ich einfach sitzen, und harre der Dinge.

Die Minuten verstreichen, und die Sonne ist fast

viertel sichtbar, als ihre Augenlider zittern und sie mit einem schwachen Stöhnen zu sich kommt. Durch die Bewegung spüre ich, wie einer meiner eingeklemmten Finger in eine angenehm weiche Rille rutscht, und im selben Augenblick, als sie die Augen aufschlägt und mich verdutzt anschielt, wird mir klar, in welchen Körperteil, mein Finger gerade dringt.

- UAAHH! schreie ich ihr erschrocken ins Ohr, während ich wie ein Verrückter ruckele, um die Hand freizubekommen.

- Pfffffttt! macht sie und verdreht die Augen wieder.

Durch den Ruck kippt sie mit dem Gesicht zuerst auf meine Brust, von dort aus rutscht sie mit sabbernden Lippen langsam über meinen Bauch, um schließlich mit der Wange auf meinem Schritt liegenzubleiben, und ich merke, wie ich, trotz der befremdlichen Situation, einen Halbsteifen bekomme. UNBEKANNTER SÄNGER PENETRIERTE BEWUSSTLOSE! SHARON S. (Name geändert): »DAS SCHWEIN LIESS MICH ZWISCHENDURCH IMMER WIEDER ZU BEWUSSTSEIN KOMMEN!«

Ich unterdrücke ein Kichern und nutze schließlich die neugewonnene Freiheit meiner Rechten, um das Glas in einem Zug zu leeren. Dabei verströmen meine Finger einen Duft, der zuerst meinen Verdacht bezüglich des Körperteiles und dann meinen Schwanz endgültig erhärtet. *Das gibt's doch nicht!* Ich kriege einen Lachanfall.

Die Bewußtlose gleitet graziös zu Boden. Wie ein Haufen Elend liegt sie mir zu Füßen und atmet schwer. Ich lasse mich neben sie gleiten und bette ihren Kopf auf meinen Schoß, während ich ihr sachte über die Haare streiche.

- Keine Angst, ich tue dir nichts. Es ist nichts passiert, das Leben ist nicht immer so. Meine Mutter ist gestorben, aber die Band wird leben. Die Tänzerin kann nicht lieben, aber Britta kann es. Der FC wird nicht absteigen, es wird alles wieder gut. Mach dir keine Sorgen, du bist nicht alleine da draußen. Es gibt noch Hoffnung, hörst du mich? *Hoffnung!* Hey, schau mal, ein neuer Tag ... ist es nicht ein gottverdammtes Wunder?

Ich erzähle ihr alles. Sie ist eine tolle Zuhörerin.

Irgendwann erwachen die Bürger, Zeit zu verschwinden. Vorher fülle ich meinen Blaseninhalt in die leere Pernodflasche zurück und stelle sie wieder in die Bar. Von solchen Typen nehme ich nichts geschenkt.

20. Spieltag

Tag X. Blauer Himmel, klarer Kopf. Der Gedanke an heute abend verschafft mir den ersten Adrenalinstoß des Tages. Energie in jeder Faser.

Es klopft an der Tür. Vivi kann es ja dann nicht sein.

– Ja?

Die Tür schwingt auf, und Vivi trägt ein großes Tablett herein. Croissants, Aprikosenmarmelade, die Tageszeitung und ... eine Kanne *Kaffee*! Wie sage ich es ihr nett?

Hinter ihr taucht Marco auf. Er trägt frisch gepreßten Orangensaft und eine Vase mit ein paar Lilien vor sich her. Sie bauen alles vor mir auf, setzen sich dann hin und strahlen mich an, bis es mir peinlich wird.

– Wenn ihr auf'n flotten Dreier spekuliert, dann vergeßt es. Ich bin zu alt für so 'ne Scheiße.

Vivi stupst Marco an.

– Hab ich's nicht gesagt? Er ist wieder ganz der alte.

Kaum ist man ein paar Tage nicht in Form, schon purzelt man die Rangliste runter. Jetzt muß ich mich schon von Vivi schräg anquatschen lassen! Und das um diese Uhrzeit. Womit hab ich das bloß verdient?

– Na, wegen dem Auftritt, platzt Marco erstaunt heraus.

Ich schaue ihn finster an. Sein Lächeln wird brüchig.

– Vielleicht möchte er doch lieber alleine frühstücken, flüstert er zu Vivi und zupfelt dabei nervös an ihrem Ärmel herum.

Vivi schaut mich an und, bei den Göttern, ich schwöre, es liegt so etwas wie Verständnis in ihrem Blick.

– Na gut, wir sehen uns ja heute abend, und dann wollen wir was erleben.

Ich zucke mit den Schultern. Kein Problem, irgend etwas gibt es immer zu erleben.

Sie begleitet Marco hinaus und steckt dann den Kopf noch mal zur Tür herein.

– Und falls du heute abend nicht so richtig in Schwung kommen solltest ... In meiner Kommode in der obersten Schublade liegen noch ein paar Gramm Koks und etwas Speed. Ich brauch das nicht mehr.

Die Tür schließt sich, und ich kann in aller Ruhe an meinem Gehör zweifeln. Hat diese Person, die vor einem Monat noch einen eigenen Dealer beschäftigt hat, mir eben mitgeteilt, daß sie keine Drogen mehr nimmt?

Bevor ich mir diese elementare Frage beantworten kann, schwingt die Tür wieder auf.

– Und setz mich plus eins auf die Gästeliste, ja?

Die Tür schließt sich wieder, ohne daß sie eine Antwort abgewartet hätte. Na, wenigstens etwas ist beim alten geblieben.

Es klopft wieder.

– Ja!

Marco steckt den Kopf rein.

– Kann ich dich kurz sprechen?

– Okay, seufze ich und schreibe den Morgen ab. Er bleibt einen Meter hinter der Tür stehen, und es fehlt nur noch, daß er einen Hut zum Knautschen hervorholt.

– Was gibt's? frage ich ihn schließlich, bevor er sich in ein Mauseloch verkrümeln kann.

– Na ja, es ist so ... ich habe hier gewohnt, während du ...

Er sucht nach den richtigen Worten.

– Weg warst, helfe ich nach.

– Genau, strahlt er, – du warst weg!

– Und?

– Na ja, ich habe noch keine eigene Wohnung, und Vivi meinte ...

- Jaah ...?

- Na ja ...

- Vivi meinte, *was*?

- Na ja, daß ich vielleicht erst mal hier wohnen könnte, sagt er und studiert den Teppich ausgiebig.

Na, da geht mir ja ein Lichtlein auf: Frühstück als Bestechung!

- Ich habe deine Sachen gesehen. Ist ja nicht viel, was du mitgebracht hast.

- Na ja, der Rest steht noch bei meinen Eltern in Tübingen. Das hole ich erst ab, wenn ich eine feste Bleibe habe.

- Und?

- Na ja, es wäre nur für die erste Zeit ...

- Und wie lange wird diese *erste Zeit* ungefähr dauern?

- Na ja, das weiß ich nicht. Ich bin täglich auf Wohnungssuche. Ich kann mich auch an der Miete beteiligen ...

Kann man dem jungen Glück im Wege stehen?

- Meinetwegen, murmele ich.

Er springt richtig in die Luft vor Freude.

- Unter einer Bedingung, bremse ich ihn.

- Ich kann die erste Miete sofort bezahlen und ...

- Kohle klärst du mit Vivi. Was ich will, ist dein Wort, daß du mir keine Arschlöcher in die Bude schleppst.

- Arschlöcher? Was denn für Arschlöcher?

Ich hole tief Luft.

- Vermieter, Vertreter, Bullen, Leute von der GEZ, Pfändungsbevollmächtigte, Sektenheinis, Handwerker ohne Termin, Fremde, die sich kurz die Hände waschen wollen, Ex-Freundinnen, die etwas liegengelassen haben. Junkies, Spinner, Zocker, Alleinerziehende ohne Kind, Nepper, Schlepper, Bauernfänger - solche halt.

Seine Lippen bewegen sich lautlos.

- Klar?

- Na ja, ich weiß nicht, ob ich mir alle merken konnte ...

O Mann, das hier wird kein leichter Job. Versuchen wir es mit der Paten-Nummer.

Ich zeige auf den Kleiderschrank.

– In diesem Schrank liegt eine Pistole. Wenn eine Person, die du nicht kennst oder nicht magst, die Wohnung ohne Erlaubnis betreten will, holst du sie heraus, hälst voll drauf und drückst fünfmal ab, capisce?

– Voll drauf, fünfmal.

Shit, wer verarscht hier eigentlich wen? *Geh kein Risiko ein, er ist vom Land!* JUNGE VOM LAND ERSCHIESST NACHBARIN, DIE SICH EIER AUSLEIHEN WOLLTE. »ES WURDE MIR BEFOHLEN«, SAGTE ER BEI DER VERHAFTUNG UND NANNTE DIE NAMEN VON EINER STADTBEKANNTEN DROGENABHÄNGIGEN UND EINEM WENIGER BEKANNTEN SÄNGER. BEIDE SIND UNTERGETAUCHT UND WAHRSCHEINLICH BEWAFFNET. EIN NACHBAR: »WER SOLCHE MUSIK MACHT, BRINGT AUCH KLEINE KINDER UM!« WIR BITTEN DIE POLIZEI, BEI DER VERHAFTUNG VON IHREN SCHUSSWAFFEN ÄUSSERSTEN GEBRAUCH ZU MACHEN!

– Das mit der Pistole war ein Witz.

– Öh ... ja?

– *Ja!*

– Na ja ... aber das mit den Arschlöchern nicht, oder?

– Wenn ich hier *irgend-wann, irgend-ein* Arschloch vorfinde, dann fresse ich Vivis Restdrogen auf einen Schlag und schließe dich mit mir in einem Zimmer ein.

– V-V-Vivis *R-Restdrogen* ...? stottert er und reißt die Augen auf.

Ich gottverdammter Idiot!

– Na ja ... war auch nur ein kleiner Scherz, okay?

Shit, vor lauter Schuldgefühl fange ich sogar an, so zu reden wie er.

– Na ja, Spaß muß sein, sagt er zögerlich.

– Genau. Wir kriegen das schon hin, sage ich und winke ihm zu.

Er will gerade wieder rausgehen, als ich ihn noch mal rufe.

– Wenn mal irgendwas sein sollte, dann schau rein und laß es uns bequatschen. Vielleicht kann ich hier und da etwas für dich tun.

Er strahlt mich an.

– Na ja, danke, Tacheles. Ich finde dich auch sehr nett.

Er schließt die Tür leise hinter sich. Junge, Junge, er ist so naivehrlichgeradeauserfrischend! Aber mit Vivi hat er sich einen Brocken abgebissen, an dem die halbe Stadt schon erstickt ist. Ach Scheiße, was soll's, vielleicht ist er genau das, was ihr die ganze Zeit gefehlt hat. Die Liebe hat schon seltsamere Symbiosen hervorgebracht.

Stimmengewirr und Gepoltere. Die Tür geht wieder auf. Erinnere mich jemand dran, daß ich bei nächster Gelegenheit eine Drehtür installieren lasse.

Brunner und Schimanski kommen schreiend hereingestürmt. Max folgt, still wie immer. Falls ich es richtig verstehe, hat jemand letzte Nacht unsere Plakate mit dem kleinen Zusatz *Ausverkauft!* versehen. Die Jungs wollen Blut sehen und wissen auch schon wessen.

– Rache! brüllt Schimanski und prüft die Festigkeit der Wand.

– Ich b-bringe dieses M-M-Miststück u-um!

– Rache! brüllt Schimanski.

– B-B-Bauchschuß!

– Rache! brüllt Schimanski.

– Hey, hey, HEY! brülle ich. – Was zum Teufel habt ihr vor?

– Rache! brüllt Schimanski.

– D-Diese F-F-F-F-

– Wenn tatsächlich alle Plakate überklebt sind, dann nützt uns das jetzt auch nicht mehr, unterbreche ich ihn.

Er ist so in Rage, daß er vergißt, mich deswegen anzuscheißen, statt dessen wühlt er in der Kommode herum, in der ich die Pistole früher aufgehoben habe.

– HAALLLOOOO! brülle ich. – Wir haben jetzt keine Zeit für diesen Scheiß! Wir müssen heute abend unser Ding durchziehen, erst danach kümmern wir uns um alles andere! Ist das klar? *Vor allem dir, Mister kurze Lunte!*

Brunner reagiert nicht, aber Schimanski läßt kurz von der Wand ab.

– Aber sie hat uns *fertiggemacht*! Alle werden denken, daß wir ausverkauft sind, und sich erst gar nicht mehr auf den Weg machen, jammert er.

– Ich werde mich gleich ans Telefon hängen und Schadensbegrenzung betreiben, okay? Aber was wir heute abend brauchen, ist jede Menge cooler Groove, und den kriegen wir sicherlich nicht mit bad Vibes.

– Ja, aber-

– RUHE! brüllt Max.

Alles erstarrt. Er zeigt auf Brunner.

– Willst du, daß sie gewinnt?

– N-N-N-

– Dann führ dich nicht auf, als wärst du ihr Handlanger! Das ist genau, was sie von dir erwartet! Riechst du nichts? Die Sache stinkt zum Himmel!

– A-A-A-

– Sie will, daß wir auf sie losgehen, und es würde mich nicht wundern, wenn sie mit ihrem Hofphotographen jetzt schon im Underground auf uns wartet. Du legst sie flach, sie kriegt die Presse, und uns platzt der Gig, weil du Blödmann wieder mal bei deinen grünweißen Freunden in Verwahrung gehst.

– A-A-ARSCHLOCH!

– Im Gegenteil – *Köpfchen*! antwortet Max.

Pause.

– Na gut, erst spielen wir den Gig, aber dann ..., droht Schimanski.

– ... l-l-lassen wir u-uns w-was B-B-Böses e-e-einfallen!

– Etwas *extrem* Böses! verbessert Schimanski ihn.

– Falls sie es war, erinnert Max.

– Wer sollte sich denn sonst so einen Scheiß ausdenken? fragt Schimanski entrüstet, als gäbe es nur eine irre Person in dieser Stadt.

– Das weiß ich nicht, sagt Max nachdenklich. – Aber wir kriegen es raus.

Er nickt mir zu. Mein Einsatz.

– Okay, reißen wir uns heute abend das Herz raus, dann haben wir anschließend alle Möglichkeiten, uns zu revanchieren. Fallen wir auf die Schnauze, dann macht die eine oder andere Dummheit auch keinen Unterschied mehr. So oder so: sie oder jemand anders ist fällig, aber wer, wann und wie, das entscheiden wir, nicht Fräulein Karin Scheiße, okay? UND WENN DU NICHT SOFORT DEINE GRIFFEL AUS MEINER UNTERWÄSCHE ENTFERNST, DANN KANN ICH FÜR NICHTS GARANTIEREN!

– S-S-Schon gut! stottert Brunner.

Dann kichert er. – Du bist s-schon wieder g-ganz der a-a-alte!

Na klar. Der gute alte Tacheles. Alle wissen Bescheid.

– Ich fasse zusammen, nuschelt Max mit vollem Mund. – Wir spielen den Gig. Danach kriegen wir raus, ob sie damit was zu tun hat, und wenn ja, lassen wir uns etwas Böses einfallen.

– *Extrem* Böses! sagt Schimanski.

– Extrem Böses einfallen, wiederholt Max staubtrocken.

– Das wär also geklärt. Jetzt verzieht euch, ich muß telefonieren.

Schimanski und Brunner poltern raus. Max bleibt in der Tür stehen und schaut mich nachdenklich an.

– Wie war ich?

Ich werfe ihm ein Kußhändchen zu. Er nickt ein paarmal gedankenverloren, dann kommt er wieder rein, schließt die Tür hinter sich und setzt sich hin. Ich kann warten. Er aber auch. Zeit vergeht. Diese Runde gewinnt er.

– Was ist?

– Karin S.! sagt er anklagend.

Och *das*!

– Keine Ahnung, sage ich unschuldig.

– Hm, macht er und wird zu Stein.

Ich fürchte, diesmal will er es wirklich wissen.

– Tja, weißt du, das ist eine lange Geschichte ...

Ich werfe einen demonstrativen Blick auf die Uhr. Er reagiert nicht drauf, sitzt da wie ein Felsen in der Landschaft. Könnte ein paar Jahrhunderte dauern, ihn kleinzukriegen.

Ich werfe noch einen fruchtlosen Blick auf die Uhr. Keine Reaktion.

– Okay, okay ... Erinnerst du dich an die »Künstler und Journalismus«-Talkshow, die damals zwar aufgezeichnet, aber nie ausgestrahlt wurde?

Er nickt.

– Da war sie auch.

– Und?

Mir fällt keine rhetorische Supertaktik ein, also:

– Tja, die Tänzerin war gerade verschwunden, und ich war nicht gut drauf, und die Talkshow war ätzend, und Karin S. laberte Bullshit, und das Licht war zu hell, und es gab Freigetränke, und der Talkmaster verlor den Faden, und Karin S. goß mir pausenlos flüssiges Blei in die Gehörgänge und erzählte von ihrer Hamsterzucht, und es fuckte mich immer mehr ab, da herumzusitzen, aber ich konnte einfach nicht aufstehen und ...

Max seufzt.

– ... daher beschloß ich, das Ganze etwas abzukürzen.

– Gute Idee, murmelt er.

Ich ignoriere den Einwand. Er hat es nicht anders gewollt.

– Schließlich fragte ich sie, ob sie nicht die *hervorragende* Journalistin wäre, die für ihre *extrem* provokanten und hintersinnigen gesellschaftspolitischen Artikel bekannt wäre und die gerade im Gespräch für eine feste Kolumne in der neuen Zeitschrift *Der Stürmer* sei ...

Kunstpause.

– Der Stürmer? fragt Max.

Ich nicke.

– Und?

– Das Publikum raunte, und sie sonnte sich in der Aufmerksamkeit.

– Und?

– Tja, sie zierte sich noch etwas und sagte das könnte sie nicht genau sagen, da sie für so viele verschiedene Magazine schreiben würde ...

– Und?

– Da mußte ich ihr noch etwas Mut zusprechen und schleimte herum, daß ich es ja verstehen könne, wenn sie nicht im Vorfeld der Vertragsverhandlungen Informationen preisgeben könne, aber in diesem speziellen Fall ...

– Und?

– Sie zögerte ...

– Und?

– Daher setzte ich ein trauriges Gesicht auf und fragte sie, ob ich denn tatsächlich einer Fehlinformation unterliegen würde, und in dem Fall wäre es mir schrecklich peinlich, und ich würde mich dafür entschuldigen, daß ich behauptet hätte, daß »Der Stürmer« Interesse an ihrer Mitarbeit hätte ...

– Und?

– Dann gab sie es zu.

– *Was?*

– Sie gab es zu.

– Nein!

– Doch.

– Wahnsinn! kichert er und schüttelt den Kopf.

So sieht sein Gesicht also aus, wenn es nicht aus Stein ist. Interessant.

– Kommt noch besser. Sie fing wieder an, von ihren blöden Hamstern zu erzählen, die sich untereinander unterhalten, und daß sie das ganze obere Stockwerk in ihrem Haus bewohnen würden und daß man, um ihnen Respekt zu zollen, anklopfen müßte, bevor man eintritt, und die ganze Zeit hörte der Talkmaster ihr wohlwollend zu, und die anderen Gäste schwiegen betreten, und es war, *als hätte ich nie etwas gesagt*! Sie hat alle totgelabert, und diese Zombies waren ihr dafür auch noch *dankbar*!

Max nimmt meine Kaffeetasse, schraubt die Kanne mit dem Vivikaffee auf und nickt mir zu fortzufahren.

– Irgendwann hielt ich es einfach nicht mehr aus und fragte sie, was es für ein Gefühl wäre, für eine Zeitung mit einer solchen Tradition zu arbeiten. Sie sülzte los, der Vorteil an diesem Beruf wäre der, daß man mit so unheimlich vielen ...

Max setzt die Tasse an.

– ... interessanten Menschen zusammentreffen würde, und dann fragte sie mich tatsächlich, ob sie mich auch mal ...

Sein Gesicht versteinert.

– ... interviewen sollte, und da verlor ich die Kontrolle und drohte, ihr gleich auf die Titten zu kotzen, wenn sie nicht ihr dämliches Gequatsche einstellen würde ...

Unauffällig spuckt er den Kaffee wieder in die Tasse zurück. Ich muß schwer an mich halten, daß kein Lachen meine Stimme färbt.

– ... Das Publikum lachte, und bei ihr fiel der Groschen, und sie wurde erst rot und dann weiß, und mir wurde klar, daß wir niemals Freunde werden würden.

Er stellt die Tasse ab und greift sich ein Croissant.

– Und?

– Das war's.

Ich schaue wieder auf die Uhr. Max läßt sich nicht beeindrucken.

– Okay, okay ... Plötzlich bekamen wir keine Presse mehr, und als ich anfing, mich zu erkundigen, fiel ihr Name zu oft, also besuchte ich sie in ihrem Büro, und nach ein paar gegenseitigen Vorwürfen geriet die Sache etwas außer Kontrolle.

Max kneift die Augen zusammen.

– Nein. Bevor ich etwas tun konnte, stürzten sich ein paar Kanten auf mich und brachten mich zur Tür, während sie mir klarmachten, daß es für alles Zeugen gäbe.

Pause.

– Und?

– Dann brannte ihr Auto ab.

Er richtet sich interessiert auf und greift geistesabwesend nach der Kaffeetasse.

– Das war der Abend, als wir während des Gigs in Hamburg ausgeraubt wurden – todsicheres Alibi.

Er nickt, schaut auf die Tasse in seiner Hand und stellt sie vorsichtig wieder weg.

– Dann schlug alles ins Gegenteil um. Wir bekamen Presse aus allen Richtungen, und es waren ausschließlich Verrisse, erinnerst du dich?

Er nickt.

– Und?

Ich zeige auf den Obstkorb. Er wirft mir eine Apfelsine rüber.

– Ich also wieder zu ihrem Büro. Sie hatte mich schon erwartet, und die Kanten brachten mich sofort zum Ausgang, während sie mir erklärten, daß ich gestolpert sei.

– Gestolpert?

Ich hebe den Kopf und zeige ihm die Narbe.

– Hm! macht er zufrieden und wartet auf die Schilderung eines blutigen Rachefeldzuges, die alles erklärt, was Karin S. je an Scheiße über uns verbreitet hat. Jetzt schön sachte.

– Sie wohnt draußen am See. Großes Haus. Große Bäume. Große Fenster ...

Ich mache eine Pause, um die Informationen einsickern zu lassen. Max kneift ein Auge zu, prüft die Wortwahl und zieht dann die Mundwinkel eine Winzigkeit hoch.

– Dann verschwanden die zwei größten Katzen unten vom Hof.

Er nickt, als hätte er so was erwartet.

– Und?

Ich stecke mir langsam ein Stück Apfelsine in den Mund und kaue genüßlich.

– Nichts, murmele ich mit vollem Mund.

Max betrachtet mich und nickt dann ein paar Sekunden lang still vor sich hin. Schließlich steht er auf.

– Keine große Geschichte ..., seufzt er.

Weg ist er.

21. Vorspiel

Ich will mich gerade ans Telefon hängen, um wenigstens noch ein paar Radiostationen von dem Vorfall zu unterrichten, als es mir zuvorkommt und losklingelt. Ich bleibe sitzen und warte. Nichts passiert. Nach dem fünften Klingeln, weiß ich, daß Vivi nicht zu Hause ist.

- Ja?

- Spreche ich mit Tacheles?

- Ja.

- Hier ist Martin Schwede von Radio Regional. Ich würde gerne ein Interview mit Ihnen machen.

- ...

- Hallo?

- Ähem ... wann denn?

- Wir machen das jetzt gleich am Telefon. Wird dann nachher im Mittagsmagazin gesendet. Können wir?

- Jaah ...

- Am Telefon habe ich Tacheles, den Sänger der Band *Männer oder Mäuse?*, die heute abend im E-Werk spielt. Tacheles, alle Plakate sind mit dem Zusatz: Ausverkauft! versehen worden. Gibt es tatsächlich keine Karten mehr, oder ist das nur ein Promotiongag?

- Nee, nee, kein Promotiongag. Der Vorverkauf läuft so gut, daß tatsächlich die Gefahr besteht, daß einige Leute draußen bleiben müssen.

- Jetzt passen ins E-Werk an die zweitausend Leute rein, und *Männer oder Mäuse?* ist noch keine allzu bekannte Band - wie erklären Sie sich die plötzliche Nachfrage?

- Och, wir glauben, daß sich einige Kölner Kneipenbesitzer zusammengetan und alle Karten aufgekauft haben, damit wir nach dem Auftritt unsere Deckel bezahlen können.

– Oh ... Ha ha, verstehe, sehr gut ...

– Und außerdem verstehen es immer mehr verantwortungsbewußte Mitbürger als ihre soziale Pflicht, auch sogenannte kleinere Bands zu unterstützen. Neben dem Spaß sehen sie ihren Besuch solcher Veranstaltungen auch als persönliche Präventivmaßnahme gegen den sozialkulturellen Verfall unsere Gesellschaft in der heutigen Zeit ..., sülze ich ihn voll.

– Aha.

– Kurz gesagt: in der Zeit, wo wir auf der Bühne stehen, können wir draußen keine Scheiße bauen.

– Äh ... Wollen Sie damit andeuten, daß Ihr Publikum sozialer ist als andere Konzertbesucher?

– Was? ... Was ich anzudeuten versuche, ist, daß jeder, der ein Livekonzert besucht, sein Zweitbestes dazu tut, daß die Möglichkeiten erhalten bleiben, freilebende Künstler auf kleinen Bühnen live und aus nächster Nähe zu sehen.

– Sie sagen das Zweitbeste, was wäre denn das Beste?

– Selbst aufzutreten.

– Tacheles, wir wünschen Ihnen und der Band *Männer oder Mäuse?* kurz, *Mom!* ha, ha, ha ... heute abend viel Glück im fast ausverkauften E-Werk, und jedem Hörer von Radio Regional, daß er noch eine Karte ergattern kann.

– Kann ich noch etwas loswerden?

– Aber sicher doch. Was möchten Sie dem noch hinzufügen?

– Studenten und Sozialgeldempfänger brauchen an der Abendkasse nur die Hälfte zu bezahlen. Dafür wird jeder, der mit einem Auto vorfährt, das weniger als fünf Jahre alt ist, gebeten, freiwillig das Doppelte zu bezahlen. Wir wollen damit ein Paradebeispiel für soziale Marktwirtschaft schaffen.

– Interessant ... Danke für das Gespräch.

Klick! Die Leitung ist tot. Shit, was habe ich da wieder angerichtet?

Kaum liegt der Hörer, da klingelt es schon wieder.

– Die Gästeliste ist voll.

– Äh, ja, hallo, sehr witzig. Ich hörte dich eben im Radio, und da ich neu in der Stadt bin ... also ich bin Komiker und hätte Lust, für euch den Warm-up zu machen.

– Komiker ... so, soo ... dann erzähl doch mal einen Witz.

– Wie hart darf's denn sein?

– Gib mir den bösesten.

– Was ist der Unterschied zwischen den Nazis und der Plattenindustrie?

– ...

– Die Nazis hatten eine Vision!

Ich atme tief durch.

– Du wirst doch nicht etwa selber einer sein?

– Natürlich nicht! sagt er entrüstet.

– Sicher?

– Dieser Vergleich ist doch nur Mittel zum Zweck.

– Das war das Dritte Reich auch, erinnere ich ihn.

Pause.

– Na gut, aber den bringst du heute abend besser nicht.

– Bedeutet das, ich bin dabei?

– Du bist dabei. Aber mach's 'ne Nummer weicher. Die harten Dinger kannste anschließend bei der Backstageparty loswerden.

– Jep.

– Okay, Soundcheck ist um achtzehn Uhr. Komm ein bißchen früher, damit wir das Ganze noch mit den Technikern abklären können. Noch Fragen?

– No, Sir!

– Also, bis dann.

– Ihr werdet es nicht bereuen!

22. Anpfiff

Der Soundcheck war klasse. Der Ton ist gut, das Licht ist noch besser, und die Haus-Crew ist am Schweben, denn eben haben wir uns gemeinsam in der Glotze angeschaut, wie der FC mit einem seiner seltenen Siege die Abstiegsgefahr gebannt hat. Unter diesen Aspekten fällt es kaum ins Gewicht, daß der Verlagsmensch durch die Gegend rennt und sich wichtig macht. Wenn er nicht gerade handymäßig mit London telefoniert, hört er sich an wie eine Cassette zur Stärkung des Selbstbewußtseins, aber daran mangelt es uns heute nicht. Unsere einzige Sorge ist, daß die Hütte nicht voll wird, alles andere kriegen wir hin.

Der Booker taucht auf und fragt, ob alles in Ordnung ist. Wir schwätzen ein bißchen, und er thematisiert den Deckel immer noch nicht, sagt nur, daß er sich aufs Konzert freut. O Mann, ein Booker der sich auf unser Konzert freut ... Man lernt doch nie aus.

Als ich gegen sieben Uhr einen Blick aus dem Fenster werfe, sehe ich die schönste Schlange, die mir je vor Augen gekommen ist. Sie ist lang und bunt und zieht sich vom Eingang bis zur Straße. Ich winke die Jungs zu mir, damit wir die Aussicht zusammen genießen können.

– Heilige Scheiße! flüstert Schimanski.

– G-G-Genau!

Max schüttelt den Kopf und fängt dann an, uns abwechselnd auf den Rücken zu schlagen.

– Ich glaube, ich fasse es nicht! Die Hütte wird voll! Das ist ja *Wahnsinn*! *Es hat funktioniert!* schreit er und springt wie ein Irrer durch die Gegend.

Als er unsere Blicke sieht, bleibt er stehen, als wäre er gegen eine Wand gerannt, und seine Mimik verkriecht sich sofort wieder hinter einem Stein.

– Hm, irre, oder? sagt er verlegen.

– Allerdings, sagt Schimanski und schaut ihn skeptisch an.

In der Menge erkenne ich jede Menge bekannte Gesichter. HaHa haben sich in einer Stretchlimousine bis vor die Tür fahren lassen und ziehen jetzt ihre Show vor dem Eingang ab. Sie versuchen, die Tickets mit Kreditkarten zu bezahlen. *Natürlich* geht das nicht, aber wann hat man schon mal Gelegenheit, die Mastercard vor so vielen Leuten zu zücken?

Heike ist auch da. Ich beobachte, wie sie in den Eingangsbereich dringt, dem gesamten Personal die Hand schüttelt und dann, ohne zu bezahlen, durch die Kasse geht. So macht man das.

Und da sind Vivi und Marco. Wow! Sie hat zwar nicht so viel an, daß man es sittsam bekleidet nennen könnte, aber daß ich von hier aus nicht ihre Brustwarzen sehen kann, gibt Anlaß zur Hoffnung.

– S-S-Schau mal d-da! stottert Brunner aufgeregt und preßt einen Finger an die Scheibe.

– *Das gibt es doch nicht!*

– D-D-Die hat v-vielleicht N-N-Nerven ...

– Jetzt habe ich aber ...

Max bricht ab und reißt das Fenster auf.

– HEY!

Ein paar Leute schauen sich um.

– HIER OBEN! schreit er und winkt.

Ein Dutzend Gesichter drehen sich nach oben. Schimanski wirft Max wieder so einen schiefen Blick zu.

– JUHUUUU!

Jetzt schauen schon mehr hoch. Begrüßungen werden laut. Max hebt die Arme, bittet um Ruhe. Der Pegel sinkt.

– Schön, daß ihr alle gekommen seid, ruft er.

– Sind wir noch nicht! brüllt jemand Männliches.

– Chauvinistenschwein! ruft jemand Weibliches.

Max sorgt wieder für Ruhe.

– Ich möchte die Gelegenheit nutzen und mich bei einer Person bedanken, ohne die das Konzert heute nicht ausverkauft wäre. Eine alte Promotionkollegin von uns, mit der uns auch in *Zukunft* viel verbinden wird ...

Er legt ein Kunstpause ein.

– Wer ist es denn? kommt der nötige Zwischenruf.

– Die in der schwarzen Jacke, ruft Max und zeigt auf Karin S., die sich sofort duckt und hektisch nach einem Fluchtweg umschaut.

– Als Dank für die tolle Promotionidee haben wir uns etwas Besonderes für sie einfallen lassen, aber dafür brauchen wir eure Mithilfe.

Der Schmarotzerpulk, der wie üblich um Karin S. herumsummt, lichtet sich in Windeseile und überläßt sie ihrem Schicksal.

– Seid ihr bereit?

Karin S. krümmt sich und macht sich bereit, den Preis zu zahlen.

– Zwo, drei, vier ... For she's a jolly good fellow, for she's a jolly good fellow ...

Er gibt mir ein Zeichen miteinzusteigen, und zusammen singen wir drei Durchgänge für Karin S., die sich langsam wieder entspannt.

– For she's a jolly good fehellloooowwww ...

– ... doch sie kommt nicht heil davon! knirscht Schimanski leise.

– Liebe Karin, wir danken dir für die tolle Promotionarbeit. Hattest du Hilfe, oder war es *deine* Idee?

Alle warten auf ihre Antwort. Sie druckst noch etwas herum, aber schließlich kann sie der Versuchung nicht widerstehen.

– Natürlich war es meine eigene Idee! ruft sie.

– Diese Frau *hamstert* ihre Ideen nicht, daher kommt sie umsonst rein, ruft Max den Securities an der Tür zu.

Er schließt das Fenster, dreht sich um und grinst breit.

– Bist du *total* übergeschnappt! schnautzt Schimanski ihn an.

Max schaut ihn resigniert an. Interessant, diesen Blick mal von der Seite zu sehen.

– Himmelarschverfluchtnochmal! Diese dämliche Schlampe vor *unserem* Publikum zu lobhudeln ..., knurrt Schimanski und tritt einen Papierkorb aus der Verankerung.

– Denk! sagt Max still, aber es hilft nichts.

Schimanski müßte Max eigentlich gut genug kennen, um zu wissen, daß er damit etwas bezweckt, aber dem Papierkorb folgt trotzdem ein Feuerlöscher. Seltsamerweise scheint Brunner plötzlich was zu merken.

– A-Also? fragt er.

– Jetzt wird keiner mehr glauben, daß wir etwas damit zu tun haben, sagt Max geheimnisvoll.

Schimanski, der sich gerade nach einem dritten Wutobjekt umschaut, hält mitten in der Bewegung inne.

– Womit? fragt er hoffnungsvoll.

– Mit etwas *extrem* Bösen ..., sagt Max still.

Auf Schimanskis Gesicht schlägt ein glückliches Lächeln ein.

– W-W-Was?

– Lächeln! sagt Schimanski und schlägt Brunner auf die Schulter.

– J-Ja, a-aber-

– Schnauze! Lach jetzt! Ich erklär es dir später.

Und so kommt es, daß vier Jungs an einem Fenster stehen und einer Frau freundlich zulächeln, der sie etwas *extrem* Böses wünschen. Politik ist ein schmutziges Geschäft.

23. Endspiel

– Was ist man, wenn man auf einen Pudel wichst ...?

Der Komiker hat die Bühne betreten und geht gleich in die vollen.

– ... Auf den Hund gekommen!

Ein Raunen geht durch das Publikum.

– Mann, der ist ja drauf! sagt Schimanski.

– In Köln wurde gerade der Hundertste Drogentote mit der goldenen Ehrennadel ausgezeichnet ...

Den meisten bleibt das Lachen im Hals stecken, aber er hat jetzt, was er wollte – ungeteilte Aufmerksamkeit.

– Eigentlich bin ich ja ein großer Fan von Minderheiten, plaudert er daher jetzt in aller Ruhe los, – deswegen habe ich mich auch vorher in der Halle umgeschaut, aber ich konnte keinen Vertreter der Randgruppe finden, auf deren Kosten der nächste Witz geht ... Ich rede von intelligenten Männern!

Gejodele im Publikum. Überwiegend weiblich.

– Warum merken auch die intelligentesten Männer nie, wenn ihre Frauen einen Orgasmus haben ...?

Er ignoriert die blöden Zwischenrufe und wartet, bis der größte Krach sich gelegt hat.

– ... Sie sind nicht dabei!

Großes Gejodele. Jetzt hat er seinen Groove und läßt das Publikum nicht mehr zur Ruhe kommen.

– Was ist das? fragt er, knallt die Hacken zusammen und versucht, den rechten Arm zu heben, aber der scheint aus Blei zu sein und bleibt auf halber Strecke hängen.

– Ein Nazi, der keinen hochkriegt!

Zurufe aus allen Ecken. Endlich mal ein Naziwitz. Ich hab mich schon immer gewundert, wieso es so wenige gibt. Die Scheißer bieten eine grandiose Angriffsfläche.

- Er hat sie, stellt Schimanski fest.

- Laß uns nach hinten gehen und uns vorbereiten, schlage ich vor.

- E-Einen n-n-noch!

- Wie heißt die neueste Kampfsportart für Feiglinge ...?

Pause.

- ... O-Kay-Do!

Um den brauchen wir uns keine Sorgen zu machen, also machen wir uns auf den Weg.

Im Umkleideraum herrscht das übliche Chaos. Instrumente, Kabel, Handtücher, Flaschen, Brötchen, Setlisten, Klamotten, alles fliegt durcheinander. Jeder hat sein ganz spezielles Vorbereitungsritual: Schimanski trinkt, Brunner baut, Max schweigt, ich atme. Es wäre eigentlich der Augenblick, wo, den Boulevardzeitungen zufolge, die unglaublich gut aussehenden Models reingestürmt kommen müßten, um ihren Idolen Glück zu wünschen und ihnen in einer dunklen Ecke ewiges Leben einzuhauchen.

Die Kabinentür geht auf. Sabine kommt herein und fällt Schimanski in die Arme. Hinter ihr klappt die Tür wieder zu. Aus der Ecke, wo die beiden stehen, wird lautes Geschmatze vernehmlich. Brunner, Max und ich schauen uns schweigend an.

- Also, das ...

Die Tür schwingt wieder auf, und Brittas WG läßt die Frauenquote und die Laune hochschnellen. Großes Hallo. Britta küßt mich, und ich merke, daß die Rothaarige uns dabei beobachtet. Als ich genauer hinschaue, blinzelt sie mir zu und tut, als wüßte sie etwas, was ich auch wissen sollte.

- Was is'n mit der Rothaarigen los? flüstere ich Britta ins Ohr.

- Was soll mit der los sein?

– Die schaut mich so komisch an ...

Britta kichert und sagt nichts. Toll! Mal ist man ihnen zu schweigsam, dann mal wieder zu still, aber wehe, man hat mal 'ne Frage ...

Einer der Stagehands steckt den Kopf zur Tür rein.

– Zehn Minuten.

– Zeit abzuhauen! sagt Max trocken.

– G-G-Genau! W-Wer a-aussteigen will, s-s-sollte es j-jetzt t-tun, schreit Brunner und läßt sich hysterisch kichernd vom Hocker fallen.

Ich beobachte ihn, wie er über den Boden robbt, und trinke ein Schlückchen Sekt auf sein Wohlbefinden. Jeder hat seine kleine Macke, und am leichtesten erkennt man sie, wenn der Countdown läuft. Drogen, cholerische Anfälle, Minderwertigkeitskomplexe, Verhaltensstörungen dritten Grades. Wäre ich Therapeut, würde ich mich auf Künstler spezialisieren. Krisensicherer geht's nimmer.

Brunner beruhigt sich wieder, und Schimanski läßt einen Riesenjoint herumgehen. Ich weiß nicht, wie er es schafft, dieses Zeug in so rauhen Mengen zu sich zu nehmen und trotzdem noch so aggressiv zu spielen. Er raucht drei, vier Türme vor jedem Gig, und dennoch kenne ich keinen Gitarristen mit einem solchen Attack in der rechten Hand.

Es klopft.

– Fünf Minuten! ruft die Stimme von vorhin.

Ich merke, wie mir meine Lieblingsdroge durch die Adern schießt. Adrenalin. Die Droge schlechthin! Das Ganze ist hier und jetzt, da kann man nicht breit und woanders sein. Eine Einstellung, die mir von den abgenagesten Typen in diesem Zirkus die Prophezeiung einbrachte, daß ich in ein paar Jahren der Kaputteste von allen sein würde. Drogen könne man schließlich nachkaufen – Seele nicht.

Ich gehe zu Boden, mache meine Dehnungen, Liegestütze, Spagat. Komme wieder hoch. Lockerungsübungen, Schattenboxen. Meine Muskeln pumpen sich auf, das Blut rast los und bringt mich auf hundertachtzig.

- Eine Minute!

Sechzig Sekunden noch. Jetzt kann nichts mehr schiefgehen.

- Natürlich nicht, versichert Britta mir.

Letzte Küsse und los. Beim Rauslaufen bremse ich neben der Rothaarigen kurz ab.

- Was'n los?

- Tintenfisch! prustet sie und kichert hysterisch.

Tintenfisch? Die spinnen, die Rothaarigen.

Nachdem sich diese Erkenntnis manifestiert hat, spute ich mich, denn die Jungs haben es wie immer sehr eilig, auf die Bühne zu kommen. Sie rennen, ohne anzuhalten, raus, und Jubel braust auf. *Himmel* ... Welch ein Geräusch!

Als sie startklar sind, schauen sie sich kurz an und legen dann los. Erst sechzehn Takte ohne mich, dann sechzehn Stücke mit mir. Altbewährt und kampferprobt.

Auf den zwölften Takt, stürme ich raus. Der Jubel verstärkt sich. Privilege eines Sängers.

Ich werfe einen Blick in die erste Reihe und picke mir ein paar obligatorischen Mädchen heraus, die grundsätzlich immer in der ersten Reihe stehen - verschränkte Arme, grimmige Blicke. *Wir gehen zwar ins Konzert, aber es soll nachher keiner noch behaupten können, wir hätten Spaß dabei!*

Ich stelle mich vor eine hin, die sich besonders feste an ihre Handtasche klammert, und rappe ihr meine Meinung.

Als die erste Strophe durch ist, trägt sie immer noch dieselbe abweisende Miene zur Schau, also steppe ich zu der Nächsten rüber und hoffe auf wildere Reaktionen.

Das zweite Mädchen nutzt die zweite Strophe dazu, meine Schuhe intensiv zu mustern, aber als ich weitersteppen will, hebt sie den Kopf kurz an und lächelt schüchtern. Ha! Von wegen, man kann mit Musik nichts erreichen!

Als wir auf der letzten Eins landen, bricht in der Halle die Hölle los. Wenn man es nicht gewohnt ist, von zweitausend Leuten angebrüllt zu werden, kann man es echt mit der Angst kriegen.

– Scheiße, die wollen nicht mitmachen! schreit Schimanski. – *Die wollen uns fertigmachen!*

Er springt an den Bühnenrand und hämmert Riffs der zweiten Nummer tief in den Beifall hinein.

Eine Stunde später ist die Bühne voll mit umgekippten Bechern, schweißdurchtränkten Handtüchern und ausgedrückten Kippen. Es ist bestimmt nicht unser bester Gig, aber mit Sicherheit der wildeste. Die Leute treiben uns an, wollen haben, was drin liegt, und wir lassen raus.

Die Jungs werfen den sechsten Gang ein, und der Fahrtwind weht mich wie ein willenloses Geschöpf über die Bühne. Ich wedele mit den Armen, versuche ein paar der übriggebliebenen Sauerstoffatome zu erwischen. Als Antwort reißen sie unten die Arme wieder hoch.

Das zweite Mädchen hat ihre Handtasche weggelegt und tanzt. Die andere ist verschwunden. Eins zu eins ist okay für mich.

In der fünften, sechsten Reihe sehe ich Britta. Unsere Blicke treffen sich. Sie hebt die Hand und winkt mir zu. Ich mache es ihr nach und löse damit hinter mir ein Chaos aus. Die Jungs denken, es wäre das Zeichen für den nächsten Song und gehen voll in die Bremsen, um möglichst schnell von hundertachtziger Roll, auf hundertzwanziger Reggae runterzukommen. Die Kiste schlingert, bricht aus, mangelt ein Dutzend Leitplanken nieder, überschlägt sich ein paarmal, um dann endlich auf der richtigen Spur zu landen – leider verkehrt herum.

Es ist lustig zu sehen, wie die Halle mitausbricht. Für zehn endlose Sekunden weiß keiner so richtig, wo die Eins ist, und als man sie endlich gefunden hat, fällt einigen ein, daß Reggae offbeat ist, also geht die Suche weiter, bis man sich schließlich an einer Kreuzung trifft und beschließt, von hier aus gemeinsam weiterzufahren.

Ich ducke mich rechtzeitig, um dem Stick, den Max nach mir wirft, zu entgehen, und werfe ein Entschuldigungsgrinsen in die Runde, aber für so etwas haben die Jungs jetzt keine Zeit. Sie sparen sich das Intro und gehen direkt in die erste Strophe, so daß ich meinen Einsatz verpasse. Peinlich. Jetzt sind sie an der Reihe, blöde zu grinsen, während ich die erste Zeile turborappe, um den Song einzuholen.

Der Kehrreim verselbständigt sich. Ich tänzele zur Seite und lasse mir ein Handtuch geben, während ich meinen Blick über die groovende Halle gleiten lasse. Vorne rechts tanzt eine lila Fraktion, und als ich genauer hinschaue, erkenne ich Halbtagsjob & Singleparties mit ihrer Freundin. Sie sind am tanzen und flirten auf Teufel komm raus mit den Jungs nebenan, *die* Frauenbewegung verstehen sie!

Ich schaue automatisch auf den Platz unten links, wo Mor immer saß, wenn wir in ihrer Gegend spielten. Wir hievten sie vor dem Konzert mitsamt ihrem Rollstuhl auf einen Tisch und stellten zwei Securities daneben, damit sie vor lauter Temperament nicht wieder herunterrollte.

Schimanski stupst mich an.

- Laß sie! brüllt er.

Wir setzen uns auf das Schlagzeugpodest und tropfen um die Wette. Brunner kommt dazu. Max. Der Anblick der Halle ist sensationell. Die Leute machen ihren Sound, und wir strahlen um die Wette. Die fetten Scheinwerfer verblassen dagegen.

Die Leute werden immer lauter und winken uns zu. Sie singen und tanzen und in mir ... etwas Kaputtes geht kaputt. Dieser Anblick ... Es wäre ein guter Augenblick, um zu sterben.

- Kein schlechter zu leben, sagt Schimanski selig.

- A-A-Abgeräumt! flüstert Brunner ehrfurchtsvoll.

- Schlimmer noch, sagt Max, - die kommen wieder!

- G-G-G-G-

- Ich weiß, es klingt übel, unterbreche ich ihn, - aber ich muß es euch jetzt endlich mal sagen ...

Sie starren mich an.

– Ich ... Ich liebe euch alle.
– A-A-Arschloch!

Als wir ein paar Stunden später durch das stillgelegte E-Werk schwanken, ist wieder dieses etwas in mir. Ich bleibe stehen, lasse die Jungs vorausgehen, um in Ruhe nachzuschauen, was ... Für einen Augenblick stehe ich in der Pathologie und schaue auf Mors Körper. Eben noch warm, im nächsten Augenblick so kalt wie diese Halle, die eben noch vor Leben gestrotzt hat und jetzt leer und dunkel vor mir liegt. Ich atme die Ausdünstungen von Tausenden Menschen ein, und in meinem Blut fließt noch das Gig-Adrenalin, trotzdem ist das Konzert unwiderruflich Vergangenheit. Und das ist es! Verdammt, *das ist es*! Ich kann die Zeit nicht zurückdrehen, ich kann diese Halle nicht wieder füllen, ich kann meine Mutter nicht wieder zurückholen, kann nur um sie trauern, sie vermissen, kann über Erinnerungen lachen und heulen, *aber ich kann die verfickte Zeit nicht zurückdrehen*! *»Und wenn ihr euer Leben verpfuscht, nur weil meines zu Ende ist, dann komme ich zurück und trete euch in den Arsch! Wenn ihr etwas wollt, dann nehmt es euch JETZT!«*

Das Eis, von der dänischen Sommersonne zu Pfützen geschmolzen und im heißen Scheinwerferlicht fast verdampft, weicht aus meinen Knochen und gibt mich frei. Ich bin wieder da, *jetzt* bin ich wieder da! Ein Power-Energiestrahl durchschießt mich, meine Nackenhärchen richten sich auf, was ich die ganze Zeit wußte, *weiß* ich jetzt: Meine Mutter ist tot, aber *ich* lebe! *JAAAAAA! WO IST DAS GOTTVERDAMMTE GASPEDAL ...*

24. Verlängerung

Wir liegen nackt am Strand und lassen uns von der Sonne verwöhnen. Unsere Schenkel sind zu einem verklebt, und neben mir liegt eine leere Sektpulle, die die gewünschte Wirkung erzielt hat. Das Meer rauscht, die Möwen kreischen, die Sonne knallt, ja, es geht mir gut. Der Gig liegt jetzt vier Tage zurück. Die anschließende Party dauerte fast zwei Tage, und zum Schluß war kein Zahnfleisch mehr übrig, auf dem wir hätten ins Bett kriechen können. Ich will ja nicht behaupten, daß wir noch nie eine Party gefeiert haben, aber ...

In der letzten Zugabe gaben wir durch, daß wir anschließend noch eine Extraschicht im Underground einschieben würden. Als wir dort dann eintrafen, war der Laden so voll, daß wir selber nicht mehr reinkamen. Nach einem kurzen Palaver mit dem Besitzer bauten seine Jungs die Hausanlage kurzerhand auf dem Dach auf, und während wir uns da oben noch häuslich einrichteten, fingen die Leute unten wieder an, ihre Party zu feiern.

Wir brachen wie ein Gewitter über sie herein. Der Roll, wie er sein sollte – Hier! Jetzt! Los! Meine Stimme wird nie wieder klingen wie vorher, und die Fransen werden mich an die Augenblicke erinnern, wo ich wieder zu mir kam, wo die Band eine Hürde nahm und wo die Tänzerin Platz machte – für jemand Besseres.

Als es hell wurde, verlagerte die Party sich in die WG. Auf dem Weg dahin gingen zwar die meisten Leute verloren, aber die übrigen hatten es in sich. Einer versuchte, den Komiker zu verprügeln, als der seinen Naziwitz losließ, und ein anderer verblüffte mich damit, daß er den Text von jeder Nummer, die ich auflegte, mitsingen konnte. Es artete zu einem Wettbewerb aus, aber als er dann noch *Kann denn die Kinder keiner lehren, wie man spricht* fehlerfrei zum besten gab, warf ich das Handtuch. War eh ein günstiger Zeitpunkt für einen DJ-Wechsel, denn man hatte angefangen, mit Flaschen nach uns zu schmeißen.

Ich schaffte es, die *Yeti Girls* reinzutun, ohne getroffen zu werden, aber mein Bezwinger hatte nicht so viel Glück. Für ihn kam der Krankenwagen, und dem folgte der obligatorische Bullenwagen, um die Monsteranlage sicherzustellen. Natürlich schaffte es Brunner auch wieder mal, bei seinen Freunden Unterschlupf zu finden, aber diesmal kann man ihm wirklich keinen Vorwurf machen. Als die Uniformen reinkamen, um die Anlage abzubauen, ergab sich das Problem, daß sie keinen Quittungsblock dabei hatten, und ohne Beleg wollten wir die Anlage natürlich nicht rausrücken.

– D-Da k-kann ja j-jeder k-k-kommen, stotterte Brunner.

Und ein Jungbulle antwortete:

– W-Wir s-s-sind a-aber b-befugt ...

Schon legte Brunner ihn flach. Er konnte ja nicht ahnen, daß der Mann einen Sprachfehler hatte, nicht wahr?

Mit der Kaution stellte er eine persönliche Bestleistung auf, und da wir kein Geld haben, ist er erst mal drin geblieben. Wird ihm vielleicht eine Lehre sein.

Glück im Unglück: der Vater von der Rothaarigen ist Anwalt. Auf ihr Drängen hin versprach er, den Fall anzunehmen. Das gleiche sollte er auch mal bei seiner Tochter in Betracht ziehen, denn sie hört mittlerweile gar nicht mehr auf zu kichern. Tintenfisch hier, Tintenfisch da. Schwer gestört, die Kleine.

Auf der Fahrt vom E-Werk ins Underground beschlossen wir, den Live-Mitschnitt zu vernichten. Wir wollten die Magie nicht dadurch zerstören, daß man sich später Konserven reinziehen könnte. Erinnerungen lassen sich eh nicht toppen.

Wir warfen das Tape von der Mülheimer Brücke. *Platsch!* Und wieder eine potentielle Einnahmequelle weniger, aber was soll's? So was muß man sich manchmal gönnen, um die Dinge ins rechte Licht zu rücken. Außerdem waren wir ja mit sechzig Prozent an den Einnahmen der Abendkasse beteiligt, und obwohl nur wenige Nobelkarren-Besitzer Extra-Entgelt entrichteten, machten wir einen, für unsere Verhältnisse, geradezu sensationellen Schnitt. Die machte die Party aber auch. Wird wieder nichts mit Deckel-Zahlen. Hätte Britta nicht das Benzingeld vorgestreckt, würde ich immer noch in meinem Bett liegen und auf einen grandiosen Einfall warten, wie ich die Miete aufbringe. Vielleicht wieder Tankwart? Ach, lassen wir das. Wenn ich zurückkomme, bin ich vielleicht schon berühmt. Drauf wetten würde ich allerdings nicht. Um was auch?

Die Sonne knallt erbarmungslos. Zeit für ein Erfrischungsbad.

– Kommst du mit? frage ich meine beste Freundin.

Sie nickt, und wir laufen Hand in Hand in die Wellen. Ja, es geht mir gut. Das macht der Sekt. Und Britta. Und die Sonne. Und Britta. Und das Meer. Und Britta.

Ich tauche unter ihr durch, komme vor ihr hoch und spucke einen Viertelliter Atlantik in ihre Richtung. Sie lächelt.

Als ich sie an mich ziehe, schmiegt sie sich an und läßt sich auf einen Kuß ein, der uns fast das Leben kostet. Prustend schwimmen wir näher an Land und setzen die Knutscherei auf festem Boden fort. Nein, es hat wirklich nicht den Anschein, als wäre ihr das unangenehm, aber irgendwas ist anders als sonst.

Spätestens als sich trotz der Wassertemperatur mein Schwanz unternehmungslustig zwischen unsere Körper drängt und sie nicht danach greift, bin ich mir sicher, daß hier irgendwas abgeht, wovon ich auch wissen sollte.

Als wir wieder am Strand liegen, öle ich sie ein. Während ich mich ihren Schultern widme, richtet mein Schwanz sich wieder auf. Sie bemerkt es natürlich, und ich halte ihren Blick fest, verreibe unschuldig ein bißchen Öl auf ihren Brüsten und nutze die Gelegenheit, um meine Handflächen sachte über ihre Nippel kreisen zu lassen. Sie lächelt still und bleibt regungslos liegen. Es riecht nach passivem Widerstand. Na gut, schauen wir mal, wie lange sie das durchhält.

Ich arbeite mich langsam südlich, und als ich ihr Öl auf den Bauch träufele, gibt sie ein erstes leises Schnurren von sich. Ein schneller Seitenblick verrät mir, daß sie die Augen geschlossen hat und sich ganz meinen Händen hingibt. Jede Berührung wird mit Entgegenkommen belohnt, was fehlt, sind nur die üblichen Nachfolgereaktionen. Sie greift nicht nach mir, treibt nichts voran, wehrt sich aber auch nicht. Hm. Langsam bekomme ich eine leise Ahnung davon, was hier vor sich geht.

Um sicherzugehen, lasse ich meine Hand zwischen ihre Schenkel gleiten und verteile ein bißchen Öl in der Gegend. Ihr Becken hebt sich leicht aus dem Sand, und sie gönnt mir ein paar wohlige Seufzer, ansonsten passiert aber nichts. Verstehe. Was hier abgeht, hat nichts mit Sex zu tun, dennoch ist es eine Art Vorspiel.

25. Schicksal

Eine Woche später sitze ich auf der Dachrinne. Weit unter mir der Asphalt, über mir ein blauer Himmel. Der Wind ist wieder stark, aber tragen könnte er nicht. Kann er nie.

Neben mir sitzt meine beste Freundin und liest. Die Sonne knallt gelb in Blau auf uns ein und badet alles in einem grellen Licht. Die Dächer flimmern, auf der Straße hecheln die Hunde. Eine Atmosphäre wie in einem mexikanischen Dorf um die Mittagszeit. Siesta, aber ich schlafe nicht. Im Gegenteil.

Als wir zurückkamen, hatte Max schon verschiedene Angebote eingeholt, und der Vater von der Rothaarigen hat sich bereit erklärt, die Verträge unter die Lupe zu nehmen, um die größten Gaunereien ausfindig zu machen. Anwälte kennen sich da ja aus.

Zwei Boulevardblätter haben über den Gig berichtet. In beiden erschien zu dem Artikel ein Foto, wie HaHa aus der Limousine steigen und mit der goldenen Mastercard in die Kamera wedeln. Kein Bild von uns.

Schimanski und Sabine haben eine Karte aus Spanien geschickt, daß sie heute wiederkommen. Sein Brett hat er mitgenommen. Ja, es gibt noch Hoffnung. Aber nicht für Brunner. Er ist immer noch in Verwahrung und kommt erst heute wieder raus – vorausgesetzt, er gesundet. Er hat sich nämlich eine in manchen Bullenrevieren vermehrt auftretende Krankheit eingefangen. Als ich ihn im Krankenrevier besuchte, streckte er mir triumphierend die Hände entgegen.

– D-Die ham se n-nich g-gekriegt, prahlte er durch die Mullbinden.

Und auch Vivi hat es wieder mal geschafft, sich lächerlich zu machen. Sie hat den Film aus meiner Kamera entwickeln lassen und »*Reden ...*« gefunden. Marco brauchte zwei Tage, um sie davon zu überzeugen, daß wir nichts miteinander haben! Er und ich, bi und so, Vivi und so. Manno.

Und es kommt noch besser: Karin S. ist was wirklich Dummes zugestoßen. Xxxxxxxxxxxxxxxxxxxxxxxxxxx xxxxxxxxxxxxxxxxxxxxxxxxxxxxxxxxxxxxxxxxxxxxxxxxxx xxxxxxxxxxxxxxxxxxxxxxxxxxxxxxxxxxxxxxxxxxxxxxxxxx xxxxxxxxxxxxxxxxxxxxxxxxxxxxxxxxx (Auf Anraten des Verlagsanwaltes gestrichen.)

Ich war es nicht! Und Brunner hat das beste Alibi seiner Laufbahn. Schimanski ist in Spanien, und Max? Ach, Max doch nicht ... Oder?

Fragen über Fragen, und wo wir gerade dabei sind; die letzte Frage ist geklärt, die allerletzte steht noch aus.

Das Telefon klingelt. Ich schenke Sekt nach. Britta hebt den Kopf.

– Willst du nicht rangehen?

Ich schüttele den Kopf. Sie versenkt sich wieder in ihr Buch. Ich beobachte, wie ihre Augen langsam über die Seiten wandern und manchmal zurückkehren, um eine Stelle noch mal zu lesen. *Nirgendwo&Hormone*. Seltsamer Titel, aber er bringt unsere Hollandwoche ziemlich gut auf den Punkt, denn sie hat es tatsächlich geschafft, sieben Tage nackt am Meer zu liegen, ohne schwach zu werden. Okay, wir haben ein bißchen geschmust, aber es war nicht so, daß sie mich aufgefordert hätte. Ich denke, sie versucht, mir auf diesem Weg irgendwas klarzumachen, und mittlerweile weiß ich auch, was ich zu tun habe. Sie ist nicht mehr die einzige hier, die einen Plan hat!

Das Telefon ist hartnäckig, aber irgendwann gibt es entnervt auf. Ich trinke gerade ein Schlückchen auf den Sieg, da fängt es wieder an zu klingeln. Britta hebt den Kopf, ich schüttele meinen. Jetzt bloß nicht aus der Spur kommen, solche Augenblicke gibt es nicht im Sonderangebot.

Das Telefon hält diesmal länger durch. Britta macht eine fragende Bewegung. Ich halte ihr mein Glas entgegen.

– Auf uns.

Sie schaut mich scheel an, zieht dann eine Grimasse und legt das Buch weg.

– Was wird das?

– Was denn?

– Da ist doch was im Busch!

– Soso, im Busch, jaja ...

Ich öffne ihr Hemd und lasse eine Hand über ihre Brüste gleiten. Sie bewegt sich nicht, wehrt sich aber auch nicht. Britta in der Defensive – eine völlig neue Erfahrung. Ich überdenke meinen Plan noch mal.

– Träumst du?

Ich schrecke auf und merke, daß meine Hand still auf ihrer linken Brust ruht.

– Oh ...! Natürlich nicht! Was denkst du eigentlich von mir, he?

Um ihr keine Zeit zu geben, darüber nachzudenken, schlimmer noch, darauf zu antworten, setze ich zu der allerletzten Frage an.

– Eine Frage hätte ich noch ... Aber küß mich besser vorher noch mal.

– So schlimm? gickelt sie und zieht meinen Kopf zu sich.

Ich presse meine Lippen auf ihre, stoße mit meiner Zunge in ihren Mund, lecke über ihr Zahnfleisch. Kann man kaum noch Kuß nennen, eher schon Wink mit dem Zaunpfahl.

So scheint sie es auch zu sehen, denn sie läßt ihrer Freixenetzunge die Zügel und verpaßt mir ein paar Stromschläge.

Ich lehne mich ein bißchen zurück und atme tief durch, um nicht auf halber Strecke liegenzubleiben. Ihre Augen lachen. Der Lügendetektor auf ihrer Brust meldet erhöhten Puls. Es ist der richtige Augenblick.

– Willst du-

DRIIIIINGGGGG! Die Türklingel kreischt los, knallt

wie eine Kettensäge in die Stille und bricht dem Augenblick das Rückgrat. Meine Stimme stirbt gleich mit.

Britta runzelt die Stirn.

– Erwartest du jemanden?

– Ich habe alles, was ich brauche.

Ihr Lächeln wärmt mich mehr, als es das Gelb je könnte.

DRIIIINGGGGG! DRIIING! DRIIIIING! Die Türklingel kreischt, sägt und jammert. Da hält jemand den Finger drauf, und dieser Drecksfinger wird gleich im Scheiß-Rinnstein liegen!

Ich stecke den Kopf über die Dachrinne, um herauszufinden, wer da so todessüchtig ist.

Ein paar Stockwerke unter mir stehen Schimanski und Sabine. Zwischen ihnen steht etwas, was mich an die letzte Szene in *Entdeckung in der Grabkammer* erinnert. Ich höre ein leises Klirren, als der perfekte Augenblick in tausend Stücke zerspringt.

Britta riskiert ebenfalls einen Blick und schneidet dann Grimassen.

– Ich dachte ...

– Ich auch.

DRIIINGGG! DRIIIINGGG! DRIIIIIINGGGGGG! DRIIINGGG!

– Schade, flüstert sie und schaut mich unendlich an.

Ich streichele noch mal über ihre Brust, dann klettere ich rein und mache mich auf den Weg zum Summer.

Schimanski und Sabine kommen braun, die Mumie weiß die Treppe hoch. Alle grinsen sie blöde.

– H-Hier ist ja g-gar n-nichts l-l-los!

– Was soll los sein?

Schimanski grinst mich dämlich an.

– Hat Max dich nicht erreicht?

– Nein, wieso?

Sie schauen sich gegenseitig an und grinsen dann womöglich noch blöder.

– Was ist los?

– Das soll er dir selber erzählen, sagt Sabine.

Wow! Sie hat mich persönlich angesprochen! Ein Durchbruch unserer diplomatischen Beziehungen.

– Und wo ist er?

DRIIIIIIIINGGGG!

Ich wate kniehoch durch die Scherben zur Tür und drücke den Summer.

Im Hausflur wird es laut. Hört sich an wie ein ganzer gottverdammter Kegelclub, der die Treppe hochgepoltert kommt.

Max wird sichtbar. In der einen Hand hält er eine Aktentasche, in der anderen einen Koffer, aus dem bei jeder Stufe leises Klirren zu hören ist. Hinter ihm tauchen Brittas Rest-WG und irgendwelche mir mehr oder weniger bekannte Personen auf, die sich fluchend mit der Gesangsanlage und weiteren Getränken abplagen. Endlich wird mir klar, was das alles zu bedeuten hat.

Ich versuche die Tür ins Schloß zu knallen, aber Max ist schneller und schiebt Schuhgröße sechsundvierzig dazwischen. Hilflos muß ich mit ansehen, wie die Packer Tod und Teufel in die Wohnung schleppen.

– Hallo, hallo, hallo.

Scheiße, Scheiße, Scheiße.

– Komm, sagt Max und zieht mich zu den anderen, die im Kreis stehen und auf uns warten.

– Die Verkündung! brüllt Schimanski.

Max macht eine Riesensache daraus, die Tasche zu öffnen, und wartet, bis völlige Ruhe eingekehrt ist, dann fängt er an vorzulesen.

– Exklusivvertrag zwischen folgenden Partnern ..., beginnt er salmvoll, dann folgt eine unendliche Menge an Zahlen und Paragraphen.

Ich blende mich aus und denke an den Exklusivvertrag, den ich jetzt schon unter Dach und Fach hätte, wenn die Jungs nur eine *einzige* gottverdammte Minute später gekommen wären.

– ... ein mit den Tantiemen verrechenbarer Vorschuß in Höhe von dreißigtausend DM! schließt er die Vorlesung.

Jubel bricht aus, Sektkorken knallen, und irgendein

Vollidiot leert etwas, was sich schwer nach Ärger anhört aus dem Fenster. BLAMM! BLAMM! BLAMM! BLAMM! BLAMM! BLAMM! KLICK! KLICK! KLICK!

Ich erkenne noch, wie ein paar Tauben erschreckt vom gegenüberliegenden Dach herunterpurzeln, dann fliegt mir eine stotternde Küchenrolle in die Arme und versperrt mir die Sicht.

– J-Juh-h-huuuu! mullt sie dumpf und küßt mich.

Ich mache mich spuckend frei und reiße den Mund auf, um sie anzuscheißen, aber bevor ich einen Ton sagen kann, schnippt sie mir eine Pille in den Mund und legt mir eine Hand auf's Gesicht. Ich schlucke würgend. Das Ding bleibt in meiner Speiseröhre kleben.

– Rrrrrr ... Scheiße, was ist das?

– Tempo! schreit die Binde und hält mir eine Büchse Sprite hin.

Ich nehme einen tiefen Schluck, um das Ding runterzuspülen. Das Zeug ist warm und schmeckt scheußlich.

– Scheiße, und was war *das*?

– Tschüüüß! mullt die Mumie und macht sich eiligst aus dem Staub.

Ich hab einen bösen Verdacht: das war kein Fruit drop, und es war auch kein Sprite.

DRIIINGGGG! Ich bin gerade auf dem Weg zum Klo, um mir einen Finger in den Hals zu schieben, als Max mich festhält und beginnt, mir DRIING! DRIIINGG! irgendwas mit Zahlen zu erklären. Verstehe kein Wort.

– Überweis es einfach, rate ich ihm und versuche mich aus seinem Griff loszueisen, aber er hat da noch ein DRIIINNGGG! wichtiges Detail, das er näher erörtern will.

Ich versuche mich wegzufloskeln, aber er klammert sich an meinen Arm fest, als wäre er der letzte Strohhalm, also bleibe ich notgedrungen stehen und höre mir seinen DRIIINGGG! Vortrag an. Lizenzen, Punkte, Prozente ... Shit, das einzige, was mich interessiert, ist, ob ich noch Single bin.

Jemand drückt mir ein Glas in die Hand, und ab hier

DRIING! DRIINGG! muß jemand auf *schneller Vorlauf* gedrückt haben. Der Raum schrumpft im Gleichschritt mit meiner Hoffnung auf einen zweisamen Augenblick mit meiner besten BLAMM! Freundin, aber so ist das hier im DRIIINGGG!! DRIIINGGG! Viertel - nichts spricht sich schneller herum als Freigetränke. Mich befällt plötzlich die totale Panik, die allerletzte Frage *nie* loszuwerden! BLAMM! BLAMM! KLICK! KLICK! DRIIIINGGGG! Eine *einzige* Minute! Sechzig beschissene Sekunden! DRIIINGGG! Ist das Schicksal gegen mich? DRIINGGG! Nein! Selbst ist der Mann! BLAMM! BLAMM! BLAMM! BLAMM! BLAMM! BLAMM! KLICK! KLICK! Max lockert für eine Sekunde seinen Griff, um irgendeinen Zettel umzublättern - weg bin ich. Ich ducke mich vor ein paar BLAMM! BLAMM! BLAMM! KLICK! Gläsern, die wahllos durch die Gegend fliegen, und kämpfe mich durch die Massen. DRIIIINGGG!!! Jemand knallt *Alles Lüge!* in die Monsteranlage, und der Geräuschpegel kriegt einen DRIIINGGG! Ständer. Ein grinsender Brettspieler drückt mir ein Glas in die eine Hand und schüttelt mir gleichzeitig BLAMM! die andere, während eine kichernde Rothaarige mir auf die Wange gratuliert und sich meinen Drink in den Ausschnitt schüttet. DRIIINGG! Ich befreie mich mit einem Bodycheck und muß dann nur noch Heike ausgrinsen, schon bin ich in Reichweite meiner besten BLAMM! Freundin. Endlich! BLAMM! BLAMM! Ich nehme sie in die Arme. BLAMM! BLAMM! KLICK! DRIINGGG!

- GRATULIERE! schreit sie gegen den Lärm an und versucht mir einen Kuß zu geben. Da meine Lippen gerade zu ihrem Ohr unterwegs sind, erwischt sie mich am Hals. Auch gut.

- WOLLTE DICH WAS FRAGEN! brülle ich sie an.

Sie schaut mich erstaunt an DRIIINGGG! und macht dann eine Bewegung, die die Anarchie umfaßt, in der wir gerade stecken. Ich schüttele den Kopf.

- WO DANN? ruft sie.

DRIIINGGG! BLAMM! Das John-Lennon-Poster an

der Wand hat plötzlich kein Gesicht mehr. Scheiße, das gibt's doch nicht!

– DAS ARSCHLOCH HAT JOHN LENNON UMGELEGT! brülle ich und sehe, wie Brunner sich sofort auf den Irren wirft, dabei aber keine glückliche Figur macht. Ich werfe Britta einen hektischen DRIINGGG! Blick zu.

– IN FÜNF MINUTEN AUF DER RINNE!

Sie nickt. Ich mache mich auf den Weg und komme gerade rechtzeitig, um die Knarre aufzufangen, die Brunner mir zuwirft, während er DRIIINGGG! einen bösen Treffer einstecken muß. Ich versuche die beiden zu trennen und fange mir dabei einen verirrten Ellbogen ein. Meine Unterlippe platzt. Scheiße, jetzt reicht's! Ich trete DRIING! einen Schritt DRIIING!! zurück und verpasse dem Irren eine Tankgirlspezialität. Er bricht anstandslos zusammen.

– ZUM AUSGANG! brülle ich Brunner zu, der wie wild herumhüpft und sich das Auge hält, während er versucht, dem Typen die Rippen einzutreten.

– BIST DU BALD FERTIG? schnauze ich ihn an.

Er legt kurz eine Tretpause ein und brüllt mir etwas zu, was im DRIIINGG! Lärm untergeht. Als er weiter auf den Typen eintreten will, verheddert er sich in den Mullbinden und kippt rudernd nach hinten. Ich werfe einen hilfesuchenden Blick in die Menge und sehe Max kopfschüttelnd an der Wand stehen. Ich schaue genauer hin. *Max lacht!* Keine Zeit, es zu würdigen, wir müssen den Typen wegbringen, bevor die Bullen auftauchen, und vor allem, bevor Brunner DRIINGGG! wieder auf die Beine kommt und Hackfleisch aus ihm macht. Ich winke Max entschieden zu mir. Er kommt.

– ZUM AUSGANG!

Er nickt nur und schnappt sich die Beine. Wir schütteln Brunner ab, ducken uns vor ein paar unbekannten Flugobjekten und wehren ein paar zu eifrige Pogotänzer ab, die das Ganze als Herausforderung auffassen, dem Irren die Rippen zu brechen. Irgendwann erreichen wir die DRRIINNGGGG! Wohnungstür und reißen sie auf.

Die Leute draußen staunen nicht schlecht, als wir den Typen unsanft die Treppe hinunterstoßen. Nicht daß sie wegen der Brutalität pikiert sind, sie befürchten vielmehr, daß der Typ ausgerastet sein könnte, weil die Getränke alle sind, und stürzen an uns vorbei, um noch ein letztes Glas abzustauben. Der Trottel hat sich verheddert! Nein, nicht Brunner, der *andere*! Sein linkes Bein hat sich im zweiten Stock im Treppengeländer verkeilt. Max springt die Stufen runter und befreit ihn aus der mißlichen Lage. *Kick! Bong! Bong! Bong!* Er poltert in die erste Etage hinunter.

– Die Bullen müssen jeden Augenblick auftauchen. Geh ihnen entgegen und ...

– Jaja ..., fällt Max mir ins Wort und verschwindet nach unten.

Ich drapiere den Irren deutlich sichtbar auf Etage eins und stürme wieder hoch. Hinter mir poltern schon die ersten Uniformen auf der Treppe. *Was zum Teufel treibt Max da unten?* Ich knalle die Tür zu und lehne mich von innen dagegen.

– Max, Max, MAX! fluche ich und bete zu den Göttern, daß er es irgendwie schafft, den Aufmisch abzulenken, aber mein nervöser Verstand bekniet mich, den Ausgang dieser Sache nicht abzuwarten. DRIINGGG! POLTER! POLTER! DRIIINGGG! Warum haben sie den Irren nicht gefunden? Sie müssen doch glatt über ihn hinweggestürmt sein! Haben sie denn die Waffe nicht ... *Ich dämlicher Blödmann!* Die Waffe liegt noch irgendwo auf der Tanzfläche! Scheiße, ich hab's vermasselt. Ich lasse Tür Tür sein und werfe mich in die Menge.

– *STAMPEDE!* schreie ich über die Prärie und reiße einem Typen im Vorbeirennen eine Flasche Sekt aus den Händen. Das findet er nicht so gut. Bevor es aber zu Ausschreitungen kommen kann, erreiche ich das Fenster und hüpfe raus. Britta sitzt auf der Dachrinne und tippt auf ihre Armbanduhr.

– Sorry.

– Du blutest.

– Bullen.

– Schweine! sagt sie und zaubert ein Taschentuch hervor.

– Wer?

– Die Bullen.

– Wieso?

Sie wirft mir einen verwunderten Blick zu.

– Na, sie haben dich doch geschlagen!

– Haben sie nicht.

– Du hast doch eben *Bullen* gesagt.

– Ja, waren sie ja auch, ich meine, sind sie auch, also da, meine ich. Aber die Lippe war Brunner.

Ihre Augenbrauen heben sich leicht.

– Brunner hat *dich* geschlagen ...?

Ich nicke und rutsche unruhig hin und her.

– Keine Absicht. Ich habe ihn k.o. gemacht.

– *Du* hast Brunner geschlagen?

– Nein, den *anderen*!

Irgendwie klingt meine Stimme anders als sonst. Und meine Hände bewegen sich auch anders als sonst.

– Alles klar, seufzt Britta. – Jemand hat also Brunner zusammengeschlagen?

Meine Hände reagieren auf jedes Wort wie eine Lichtorgel auf Töne.

– Bekomme ich noch eine Antwort?

– Hm?

– Brunner ...

Muß eine Verwechslung sein. Ach so. Verstehe. Der andere.

– Das war der andere. Also keine Bullen, meine ich. Und Brunner auch nicht. Aus Versehen schon, aber nichts Ernsthaftes, erkläre ich ihr und beobachte fasziniert, wie meine Hände aus den Worten Luftschlösser formen.

– Kannst du mal aufhören herumzufuchteln? faucht sie.

– Klar, murmele ich und wechsele die Sitzposition.

– Was zum Teufel ist mit dir los?

Britta scheint irgendwie sauer auf mich zu sein.

Kann aber auch Paranoia sein. Oder sexuelle Frustration.

– AU!

– Selber schuld!

UNBEKANNTE LEICHE ANGESCHWEMMT! WIE DIE POLIZEI MITTEILTE, LAG SIE SCHON LÄNGER ALS ZEHN WOCHEN IM WASSER. DER EINZIGE HINWEIS, DER ZUR IDENTIFIZIERUNG FÜHREN KANN, IST EIN BLAUER FLECK AM RECHTEN OBERARM. POLIZEIUNTERWACHTMEISTER HEINZ K.: »ZUERST DACHTEN WIR, ES WÄRE EIN TATTOO, ABER BEI DER OBDUKTION HAT ES SICH DANN ALS CHRONISCH BLAUER FLECK HERAUSGESTELLT.« DIE POLIZEI NIMMT HINWEISE ENTGEGEN.

– Brunner hat mir irgendwas eingepfiffen, nehme ich den Faden wieder auf. War er doch, der Faden, oder?

– Eingepfiffen? Gegen deinen Willen etwa? spottet sie. – Hast du ihn deswegen geschlagen?

– Verdammt, ich habe ihn nicht geschlagen, das war der *andere*!

Britta seufzt und zieht ein frisches Taschentuch aus der Tasche. Ich stecke den Kopf über die Kante und linse runter auf die Straße. Da stehen drei Bullenwagen. Im ersten sitzt Max. Ich ziehe den Kopf wieder zurück und versuche nachzudenken. Britta zupft weiter an meiner Lippe herum. Ich ziehe eine Grimasse.

– Stell dich nicht so an, das ist nur ein Kratzer.

– Ich versuche nachzudenken.

Das entlockt ihr seltsamerweise ein Lächeln.

– Tut's sehr weh? lästert sie und tupft weiter an meiner Lippe herum. – Ist doch ganz einfach: entweder klettern wir rein und verbringen einen gemütlichen Abend auf dem Revier, oder wir warten, bis die Bullen weg sind.

Ich ziehe wieder ein Gesicht, diesmal wegen der Lippe.

– Keine leichte Entscheidung, was? gickelt sie.

– Ich könnte ihn wegen Vergewaltigung anzeigen.

– Den anderen?

– *Brunner!*

– Den Willigen kann man nicht vergewaltigen.

Von drinnen dringt ein Aufschrei zu uns. Hört sich an, als würden die Gäste die Bar nicht freiwillig räumen. Meine Hände dirigieren gerade ein Livekonzert von den Peppers, und Britta scheint endlich mit meiner Lippe zufrieden zu sein. Sie lehnt sich zurück und begutachtet ihr Werk.

– Okay, dann mach sie mal auf, Speedy. Aber leise.

Ich schaue sie fragend an.

– Flasche.

– Sag mal, wie *redest* du eigentlich mit mir?

Sie seufzt.

– In deiner linken Hand, die Flasche, würdest du sie bitte aufmachen?

Ich *hasse* diesen Tonfall! Und was zum Teufel, oh ... Peinlich. Meine Hände hyperventilieren immer noch, aber irgendwie schaffe ich es, den Korken zu lösen. Er schießt davon und landet ein paar Stockwerke tiefer mit einem leisen *Dok!* auf etwas Blechernem. Britta verdreht die Augen. Ich muß plötzlich lachen.

– Hier ..., ich halte ihr die Flasche hin, – ... auf das Leben ... weißt du ... ja du weißt, aber dennoch ... man weiß ja nie, oder?

Sie wirft mir wieder einen schrägen Blick zu und tätschelt meine Hand.

– Keine Panik. In drei, vier Stunden läßt die Wirkung nach, verspricht sie und nimmt einen Schluck.

Hinter uns sinkt der Pegel langsam, und der Krach verlagert sich hinunter auf die Straße. Hört sich an, als hätten die Bullen die Schlacht gewonnen. Ich werfe einen Blick über die Kante. Unten auf der Straße diskutiert eine aufgebrachte Menge in moderner Umgangssprache über veraltete Polizeimethoden.

– Arschlöcher! setzt Britta in den Sprechchor ein.

Ich ziehe den Kopf wieder zurück.

– Die machen auch nur ihren Job.

– Die Jungs? fragt sie erstaunt.

– Was?

– Die Jungs?

– Die Bullen?

– Was?

– *Wer?*

– Herrgottnochmal! Wer denn? Die *Jungs*? faucht sie.

– Ach so, die, na klar, ich meine, wieso die Jungs?

Das findet sie aus irgendwelchen Gründen wieder zum Totlachen.

– Deutsche Sprache ...

Meine beste Freundin macht sich über mich lustig. Und alles wegen Brunner, diesem A-A-Arschloch!

– Na sicher, klar, schwer.

Jetzt lacht sie mich offen aus.

– Vielleicht wäre ein Revierbesuch das geringere Übel gewesen ..., kichert sie und wirft einen Blick auf die Straße. – Geschieht ihnen recht.

– Den Jungs?

– Klar, den Jungs! Du erinnerst dich doch noch an vorhin, oder?

Ich kneife angestrengt die Augen zusammen und versuche auszusehen, als würde ich scharf nachdenken. Das soll jetzt lustig sein, aber das findet sie nicht komisch. Ich sag's ja, irgend etwas stimmt nicht mit ihr.

– *Natürlich* weiß ich, wo wir unterbrochen wurden, es war ja nur eine Pille, keine verdammte Lobotomie!

– Ich glaube, wir waren ungefähr hier stehengeblieben, sagt sie plötzlich und beugt sich vor. Ihre nasse Zunge bohrt sich in meinen Mund. Mein Schwanz kämpft einen heldenhaften Freiheitskampf gegen die Baumwolle, und Britta wäre nicht Britta, wenn sie *das* übersehen würde.

– Oh, wen haben wir denn da? frohlockt sie und legt mir eine Hand auf den Schritt.

Was soll das denn jetzt? Hat sie eine Woche am Meer Widerstand geleistet, um jetzt schlappzumachen? *Eine Falle!*

– He, warte mal ...

– Was? fragt sie erstaunt und verharrt mit den Fingern an dem Reißverschluß.

– Was ist los?

Sie schaut mich verblüfft an.

– *Das* ist los! sagt sie und tippt auf die Beule in meiner Hose.

– Verstehe ich nicht.

– Seit wann kümmert dich so was?

Sie zieht den Reißverschluß runter, und ich beobachte verwirrt, wie sie ihn ans Tageslicht zerrt. Sie beugt den Kopf.

– NEIN! rufe ich und halte sie fest.

Sie wirft mir einen Blick zu. Dann seufzt sie und lehnt sich mit verschränkten Armen zurück, um eine erstklassige Schnute zu ziehen.

– Die ganze Woche leistet du passiven Widerstand, und jetzt willst du mir auf der *Dachrinne einen blasen*?

Sie schaut mich kopfschüttelnd an.

– Du wirst langsam ein richtiger Spießbürger!

– WAS ...? Wie kannst du nur so etwas sagen!

– Ein richtig öder, langweiliger Spießbürger ...

– Ach, mach doch, was du willst!

– Jetzt nicht mehr.

– Scheeeiße! Ich werde euch *nie* verstehen!

– Das merkt man! Oh, ja! knurrt sie und wirft einen verächtlichen Blick an mir herunter. – Dann pack das Ding da besser wieder ein. Ein Vogel könnte vorbeikommen und denken, es sei ein Wurm.

– He, hör mal ...

Als die Sonne untergeht, streiten wir uns immer noch herum, aber mittlerweile geht es uns wie der Pille – die Luft ist raus. Wir sind gerade beim Thema Fremdgehen angelangt, und ich finde, es ist ein ganz guter Augenblick, um das Thema zu wechseln.

– ... und außerdem habe ich nie gesagt, daß ich monogam bin, regt sie sich auf. – *Du* hast schließlich damit angefangen, wie ein Verrückter herumzuficken!

– Ich habe nicht herum-ge-fickt! Ich habe nur mit der Frau geschlafen, in die ich verliebt war!

– Aber du hast angefangen!

Da uns schon vor zehn Minuten die Argumente ausgegangen sind, schweigen wir plötzlich. Stille breitet sich aus. Daß sie das letzte Wort hatte, kann ein guter Abschluß sein, ich biete aber vorsichtshalber ein Remis an.

– Komm, laß uns reingehen.

– Es wird immer öder, sich mit dir zu streiten.

– Das wurde es erst, als du mit dieser Fremdgehscheiße angefangen hast.

– *Du* hast angefangen, und jetzt gehen wir!

Sie steht auf und gibt mir ein Zeichen, ihr zu folgen. Wir balancieren uns zum Fenster, nur um festzustellen, daß irgendein Trottel es von innen verriegelt hat. Britta seufzt.

– Was jetzt?

– Das Fenster im Treppenhaus.

Wir hangeln uns um die Ecke und treffen auf ein Fenster, bei dem sämtliche Scheiben eingeschlagen sind. Mutwillige Zerstörung von Eigenkapital birgt gelegentlich Vorteile.

Ich stecke die Hand durch den leeren Rahmen und öffne das Fenster, dann klettern wir vorsichtig ins Treppenhaus. Ich verharre und horche, kann aber nichts hören, weil Britta hinter mir unruhig herumtippelt.

– Sei mal leise ...

Sie bleibt abrupt stehen.

– Was ist? flüstert sie.

– Ich höre nichts ...

– Blödmann!

Die Wohnungstür ist aus den Angeln gerissen und steht an den Rahmen gelehnt. Für den Fall, daß ein schlechtgelauntes Begrüßungskomitee auf irgend jemand warten sollte, klopfe ich an.

Nach ein paar Sekunden wird die Tür weggehoben, und Marco steht tropfend, in ein Handtuch gehüllt, vor uns.

– Oh, hallo Britta, hallo Tacheles. Hier war vielleicht was los. Die Polizei hat alle mitgenommen, außer Brunner und mich.

– Sie haben *Brunner* dagelassen?

Er nickt.

– Na ja, ich mußte ihn in die Notaufnahme bringen, weil er eine Platzwunde hatte. Ich wollte ja auf ihn warten, aber er meinte, er würde wegen einer Bessie dableiben.

Pause.

Ich schaue ihn an. Er schaut mich an. Ich schaue Britta an. Sie zuckt mit den Schultern. Ich schaue Marco wieder an. Zeit vergeht.

– Ich war gerade unter der Dusche ...

Auch dazu sagt niemand was.

– Dürfen wir reinkommen? frage ich ihn schließlich.

– OH! Entschuldige viel...

– Schon gut.

Er geht einen Schritt zur Seite, und wir gehen an ihm vorbei in die Wohnung. Oder was davon übrig ist. Sieht übel aus. Seltsamerweise ist die Monsteranlage noch da. Vielleicht haben sie sich dieses Mal ausgerechnet, daß, wenn man sämtliche Gäste mitnimmt, niemand mehr da ist, der die Anlage bedienen kann.

– Wer ist Bessie? fragt Britta, während wir uns durch die Trümmer vorarbeiten.

– Bett-sie, verbessere ich sie. – Bett und Service. Das Krankenhaus. Brunners heimliche Geliebte.

Junge, Junge ..., sagt sie und schüttelt den Kopf.

– Und das wird er auch immer bleiben, füge ich hinzu.

Das Telefon klingelt.

– Ja?

– Hallo ich bins, wie gehts?

Max. Ich drücke die Lautsprechertaste, damit Britta mithören kann.

– Sind gerade wiedergekommen und haben festgestellt, daß ich kein Zuhause mehr hab. Wo bist du?

– Es ist immer gut, mit seinem Anwalt zu telefonieren.

– Was war los?

– Kam nicht zu Wort.

– Und was ist mit dem Müll?

– Abgeholt.

– Und wieso seid ihr dann noch nicht wieder draußen?

– Ich denke, es wäre schneller gegangen, wenn der Typ nicht immer noch bewußtlos wäre. Irgend jemand scheint ihm richtig was verpaßt zu haben ... Außerdem möchten sie gerne Widerstand gegen die Staatsgewalt haben.

Scheiße.

– Sonst jemand verletzt?

– Nichts Ernstes.

– Ist Schimanski auch da?

– Hm.

– Vivi?

– Hm.

– Die Rothaarige?

– Hm.

– Hat sie ihren Vater angerufen?

– Hm.

– Dann ist ja alles in Ordnung, oder?

Kurze Pause. Geraschele im Hörer, dann ist Schimanski dran.

– Wo bist du plötzlich abgeblieben, du feige Ratte? Nein, sag jetzt nichts, aber du schuldest uns eine verdammt gute Erklärung! Was ist mit Brunner?

– Mußte genäht werden. Ist morgen wieder raus.

Wieder Geraschele.

– Bestellst du mir 'ne Pizza? fragt Max.

– Das wird ja noch eine gottverdammte Konferenzschaltung!

– Krieg ich jetzt 'ne Pizza, oder nicht?

– ... Okay.

– Mista, extra scharf. Warte mal ...

Stimmen im Hintergrund.

– ... zwei Tonno, eine Hawaii und für Schimanski die große Vegetarierpizza mit doppelt Salami.

Die Logik geht mir mal wieder ab.

– Habt ihr Geld?

Er legt wortlos auf.

Ich rufe Marios Pizzablitz an und frage ihn, ob er überallhin liefert, dann, ob wir noch Kredit bei ihm haben. Da er beide Fragen richtig beantwortet, gebe ich die Bestellung durch. Britta hört mit und schüttelt immer wieder den Kopf. Sie erinnert mich immer mehr an Max.

– Alles Irre ..., murmelt sie.

– Woraus schließt du das? frage ich und lege den Hörer auf.

– Och ...

– Man gewöhnt sich dran.

– Genau das befürchte ich.

Wir lächeln uns an, und etwas regt sich leise. Ein winziger Funken beginnt fröhlich umherzuspringen. Sie lehnt sich an mich und legt mir ihre Arme um den Nacken.

– Wirkt die Pille noch?

Ich schüttele den Kopf.

– Das heißt, du könntest jetzt wieder etwas *Langsames* machen?

Ohne eine Antwort abzuwarten, preßt sie sich an mich. Lippen öffnen sich, Reißverschlüsse knirschen, eine Flamme brüllt auf, greift um sich, schnappt nach Sauerstoff, sucht nach brennbarem Material, um ein Großfeuer zu entzünden.

– Halt mich, flüstert sie.

Ich halte sie. Fest. Sie zieht sich hoch, umklammert meine Hüften mit ihren Beinen. Ihre Zunge in meinem Mund. Meine Hände unter ihrem Hintern. Zarte Hüftbewegungen.

– Ich ... will ... dich ...

Als Antwort beißt sie mir in den Hals, und ihre Beckenbewegungen werden fordernder.

Ich schaue mich gerade nach einem festen Stützpunkt um, als Marco hereinplatzt.

– Oh! macht er und erstarrt.

Britta preßt ihr Gesicht an mein Hals und seufzt leise.

Ich wende ihm mein Gesicht zu und gebe ihm einen langen Blick. Er steht bewegungslos und staunt, während unser Schweigen auf ihn einprügelt.

- Was gibt's? frage ich ihn schließlich, bevor er völlig Matsch ist.

- Ähh ...

- Ja?

- Na ja ... ich wollte ...

Britta stöhnt erstickt.

- WAS IST? brülle ich ihn an.

- Es ...

Plötzlich dreht er sich um und stürmt hinaus. Ich fühle mich, als hätte jemand die ganze verdammte Nordsee über mich ausgekippt. Die Luft ist raus.

- Schicksal ..., murmelt Britta leise.

Ich löse meine Arme und lasse sie langsam runter. Sie steht kurz da, dann verschwindet sie kopfschüttelnd in Vivis Zimmer. Wenig später erklingen die ersten Töne von Keith Jarretts *Köln Concert*.

Als sie wiederkommt, stehe ich noch immer regungslos am selben Fleck und starre in die Trümmer. Sie drückt mir einen Müllsack in die Hand.

- Packen wir's!

Gute Frage.

26. Exklusivrechte

Wieder mal Sonnenlicht, wieder mal Kopfschmerzen, aber da hören die Gleichnisse auch schon auf, denn neben mir liegt eine Frau, auf die ich mich verlassen kann. Gerade wird sie wach und greift im Halbschlaf nach mir.

– Morgen.

Sie öffnet ein Auge.

– Gut geschlafen?

Sie nickt und zieht mich an sich. Ein Duft nach warmer Haut dringt unter der Decke hervor.

– Kaffee?

Wieder nickt sie und schmiegt sich noch enger an mich. Ich lasse meine Hände über ihren Hintern gleiten.

– Kaffee ..., erinnert sie mich leise.

Ich stürze mich in die Rituale. Teil eins, Teil zwei, schon sitzen wir wieder im Bett und schlürfen das heiße Gebräu. Ich muß an die Tänzerin denken. Morgens neben ihr aufzuwachen war der Preis für die Nacht davor. Mit Britta ist es ein weiterer Höhepunkt.

Als hätte sie ihr Stichwort gehört, rutscht ihr die Decke etwas herunter und gibt eine Brust frei.

– Bist du immer noch scharf auf Exklusivrechte?

– Kommt drauf an ..., sagt sie und trinkt noch einen Schluck Kaffee.

So so, plötzlich kommt es also drauf an, was?

– Ich wäre interessiert.

– Das sind so viele, sagt sie und zuckt die Schultern.

Ich forsche in ihren Augen nach Spaß. Ist auch vorhanden. Ich lasse eine Hand über ihre Brüste gleiten, streichele die Warzen, prüfe die Schwere und lasse die Hand schließlich unter ihrer linken Brust zu Ruhe kommen.

- Puls leicht erhöht, stelle ich fest.

Sie lacht.

- Ich hätte da noch eine Frage ... Aber küß mich besser vorher noch mal.

Tut sie. Mein Puls läßt ihren locker stehen und stürmt dem Infarkt entgegen. Bevor es mir endgültig die Sprache verschlägt, löse ich mich und lasse mich schwer atmend in die Kissen zurücksinken.

Britta sitzt still da und wartet. Die allerletzte Frage, und mir fällt schon wieder keine rhetorische Supertaktik ein.

- Willst du meine Frau werden?

Sie wirft mir einen Was-soll-das-denn-Blick zu, aber ich habe nicht vor, mich jetzt aus dem Konzept bringen zu lassen. Ich wiederhole die Frage.

- Warum fragst du so komisch? fragt sie schließlich.

- Willst du mit mir gehen, ist mega-out.

- *Me-ga-out?*

Sie lacht und ihre Brust tanzt dazu auf meiner Hand.

- Square, ex, trash, ätzend, ulp, mega-out, bestätige ich. - Was ist, willst du oder willst du nicht?

Stille.

- Wow! Das ist ja die pure, ungezügelte Leidenschaft! Genau so habe ich's mir vorgestellt! Man könnte glatt meinen, du brauchst Bedenkzeit. Was ist, soll mein Anwalt deinen Anwalt anrufen?

Sie stellt den Kaffee weg, rückt näher und verpaßt mir aus nächster Nähe einen dieser Blicke, wegen denen ihr die Typen reihenweise weggerannt sind. Ich greife spaßeshalber nach meinen Schuhen, aber sie ist schneller.

- Au!

- Leidenschaft? fragt sie und knabbert an meiner Unterlippe, während ich mir den Arm reibe.

– Ungezügelt? flüstert sie und beißt zielsicher auf die Platzwunde.

– AU!

– Erst läßt du mich Ewigkeiten schmoren, und jetzt erwartest du, daß ich dahinschmelze, weil du eine Frage hast?

– Eine *Frage*? platze ich heraus und verbreite einen rötlichen Sprühregen.

Sie hält meinem Blick stand und scheint auf irgendwas zu warten. Gut, versuchen wir es plastischer.

Ich halte ihr meine Hand hin. Sie tut ihre brav hinein, und ich lege sie auf mein Herz.

– Fühlst du was?

– Es will raus.

– Sehr witzig. Und?

– Was, und?

Jetzt setzt sie schon meine Rhetorikkünste gegen mich ein.

– Du willst es richtig platt, was?

– Wie, platt? fragt sie und gibt sich keine Mühe, ihr hämisches Grinsen zu unterdrücken.

– Okay, also, Exklusivrechte für alles, mit einer Option auf, sagen wir mal ... die nächsten fünfzig Jahre?

– Ah! macht sie und verdreht die Augen. – Leere Versprechungen!

– Gar nix ist leer, verspreche ich und lupfe die Bettdecke.

Sie lächelt, während sie ihre Hand tiefer wandern läßt, um das Angebot zu prüfen.

– Charmant, charmant! lacht sie. – Was ist denn mit der Familientradition?

– Gebrochen.

Sie zögert keine Sekunde länger und reißt die Decke weg. Ich halte ihre Hände fest.

– Erst die Formalitäten!

– Die Formali ... hihi ... okay ... ich will, lacht sie.

Eine halbe Stunde später hat sich meine beste Freundin in meine Frau verwandelt. Ich liege mit meiner

Wange auf der zarten Rundung unterhalb ihres Bauchnabels und horche in sie hinein. Es grummelt, aber bei dem, was sich da eben noch abgespielt hat, überrascht mich das weniger.

Auf ihrem Bauch glitzern ein paar Schweißperlen. Ich lecke sie ab. Ihr Geschmack auf der Zunge, der Geruch in meiner Nase, ihr Lächeln ... Der Anblick raubt mir die Sicht.

Irgendwann zupft sie an meinen Haaren und visiert mich in dem V zwischen ihren Brüsten an.

– Du ziehst vielleicht ein Gesicht.

– Nee, nee, alles klar.

Wir kennen uns schon zu lange, als daß sie mir das durchgehen läßt.

– Wegen deiner Ma?

Ich schüttele den Kopf.

– Ist was mit dem Vertrag?

Schüttel, schüttel.

– Wegen ... *ihr*?

Dazu sage ich nichts mehr.

– Also, meinetwegen!

– Nee nee, lüge ich.

Sie zieht eine Grimasse.

– Wir haben einen Deal, erinnert sie mich.

Ich zucke die Schultern.

– *Verdammt!* Wann beginnst du endlich, deinem Namen Ehre zu machen?

Sie regt sich schon wieder auf, und ihre Augen nehmen eine distanzierte Haltung ein. Ich bin dran.

– Na ja ..., beginne ich und versuche, das Chaos in mir zu überblicken. – Es ist wegen nichts Bestimmtem ... oder wegen allem, ich weiß nicht ...

Etwas wirbelt herum, will heraus. Kann es nicht orten.

– So so ...

– Nein, nein, sage ich schnell, bevor sie auf falsche Gedanken kommt, – es ist nur ... ich meine, wir sind endlich zusammen, und es ist gut, und morgen ist ein neuer Tag, und das ist auch gut ...

Keine Ahnung, was ich rede, aber ich kann auch nicht aufhören. Ein paar Tränen mischen unter die Schweißtropfen.

– All diese Dinge, die einfach so passieren, ich meine, das Leben und all das. Der Tod, die Augenblicke. Ich meine, nichts währt ewig, doch jetzt ... wenn wir wollen, können wir den ganzen Tag hier herumliegen, während in der Nebenwohnung jemand vergeblich auf einen Anruf wartet und ...

– Sag mal, hast du dir wieder was eingepfiffen?

– Nein, nein, ich meine ja nur ... Du hast all diese Scheiße über dich ergehen lassen, und trotzdem bist du jetzt hier, und das macht mich glücklich ...

– Aber? fragt sie und ich höre ihrer Stimme an, daß sie sich für das Schlimmste wappnet.

– Na ja ... ich frage mich gerade ...

Sie nickt mir aufmunternd zu.

– ... also, ich frage mich schon die ganze Zeit ...

Ich atme tief durch.

– ... womit ich dich verdient habe.

Das war's. Es ist raus. Was jetzt kommt, hab ich nicht anders verdient.

Sie schenkt mir ihr undurchsichtiges Sphinxlächeln und läßt mich ein paar Sekunden zappeln.

– Das hast du nicht, sagt sie leise.

In mir zieht sich alles zusammen.

– Aber du hast deine Chance – jetzt!

27. Und los!

Es ist aus. Aus und vorbei. Wir sind wieder unterwegs. Die tourlose Zeit ist vorbei. Endlich!

Die weißen Mittellinien ziehen vorbei wie ein einziger Strich, und durch das offene Fenster knallt der Fahrtwind rein. Die Beastie Boys brüllen uns an. *No! Sleep! Till! Brooklyn!*

Schimanski greift an mir vorbei und killt sie.

– Das ist der falsche Text! schreit er gegen den Fahrtwind an.

Ich höre, wie er seinen Gitarrenkoffer öffnet und das Brett grob durchstimmt.

– S-S-Sind wir s-schon d-da? kommt es schlaftrunken aus der Ecke, wo Brunner sich ausgestreckt hat.

– Nein! schreit Schimanski.

Brunner stöhnt.

– Und w-warum w-weck-

– *Keinen! Schlaf! Für Deutschland!* brüllt Schimanski und drischt auf sein Brett ein.

– A-A-Arschloch!

Neben mir schüttelt Max resignierend den Kopf. Ich lache ihn an. Die Tour hat begonnen.

Break

Ich wollte schon immer mal aufhören, wenn es am schönsten ist, daher habe ich die restlichen achttausend Seiten gecancelt. So werden die allerletzten Fragen nie beantwortet werden.

Als da wären:

* Wird es dieses Buch länger geben als Holland?

* Gibt es ein Leben mit dem Tod?

* Kann man mit seiner besten Freundin zusammensein, ohne seine beste Freundin zu verlieren?

* Wo sind die Häßler-Millionen?

* Wie soll man Charts ernst nehmen, wenn Bands wie *The Klau* oder die *Yeti Girls* nicht drin vorkommen?

* Was ist ein Tabuthema?

* Wann gibt es endlich Sex auf Krankenschein?

* Wie gehts?

rewthcintgarftbielbmmud. nema.

Danke

* Den vielen anonymen Nanosekundefreundschaften – für alles, was normal sein sollte. Und es nicht ist.

* Den vielen, die mich so akzeptiert haben, wie ich bin – ich liebe euch beide.

* Und dir. Vielleicht liegst du am Meer und saugst die ersten Sonnenstrahlen auf, müde nach einem zu langen Winter, glücklich, ob der Aufbruchstimmung. Vielleicht sitzt du kaputt und ausgelaugt in einem Büro, starrst aus dem Fenster. Fragst dich, ob es da nicht noch etwas geben könnte ... Oder im Flugzeug, auf der Suche. Oder auf der Flucht ... In einem Bett: schnurrend, satt, zufrieden, mit deinem neuen Lover im Arm. Nein, ich weiß nichts von dir, aber vielleicht teilen wir uns irgendwann, irgendwo, einen Augenblick, ein Lächeln, einen Deckel, ein Bett, ein Jahr, ein Leben ...

Wenn ich dir bis dahin alles Gute wünsche,
dann meine ich:

Immer Wieder Einen Einzigen Glücklichen Augenblick

Jetzt

Sabine Korsukèwitz
Traumspuren

Roman
256 Seiten, Gebunden
DM 36.00

»Eine nette Australien-Vision: Motorräder, Sex in der Wüste und Aborigines – alles da!« *Allegra*

»Ein spannender Abenteuer-Reise-Roman mit schönen Naturbetrachtungen und magischen Ritualen der Aborigines.« *BikerBörse*

»›Traumspuren‹, das sind nicht nur ein Liebesroman und ein spannender Krimi in einem. ›Traumspuren‹ sind auch eine Liebeserklärung von Sabine Korsukèwitz an Australien. Es ist ein großes Glück, wenn ein solches Buch wirklich gut wird. ›Traumspuren‹ ist sogar sehr gut geworden.« *NDR*

R & L

Rütten & Loening